將門俗女 1

文創風 906

輕舟已過 著

目錄

序文

輕舟已過

自古以來，皇位之爭都是殘酷無情的。

身為皇子的齊修衍，全無奪嫡之心，只想與心愛之人廝守一生，自以為只要收斂鋒芒便可以達成心願。

然而，當沈家蒙冤受難，沈成嵐身陷囹圄，他卻束手無策之際，才恍然大悟自己的想法有多麼一廂情願、愚不可及。

沈成嵐以死明志，用鮮血和生命保全了齊修衍，也戳破了他長久以來只求明哲保身、偏安一隅的幻想。齊修衍成為這場奪嫡大戰的最終勝利者，卻抱著最大的遺憾、孤獨，走完了餘生。

幸而，命運待他們始終寬厚，給了他們重新再來一次的機會，以彌補遺憾。

這一次，沈成嵐提前走入齊修衍的生活，從少年夫妻到為人父母，他們始終彼此信任，互相扶持。

他們的身分，一個生於帝王之家，一個出身將門世家，注定了此生無法只拘泥於個人情愛，天生就肩負著安邦定國的使命。

不囿於宮闈內鬥中的女主角，是我最為欣賞、也是力求在這本書中刻畫出來的女性形象。

拙筆淺文，還望諸位讀者看得愉快！

第一章

元德三十八年，冬至前夕。

明日便是一年一度最為重要的冬至祭天大典，上自天子大臣，下至平民百姓，都在翹首企盼著翌日的祭天、祭祖。

然而，這種熱烈的節日氣氛卻絲毫沒有沖淡刑部天牢裡陰森沈寂的絕望。

忽地，空氣中傳來一陣由遠及近的腳步聲，步伐越發急切，昭示了來者並不平靜的心緒。

原本背靠大牢牆壁坐著的沈成嵐驀地坐直了身體，顧不得牽動受刑的傷口帶來的深刻疼痛，用最快的速度蹭到了柵欄前。

伴隨著腳步聲的臨近，沈成嵐的視線內先是出現了氤氳的燈籠光暈，光亮漸強，接著便是從模糊到清晰的人影。

這人的到來，既是意料之外，又是意料之中。

殿下……

沈成嵐的嗓子在受刑後幾乎已經毀了，看著短短幾日不見就明顯消瘦的人，她張了張嘴，喉間滾過一陣撕裂的苦痛。

「三殿下，還請您抓緊時間，卑職先到外面守著！」齊修衍頷了頷首，接過獄卒手裡的燈籠，目光定定地看著柵欄邊的人，直到獄卒走遠了，他才三兩步跨了上來，用布滿血絲的雙眼一遍遍打量著沈成嵐蒼白得毫無血色的臉。

「嵐兒——」他一開口就哽住了喉。

連番受刑也沒有被擊潰的心理防線，在見到齊修衍的這一刻轟然坍塌，沈成嵐在淚眼矇矓中忍受著撕破喉嚨般的莫大痛楚擠出聲音道：「殿下，你不該來……」

是啊，不該來。王府屬臣和幕僚們都這麼進諫勸阻，可他還是來了。

「嵐兒，妳放心，就算拚盡所有，我也會保妳和妳父母兄長周全！」齊修衍伸手撫上她的面頰，用自己的衣袖不斷擦拭著她灼燙的眼淚，眼裡湧動著破釜沈舟般的堅決。

感動、欣慰、疼惜、自責、愧疚、擔心、焦慮、恐懼……一時間，重重情緒交錯複雜地充斥著沈成嵐的心，最終化作一股深沈堅篤的勇氣，讓她瞬間豁然開朗。

「殿下，我等著。」

等著你終有一日，為我一家沈冤昭雪！

看著沈成嵐從眼底迸發出的光亮，齊修衍鼻頭一酸，手指眷戀地輕撫著她終於不再流淚的眼角。「好，等我，等著我！」

獄卒匆匆跑進來催促，沈成嵐含著喉間翻湧上來的鐵腥氣，笑著對齊修衍擺手，示意他快快離去。

終有萬般不捨，齊修衍迫於形勢也不得不盡快離開，在其後的漫長歲月裡，他匆匆回頭看到的那一眼頻頻在夢境中重現：昏暗的光線裡，沈成嵐含笑看著他，就像是當年景福宮前的杏花樹下初次見面時一樣，笑得那麼純粹美好。

就在齊修衍離開天牢的當夜，沈成嵐以頭撞牆自戕於大牢之內。翌日深夜，其父沈文善將軍、其母許氏、其兄長沈成瀚均在牢中自盡而亡。

此後，三王之亂的清查整肅持續了近十年，皇親貴冑、功勛世家、朝廷重臣、地方官吏及屬臣幕僚、僕役婢女等受株連者數以萬計，其中含冤而死的人遠不止沈將軍一門，卻無人能像他們一樣，用性命與清白之名保全了一位皇子，令其心性大變，進而對大昭歷史產生深遠的影響。

所謂人死如燈滅，寧王如何隱忍負重、韜光養晦最後奪得帝位，如何雷霆手段重審三王案，如何使沈將軍一門沈冤昭雪追加榮銜，如何一意孤行冥婚封后，讓昔日草草下葬連方墓碑都不敢鐫刻的沈成嵐遺骨遷入帝陵，如何終其一生未納一妃一嬪，積勞成疾盛年早逝……

這些身後事，沈成嵐無從得知，她生命中最後的記憶，就是疼。頭痛欲裂，整個人彷彿被架在烈火中灼燒，又似被扔到滾水中沈浮。宛若話本中十八層地獄裡的酷刑。

沈成嵐忍不住想罵娘，她這輩子上陣殺敵、暴揍紈褲世家子的事沒少幹，但怎麼說也是精忠報國、懲惡揚善，不至於死了之後下十八層地獄吧？

這賊老天，真他娘的不公！

一陣尖銳的刺痛在腦中炸開，沈成嵐終於忍無可忍地痛罵出口，想著這回如果不能死透了，那不管是滾釘板還是踩火瓦，一定要把閻王判官告上凌霄寶殿，凡人眼瞎心盲也就罷了，怎到了地府還得受冤枉？

殊不知，她自以為的痛罵聽在床前守著的婦人耳中，只是一聲低弱而含糊不清的呻吟，儘管如此，聽在這人耳中卻猶如天籟一般。

「玲瓏，快、快去請弘一大師，嵐兒醒了！」許氏片刻不離身地守在女兒床邊，連日來的心力交瘁讓她覺得自己彷彿站在懸崖邊，一旦女兒有個三長兩短，自己便會什麼也不顧地陪著她一同跳下去。

好在，上天垂憐，終於讓她得見曙光！

玲瓏沒有發過痘症，這些日子以來只能守在月洞門外，猛然聽到推門聲和夫人驚喜激動的聲音，周身的困乏、壓抑瞬間抖了個乾淨，清脆地應了一聲，剛要轉身，忽地又聽到一聲驚喜的喊聲。

「夫人，小少爺也醒了！」

玲瓏到底還是年紀小，按捺不住性子地扯著嗓子向許氏道了聲喜，撒腿就往客院跑，將儀容規矩統統扔在了腦後。

確定是發痘後，許氏就把一雙兒女安置在這一處院子裡，幸而她和奶娘姚嬤嬤都生過痘，便一人守著一個。

沈成嵐在一陣一陣的頭痛中漸漸拾回了意識，反覆掙扎嘗試了幾次後，終於掀開了沈重的眼皮。

兩側額角的抽痛漸漸緩和，眼睛也終於適應了房裡的光線，嗡嗡作響的耳鳴也逐漸弱了下來，沈成嵐平躺在床榻上，看著面前哭得雙眼通紅、形容憔悴的親娘，頓時懵在當場。

「乖，莫怕，妳只是發熱昏迷好幾天，身上的力氣都耗沒了，這才動彈不得，很快就能好了，莫怕啊，娘在呢！」許氏用溫水絞了帕子，擦拭著沈成嵐臉上和脖頸間的汗濕，見女兒愣怔失神的模樣，她不由得心口疼痛，一下又一下地撫摸著女兒的頭頂安撫著。

沈成嵐驀地抬起自己明顯尺寸縮水的雙臂抱住許氏的手腕，氣虛得使不上多大的力氣，但手下的觸感是溫熱的，讓她清楚地意識到，眼前鮮活而年輕的母親並不是自己臆想出來的幻象。

她這是……回到了八歲那年發痘症的時候？

想她小時候，成天地招貓遛狗、爬樹下河，身體壯實得堪比活驢，唯一病得像這樣下不來床的，就只有生痘症這一次。

只這一次，沒有奪了她的一條小命，卻永遠帶走了她的孿生哥哥——沈成瀾。

從此，父母和大哥心裡便烙上了一塊永遠也癒合不了的傷疤和遺憾。

「娘，二哥……二哥他怎麼樣了？」沈成嵐心裡一激靈，急急開口問道，嗓音嘶啞得如同破鑼。

許氏見她一醒來就急著詢問哥哥的情況，心中既欣慰又心疼，柔柔地按住她作勢要起來的身子。「別急，妳二哥他沒事，剛剛也醒了！」

醒了？

沈成嵐躺回床上，眼神一陣放空，大大意外於這個不同於上一世的好消息。

「真的？」她猶不敢相信地再次詢問。

許氏無奈地笑了笑，正要回她，房門忽地從外面被推開，緊接著，姚嬤嬤抱著被包裹得嚴嚴實實的小少年走了進來。

許氏忙起身迎了上去，將人接了過來，直接抱著放到沈成嵐的床上。

姚嬷嬷回身將房門關上，疾步走到床邊，仔仔細細將床上兩個孩子看了一遍又一遍，重重地長吁了口氣，捏著帕子按了按眼角，啞著嗓子迭聲道：「老天保佑，老天保佑，沒事了、沒事了！」

許氏看著床榻上一雙兒女，雖然瘦了、憔悴了，但呼吸平順，高熱也退了下去，不由得也濕了眼眶。

沈成嵐平生最怕見到娘親掉眼淚，可這會兒她的注意力都放在身邊躺著的二哥身上，一隻手不安分地探出被子伸進隔壁的被子裡，直到自己的手被另一隻帶著略高體溫的手虛虛握住捏了捏，她才終於相信，她的二哥真的還在。

「這……這是怎麼了？」見到女兒忽然淚如泉湧，小嗓子抽得像是破了洞的風箱，許氏頓時慌了心神，小心翼翼地將人裹著被子抱了起來輕哄著。

「妹……妹妹……」

在許氏的懷抱裡，越是被溫柔安撫，沈成嵐越是哭得無法自抑，大有將自己哭暈過去的架勢，直到聽見一聲虛弱焦急的少年呼喚聲，脫韁一般的情緒才漸漸受控緩和。

不過，這陣痛哭也將沈成嵐本就不甚富足的體力耗了個盡，她頂著一頭亂糟糟的頭髮將下巴頦卡在母親許氏的肩膀上，一雙被淚水刷洗過的大眼睛如雨後晴空一樣，專注純淨地盯著床榻上側身躺著看過來的小小少年，她怎麼看都覺得俊俏美好。

這世上還有什麼能比再世為人且重獲至親更幸福？

沈成嵐覺得，沒有！

人都說，幸福來臨時，會讓人有暈眩的感覺。

沈成嵐是直接幸福得暈了過去，等到再醒過來的時候，一睜眼就撞進了少年帶著喜色的目光裡。

想到之前的失態，她老臉一紅——喔不，現在還是小臉，難得含羞帶怯地將被角往上扯了扯，蒙住了大半張臉，聲音從被子裡悶聲悶氣地傳出來。「二哥，你怎沒多睡一會兒？身上還難受嗎？」

如此乖順的妹妹著實難得一見，沈成瀾雖然還是個小小少年，但自幼與書卷為伴，彷彿天生帶著一股異於同齡人的沈穩與恬適，即使在父母兄長面前，也是一副早熟自立的模樣，唯獨面對這個孿生妹妹，完全沒有辦法保持淡定。

「妳呀，小小年紀，到底心裡裝了什麼事，能思慮過重到傷了心神？」沈成瀾不禁自責，自己應該多抽些時間陪陪妹妹，而不是沈迷在書卷中。

沈成嵐一眼看穿二哥的心思，不由得汗顏，忙解釋道：「我哪有什麼心事呀，就是病得迷糊，被惡夢魘著了，你看，現在不就沒事了嘛！」

到底是年紀小，身體底子又好，加之多年的抱憾得以彌補，沈成嵐這一覺睡過去的方式雖然不太光彩，卻睡得格外深沈安穩，現下醒來才算真真正正體會到了再世為人的真實感和快意。

沈成瀾見她臉色的確好了很多，便也放了心，抬手摸了摸她依然有些泛紅的眼角。妹妹的性子向來跳脫活潑，極少哭鼻子，更別提像之前那般慟哭了，還真是嚇了他一大跳。

「夢而已，哭過就忘了吧，不要再想了。」

哥哥鮮活的眉眼近在眼前，父母大哥也沒有身陷囹圄，自己也沒有被逼到絕境，一切都還有轉圜的餘地，即使上一世的經歷如同惡夢一般投影在心，二哥的這句寬慰聽在沈成嵐的耳朵裡仍覺十分熨貼，她咧嘴笑著猛點頭。

許氏一進來就看到女兒笑得見牙不見眼的傻乎乎模樣，連日來的擔心受怕和鬱結頓時散了個乾淨，嘴角噙著笑走了過來。「都醒啦？來來來，先吃些清粥墊墊肚子，然後好喝藥。」

兩人雖然醒了，但身上發出來的痘還沒有結痂脫落，這會兒更容易傳染人，許氏好不容易才把老爺子、老夫人給攔了回去，又囑咐管事將弘一大師送回客院好生招待，這才放心地折回來看顧一雙兒女。

姚嬤嬤這會兒臉上也掛著笑模樣，跟許氏一人扶著一個，將床上的兩個小病患扶著坐了起來，每人背後塞了一個大靠枕。

沈成嵐帶著上一世的記憶深陷在夢魘之中，病重時的情況比沈成瀾更為凶險，可一經脫離危險，恢復的速度就遠超對方。

用她父親的話說，真是堪比活驢一樣的體質。雖是一家人關上門私下裡的玩笑話，但每次聽到這話，許氏都忍不住要暗中偷偷掐夫君兩把，再調皮搗蛋也是個女娃子，當爹的哪有這麼調侃女兒的！可現如今，對於沈成嵐皮實的體質許氏只有滿心的歡喜慶幸。

上輩子撞牆前被關在天牢十幾天，又是上刑又是挨餓，這輩子連著燒了好幾日，水米不進，前生今世兩輩子的飢餓感同時襲來，一碗清粥讓沈成嵐險些再度飆淚。

有飯吃的感覺實在是太美好了！

沈成嵐不僅自己一口氣連吃了兩碗粥，還盯著二哥也多吃了小半碗。

姚嬤嬤看著精氣神恢復了大半的小少爺，她偏過頭偷偷抹了抹眼角。小少爺自小體弱，先前幾位大夫瞧過都暗示熬不過這關，就連弘一大師探過脈象也只說了句「盡人事聽天命」，現下能平安，當真是上天垂憐！

許氏也是眼角微紅，但很快平復了心緒，抬手止住還要吃第三碗粥的沈成嵐。「你們還剛醒，不宜多食。來，把藥喝了再睡一會兒，弘一大師說了，多睡覺有助於恢復體力。」

沈成嵐順從地放下粥碗，接過姚嬤嬤遞上來的藥碗，深褐色的藥湯散發著濃郁的藥味，光是看著就舌尖發苦，猶豫了片刻後，她捏著鼻子一口氣喝了個底朝天，苦大仇深的模樣惹得沈成瀾都笑彎了眼。

看著二哥喝湯似的一口口喝著藥湯，沈成嵐沒來由的一陣心酸。二哥只比她早出生那麼一小會兒，體質卻比她弱上許多，從小就仔細將養著，喝藥彷彿成了家常便飯。

晚膳前，沈成嵐終於見到了救命恩人弘一大師，是一位慈眉善目的中年大和尚，身形微胖，笑起來格外讓人心生親近。

沈成嵐兄妹二人鄭重道謝，弘一大師笑著應下，叮囑了一番稍後要注意的地方，臨走前又道：「這件事其實真正要感謝的人是三皇子，若非殿下相請，貧僧也不會知道貴府兩位小施主的病情。」

許氏之前滿腹心思都放在兒女身上，弘一大師又沒有細提，也是此時才知道還有這層緣由，忙道稍後定要親自登門道謝。

再三感謝地送走弘一大師，許氏和姚嬤嬤忙著張羅晚膳，沈成嵐卻還沒有從剛才的消息中回過神。

是三殿下請弘一大師過來給她和二哥看病的？

這和上一世的情形完全不同。

上一世她也是被弘一大師所救，只不過是大師恰好路過時聽說有人感染痘症，這才尋上門救了她，二哥卻因為體弱，貽誤了生機。

沒想到，這次因為三殿下，弘一大師提早來了兩天，就此改變二哥的命運軌跡。

想到上一世在天牢裡倉促的訣別，沈成嵐心頭湧上陣陣躁動，想要見齊修衍的念頭異常迫切。

「妹妹，妳怎麼了？可是覺得哪裡不舒服？」沈成瀾察覺到她的異樣，擔憂地詢問。

他這麼一開口，驚動了正在擺膳的許氏和姚嬤嬤，兩人三步併作兩步來到床邊，恨不得將她從頭到腳摸了個遍，緊張地詢問著。

沈成嵐回過神，看著眼前三人帶著焦急、關切的眼神，躁動的心才一點一點地平緩下來，扯著嘴角笑道：「我沒事，就是想著該給三殿下送些什麼謝禮才好！」

三人齊齊鬆了口氣。

姚嬤嬤起身將晚膳擺好，又將小少爺抱到桌邊坐下。

沈成嵐雖然手腳依舊有些發軟，但已經能自己走路了，可見體質的確強健。

高熱退去，能吃飯、喝水、睡安穩覺之後，沈成嵐兄妹二人以肉眼可見的速度恢復著，籠罩在景國公府二房頭頂上的陰霾也漸漸撥散開來，府中壓抑的氣氛很快被喜色取代。

沈成嵐的父親沈文善，時任兵部職方司郎中，正奉命在遼東府勘測輿圖；兄長沈成瀚則在京軍細柳營受訓，都是不能擅離的人，但早前沈成嵐兄妹二人病情危重，許氏不敢隱瞞，在請示過公婆後將消息遞了出去。

沈成瀚告假從京畿大營趕回來的時候，恰好沈父的書信也抵家了。

隔著一世的記憶再次見到大哥，沈成嵐紅著眼眶又哭了一次自不必提，從此在家人面前可落下了個愛哭包的名頭。好像是為了坐實這個名頭，她看到父親的親筆書信時又哭了一回！

沈成嵐親自寫了封報平安的回信給父親，沈老國公立即派人快馬加鞭送走了。

接連兩日，沈成嵐都睡在老夫人的院子。她自小調皮搗蛋、欠揍的事沒少幹，要不是緊緊抱住祖父和祖母的大腿，估計早被母親給抽得屁股開花了。這次病重，可是著實嚇到了兩位老人家。

病一好，沈成嵐就黏著祖父母甜言蜜語、耍巧賣乖，許氏下意識地打起了精神，以防她再度惹是生非。

沈成瀚和沈成瀾兩兄弟，見母親又恢復了往日裡的備戰狀態，既覺得好笑又無奈。

可還沒等沈成嵐闖禍，景國公府就迎來了一位不速之客，並帶來一個不算好的消息：宮中要給適齡的皇子們甄選伴讀，景國公府年齡在八至十四歲的公子皆在人選之內，須三日後入宮候選。

送走宣旨的公公，景國公府三房人各有喜憂。

「娘，我想替哥哥去宮裡走一遭。」沈成嵐打破房裡的沈默，主動請纓。

沈成瀚雖才十五歲，但父親時常不在家，他這個長兄已經逐漸成了家裡的另一個主心骨，聽到妹妹這麼說，他頓時沈了臉。「胡鬧，皇宮豈是容妳亂來的地方！」

萬一露餡，那可是欺君之罪！

「可是，如果二哥被選上了，該怎麼辦？」

沈成嵐是無論如何也不想讓二哥去做什麼皇子伴讀，雖然大皇子現在才十五歲，但儲君未立，半大的皇子們已經在暗地裡互相較勁，各自背後的勢力也在悄然醞釀成形，明槍暗箭已然在弦。她的二哥自小詩書為伴，恬淡純粹加之天生體弱，萬一被選上了，簡直就是跳進火坑。

而且，如果沒有記錯的話，齊修衍這會兒也是沒有伴讀……

兩頭帶著私心，沈成嵐代兄入宮的心越發堅定，越想越覺得可行。

不同於沈成瀚的堅決反對，許氏竟有些猶豫。弘一大師在離府前曾私下同她和公婆談過，說是瀾小子的命格怪異得很，人雖看著暫時無礙，但身負斷命之相，前途未卜，如果府上捨得，想將他引薦至故友門下修習，或可有轉機。

弘一大師佛法深厚，在大昭久負盛名，他的話很有信服力。

沈老國公和沈老夫人雖然捨不得，但經此一病，覺得沒什麼比孩子的平安健康更重要，斟酌之下，還是讓許氏和二兒子商量後再決斷。

許氏的想法也和公婆一樣，在給丈夫的信裡亦表明了自己的態度，奈何回信還沒收到，就接到宮裡的旨意。

景國公府雖一向處事低調，但身為太祖皇帝欽封的六大開國公府之一，地位人脈自不必說，且沈老國公時任中軍左都督加太子太保，手下直接掌控著大昭五分之一的軍權，是以他們府上的子弟去參選皇子伴讀，恐怕還要被爭搶。

許氏也不希望小兒子做什麼皇子伴讀，可聖旨剛到就以遊學之名推脫，恐惹聖上不快。至於命格一說，為小兒子的名聲和將來考慮，是斷不能對外人說的，但對家人就沒什麼可隱瞞的了。

許氏將弘一大師的話如實相告，房內一時陷入沈寂。

相較於當事人沈成瀾，沈成瀚兄妹二人的反應反而更激烈。

自醒來後到弘一大師離開前，沈成瀾和大師小談過幾次，受益良多，也已隱隱從大師的話裡聽出些端倪，現下聽到母親的話也只是生出「果然如此」的感慨。縱然不捨離家，但讀萬卷書不如行萬里路，少年人對外界的渴望和嚮往還是占據了上風。

「娘，只憑那玄而又玄的命格之說就讓二弟隻身離家，是不是太草率了？」二弟在家裡仔細將養看顧，每逢換季或天氣乍變的時候，都要生病一場，這要是離開了家，還這麼小，怎能照顧好自己？

沈成瀚這會兒早忘了，他八歲的時候已經被祖父扔進大營裡磨練了。

重生一次的沈成嵐卻對弘一大師的話極為敬畏，一邊想讓二哥把握住這次機會，又心有不捨，兩種想法互相拉鋸著，一時間表情有些凝重。

「娘，大哥，妹妹，我想出去看看，有大師引薦，又有即墨跟著，我能照顧好自己。」

因為自小體弱的關係，為了不給別人添麻煩，沈成瀾大部分時間都拘在家中，難得會這樣主動提出要求，沈成瀚儘管有所顧慮，也不忍反駁阻止。

「只是，聖旨已下，恐怕真要讓妹妹替我去宮裡走一趟了。」沈成瀾看向妹妹，趁人不備時對她飛快眨了眨眼。

沈成嵐心尖一顫，不知怎的就生出一股心虛來。

自己表現得這麼明顯？

「她頂著你的名頭在外面胡鬧也不是一、兩年了，倒也不擔心被別人發現。只是……你真的要離開家？」沈成瀚猶不死心。

「大哥，我不會勉強，若是真的不行就立刻回來。」沈成瀾眼裡噙著笑，看了看低眉順目裝乖巧的妹妹，心裡的猜測得到了證實。

見沈成瀾心意已定，沈成瀚也不好再阻攔，明日一早他就得返回京畿大營，於是趁著傍晚給祖父祖母請安的機會說明此事。

沈成嵐代替二哥進宮參選皇子伴讀的事也算初步定了下來。

互換身分這種事，沈成瀾兄妹兩人做起來輕車熟路，託妹妹的福，他在外面也算名頭不小，尤其性格在世家子中是出了名的難以捉摸。兩人一動一靜，一內斂安靜一活潑率直，頂著一個身分在人前交錯出現，性格當然難以捉摸！

不過，這種詭異的平衡馬上就要隨著沈成瀾的暫時離開而打破。

在沈成瀚返回京畿大營的當日，許氏也一同離府，前往弘一大師所在的廣源寺還願。許氏回府後不久，沈成嵐命中帶劫的消息就傳了出來，據說為了化解命中的劫數，不久後就要被送往京外一高人處修行。

因著此事，景國公府的大門險些被踩低了一寸，上門來「關懷」者絡繹不絕，都被許氏給應付了過去。

沈老國公雖然是個地地道道的武臣，卻有著不輸於文臣的城府與謀略，在二房做出決定後，第二日他就覲見皇上，將其中隱情如實稟告。欺君之罪大如天，他無論如何也不會冒此風險。

大昭宮規，皇子滿十歲後，須遷往十王府開府自立，同時從世家子弟中選擇一名伴讀隨行。

三年前皇貴妃薨，三皇子執意為母妃守孝，離宮開府的事便暫時推遲，是以這次適齡的皇子，除了正好滿十歲的七皇子，還有虛長一、兩歲的三皇子、五皇子和六皇子。至於皇貴妃所出的四皇子，還沒滿月就夭折了。

景國公府這次進宮參選皇子伴讀的小子有四個：長房的老二沈思成、老三沈思南、二房的沈成嵐和三房的老大沈聿懷。

「陛下的心思是越發難以捉摸了。」沈老夫人看著坐在窗邊練大字的沈成嵐，低聲和沈老國公說道。

沈老夫人出身一等軍侯陽武侯府，眼界和見識不同尋常，沈老國公從未將她當作尋常的內院婦人，遇事也多與她商量，此時聽到她這麼說，他深有同感地嘆了口氣。「皇子們越來越大，朝堂上立儲的進言也越來越頻繁，皇上千秋正盛，怕是不願意見到此情景。」

沈老夫人的臉色也跟著凝重起來，憂心道：「雖說皇子們有權選擇伴讀，但最後定奪的還是皇上。但願咱們府上能省了這些麻煩。」

沈老國公的目光略有深意地看了看窗邊凝神靜氣端坐著的沈成嵐，喃喃低語。「但願吧……」

沈成嵐將老爺子和老夫人的話聽進耳裡，心境卻沒有任何波動。

經歷過上一世，她對皇上已有深刻的了解，皇上是絕對不願意看到景國公府與皇子們輕易走近，尤其是母族較有權勢的皇子，是以另外兩房的三個人一定會落選，至於自己麼……

稍一分神，筆端就失了分寸，好好一張大字便廢了。

沈成嵐穩住了心神，繼續下筆。

最近她發現，寫字的時候最能靜下心來，磨練耐性。而且，二哥安排了任務給她，今後兩人要定期通信，書信要用相同的筆跡。自知沒臉讓二哥遷就自己的狗爬字，沈成嵐開始積極練字，臨摹的正是二哥的字帖。

沈成瀾從母親那裡回來後轉到妹妹這裡，見她還在練字，不由得勸道：「練字重在每日堅持循序漸進，妳也不要太心急了。」

沈成嵐再世為人，紛亂的心緒一時難以舒緩，沒想到竟然從練字中尋到甜處，幾日寫下來受益不小，但又不能和二哥明說，只得應聲放下筆。「我曉得，只是這兩日不能出門，左右閒著沒事做，寫寫字正好打發時間。剛從母親那邊回來？行李可都準備妥當了？」

明日沈成嵐跟隨候選者們一同入宮，沈成瀾也要離家了，兄妹二人可能近期不會再見面了。分離在即，她心裡忽然湧上一陣強烈的不捨，明知不可能，卻還是忍不住想要再勸勸二哥。

可還沒等她開口，沈成瀾心有靈犀一般搶了先機，悄聲問道：「妳想爭取做三殿下的伴讀，是也不是？你們之前就相識？」

嗄？啥時候露出的馬腳？

「二哥說笑了，我怎麼會認識皇子殿下？」沈成嵐笑著打哈哈，企圖蒙混過關。

沈成瀾但笑不語，眼神別有深意地盯著她瞧。

沈成嵐心虛作祟，沒撐多久就敗下陣來，耷拉著腦袋認了。「真有那麼明顯？」

沈成瀾輕聲低笑。「妳可能還沒發現，每次說謊，妳都會這樣不自然地乾笑。」

沈成嵐懊悔地拍了拍自己的腦袋，陪著笑詢問道：「二哥，你是怎麼看出來我認識三殿下？」

「那日弘一大師提到三皇子時，妳的表情就寫著妳認識他。」沈成瀾斂起笑意，神色鄭重得與他的年齡有些不相符。「這次皇子們選擇伴讀，祖父的意思是，咱們府上並不想中選，妳應該知道。」

她自然知道。除此之外，她還知道，這次選擇伴讀的幾位皇子，除了三皇子齊修衍，其他幾位皇子的背後都有母族勢力依靠。尤其是五皇子和六皇子，他們的母族勢力多在軍中，正是因為這樣，才會被大皇子和二皇子拉攏。

歷來冊立儲君，無非立嫡、立長、立賢三種，當今皇后無子，也就沒有嫡庶一說了，今上也不是先帝的長子，是以至今遲遲沒有冊立太子，難免讓有心之臣們諸多猜測。

「二哥，麻煩不是我們想不沾染就能不沾染的。」想到前世一家人落得的境地，沈成嵐忽地目光一沈。「就算祖父和咱們不想攀龍附鳳，府上的其他人可不是這麼想。」

沈成瀾知道她指的是長房。「即使大伯父有心，但也不敢公然違背祖父吧？」

如果祖父不在了呢？

大伯父非祖母親生，儘管已經順利受封為世子，卻疑心病作祟，總是擔心祖母暗中遊說祖父改封世子。的確，長房沒有膽量明著違背祖父，但他們暗地裡的手段可是玩得熟練！

沈成瀾話一出口，也想到了這一點。

兄妹二人一時相顧無言。

「妳……是不是聽到了什麼風聲？」

他還是了解自己的妹妹，雖然平時對長房頗有微詞，但不會像現在這樣，態度可以說是帶著防備，甚至是仇視。

因長房勾結二皇子陷害父親參與三王叛亂的事還沒有發生，自己對長房的仇恨無從解釋，沈成嵐只得順著二哥的話搪塞。「是聽到了些消息，大伯母已經開始為大姊物色夫家了，據說眼光很高，心思也挺大。」

沈成瀾觀她臉色，心念一動，蹙起眉，道：「難不成看上了天家子？」

沈成嵐撇了撇嘴，眼裡露出毫不掩飾的嘲諷。「早前宮裡傳出消息，貴妃娘娘已經向皇上請旨替大皇子選妃了。」

沈成瀾一時無語。現今冊立大皇子為儲君的呼聲最高，若能選為大皇子妃，離太子妃之位可謂一步之遙。長房的野心的確不小。

「妳是打算用三皇子牽制長房？」沈成瀾並不看好。「皇上雖然寵愛皇貴妃，但是娘娘已經仙逝了，三皇子又只是養在娘娘名下而已，據說並不得皇上看重，別說大皇子、二皇子，恐怕連一母同胞的八皇子都不如。妳將寶押在他身上，是不是太偏了？」

何止是不得皇上看重，壓根兒就是沒入得皇上的眼！

想到齊修衍和她提起少時的境遇，沈成嵐頓時心裡堵得慌，恨不得現在就去陪在他身邊。

「正是因為皇上並不看重三皇子，被選作他的伴讀，對咱們景國公府才最安全。」

聞言，沈成瀾無法反駁，沈吟片刻後，少年老成地長長嘆了口氣。「好吧，妳的想法也有道理。為了不讓祖父、祖母為難，爹娘對長房向來是能讓則讓、能忍則忍，我知道妳心裡不平，老實說，大哥和我也心有不甘，能防備些總是對的，只是……時機合適的話，妳還是應該把這些心思跟爹娘、大哥說。咱們是一家人，無論什麼情況，總會先護著妳、顧著妳。」

「嗯，我會找機會和爹娘說的。二哥，你一個人在外，一定要照顧好自己，常給我寫信，儘早回來！」

重活一回，沈成嵐發現自己好像真的變成愛哭包了，上輩子的眼淚似乎都攢到這輩子。

沈成瀾無奈地扯出帕子替她擦著眼淚。「怎麼病好了，反倒落下了愛掉眼淚的毛病……」

屏風後，姚嬤嬤聽著房內漸漸弱下來的哭泣聲，心裡也是不忍。「夫人……」

許氏擺了擺手，示意先行離開。一出房門，許氏的臉色頓時沈了下來。

這些年來，為了維持府中表面上的平和，她順著夫君，對長房忍讓著，總想著熬到分家就好了，卻不想，竟讓自己的孩子受了這麼多的委屈。

「今日聽到的話，暫時不要讓老爺和瀚兒知曉。另外，長房那邊也多注意著些。」姚嬤嬤面上一喜，但很快收斂起，語氣輕快地應了下來。

再說沈成嵐這邊，晚上陪母親和二哥用過晚膳後就早早回房上了床，卻是一絲睡意也無，一會兒想到明日就能見到齊修衍而激動不已，一會兒想到明早二哥就要離家很久不能見面而難過地偷偷抹淚。

為了不驚動丫鬟舒蘭，她還把自己埋在被子裡，結果可想而知。

一早，大丫鬟舒蘭看著自家姑娘紅腫的眼睛，愁得在原地直打轉。「這可怎麼辦呀？待會兒就要進宮了！」

許氏從外面進來，看到沈成嵐的眼睛也嚇了一跳，但到底性子夠沈穩，她指揮著舒蘭去廚房拿來兩個煮好的熱雞蛋。折騰了一刻鐘，紅腫是消了大半，但打眼一看就看得出是哭過了。

沈成嵐頂著這麼雙桃子眼睛，以孿生哥哥沈成瀾的身分，隨著其他族兄們一同上路。

當載著景國公府四個小少爺的馬車駛向宮門的時候，景國公府側門還有一輛馬車悄然離開。

此一別，歸期未定。

第二章

「六弟，待會兒下了馬車，你就跟緊我，千萬別走散了！」沈聿懷叮囑道。

府中他們這一輩雖各房自有排行，但在外時仍按府中的大排行相稱。

沈成嵐這一輩的小子們總共六個：老大沈思明是長房庶長子、老二沈成瀚是二房嫡長子、老三沈聿懷是三房嫡長子、老四沈思成是長房嫡長子、老五沈思南是長房庶次子、老六沈成瀾是二房嫡次子。

其中，老大和老二因年齡不符參選伴讀的條件，所以這次就派了餘下四人。

對於這個六弟，不僅外人捉摸不定，就連沈聿懷這個親堂哥也自認沒比外人強多少。雖然同在族學讀書，但因為早入學四年，兩人的交集並不多，年節家宴和平時給老夫人請安時偶爾碰面，六弟也相當安靜。沈聿懷至今也無法理解，六弟是如何在沈靜內斂與恣意不羈之間轉換自如。

儘管如此，沈聿懷還是聽從母親的叮囑，同行在外要對他多加照顧。至於車裡的另外兩個兄弟，應該就不用自己操心了。

沈成嵐乖順地點了點頭，她對於三哥還是挺有好感，上輩子他們二房出事時，聽說三哥沒少暗中奔走。

善意的親近來得猝不及防，沈聿懷忍不住耳根一熱，越發堅定看顧六弟的決心。

「嘁！」車廂裡忽然響起一聲破壞氣氛的冷哼。

沈成嵐撩起眼皮循聲看去，就見沈思成抱臂靠著車廂、皮笑肉不笑的模樣，像極了上次被她暴揍的世家紈袴——忠靖侯府的梁五。

難怪兩人經常湊作一堆，還真是物以類聚！

沈聿懷為顧全臉面而不想跟他計較，沈成嵐可不慣著沈思成，嘲諷加倍地冷哼回去。從醒來的那一刻起，她就打定主意，不再慣著長房的臭毛病。

沈聿懷見沈思成臭著一張臉瞪過來，面上雖不顯，心裡卻暗爽，先他一步出聲道：「馬上就到宮門了，準備下車吧。」

話音剛落，隨著一陣煞車聲響，馮大管家在外面出聲提醒。「宮門到了，幾位小少爺請下車吧。」

沈思成氣沖沖地瞪了沈成嵐和沈聿懷一眼，率先起身蹬開車門下了車，回頭見沈思南沒有跟下來，頓時火大。「磨磨蹭蹭幹什麼呢，也想跟人家兄友弟恭嗎？」

沈思南臉色一僵，對著三哥沈聿懷擠出個歉意的苦笑，趕忙三兩步下了馬車，在周遭的一陣喁喁細語聲中站到沈思成身後，臉上連一絲尷尬不堪都看不到。

當真是忍功了得！

沈成嵐和沈聿懷默默對視了一眼，先後下了馬車。

兩人一露面，周遭的低語聲越發熱鬧了兩分，但很快在宮門打開後恢復了安靜。

掌事太監甩了甩手裡的拂塵，照著名冊點了遍人，又囑咐了幾句進宮後的規矩，候選的子弟們列成兩隊，由小太監引著走進了宮門。

景國公府是百年世家，沈家四兄弟自然走在隊伍的最前面。能與之比肩的只有鎮國公範家和定國公林家，這兩家適齡的子弟加起來才和景國公府打了個平手。

沈成瀾的好友不多，林家行七的林長源恰好是其中一個，只是礙於親大哥在場，他跟沈成瀾打過招呼後，也不敢明目張膽地偷偷咬耳朵。

今日天光大好，盛春時節，宮道兩側花枝正茂，一路走來，草木越發繁榮，想來擇選的場地安排在御花園。

所謂普天之下莫非王土，盛世之下，皇宮御花園儼然濃縮了天下美景。

他們這一行人，雖說都是勳貴世家子弟，但大多都是頭一次進宮，置身於十步一景、百步一重天的皇家花園中，也不禁被眼前的景致迷了眼。

沈成嵐本就對花花草草什麼的不上心，現在滿腹心思都用在即將見到齊修衍的急切中，反倒成了一行人中看起來最為淡定自持的人。

查公公不動聲色地將眾人的反應看在眼裡，也不出聲催促，放緩了速度向煙波亭行進。

今日雖說是替適齡的四個皇子選伴讀，但元德帝還是讓御書院歇了一天課，所有的皇子都來湊個熱鬧。不僅如此，就連後宮的幾位妃嬪娘娘也都露了面。

煙波亭背依翠山，面臨液池，坐擁繁花碧柳，舉目又視野開闊，確是賞景的絕妙之地，難怪今上對此地格外情有獨鍾。

可惜的是，今日在場之人恐怕都要辜負此番美景了。

跪地三呼萬歲叩首，沈成嵐用力眨著眼睛，將眼睛裡噙著的眼淚給憋了回去。雖然剛剛只來得及匆匆一瞥，她還是一眼就從在座之人中認出了少年齊修衍。

「這是景國公家的六小子吧！怎麼眼睛腫了，哭的？」

沈成嵐的模樣長得俊俏，在一眾世家子中也十分出色，更何況還站在人群前，元德帝想到景國公之前的私下稟報，一下子就猜出沈成嵐的身分，只是沒想到這小丫頭竟然頂著一雙哭腫的桃子眼睛進宮來。

這是不情願？可景國公分明說，是她自己主動提出要代替兄長的。

雖說人不可貌相，但自古以來，長得好看的人天生就有那麼點討人歡喜的優勢，沈成嵐聽出皇上的話裡沒有責怪不喜之意，索性大大方方地走上前兩步，恭恭敬敬地跪下磕了個頭，睜著眼睛說瞎話。「回稟陛下，學生昨夜想到舍妹今日一早便要離家，一時難以自抑，就躲在被子裡哭了一場，早上醒來眼睛就這樣了，還請皇上恕罪！」

知道前因後果和隱情的元德帝，見她一個麵團似的娃娃睜著眼睛胡扯，還如此鎮定自若，既覺得好笑又忍不住另眼相看，朗笑著擺了擺手。

「無妨，你們兄妹倆手足情深，難過也是人之常情。聽妳祖父說，妳平日裡素愛讀書，來，起來跟朕說說，都讀過哪些了？」

元德帝不是個性情隨和的人，現下卻對個小子和顏悅色，不僅讓在場的其他世家子們羨慕嫉妒得很，就連座上的妃嬪和皇子們也正眼相看，今日選擇伴讀的幾個皇子更是心思活泛了起來。

齊修衍坐在皇帝右手邊的下首第三個座位，自從沈成嵐出現後，他一雙眼睛恨不得烙在她身上，可在理智提醒下，又不得不將視線從她身上移開，不動聲色地關注著其他人的反應，揪心得手指節都要捏碎了。

不是說她命中帶劫，要拜入高人門下修習嗎？怎麼會出現在這裡？簡直胡鬧！

沒錯，就像沈成嵐一眼就從人群中認出他來，齊修衍也只一眼就認出她是沈成嵐，而不是沈六公子。

為避免觸犯龍威，沈成嵐匆匆看過齊修衍之後就一直垂眉低眼的，自然不知道齊修衍這會兒正急得心裡跳腳。

她聽到皇上問自己讀了什麼書，頓時湧上一絲暗喜。為了應付今日的局面，二哥特意幫她惡補一番。

「啟稟皇上，前年童生試後，學生便開始跟著先生讀《春秋》和《書經》，奈何學生愚鈍，現下也只是粗略入門而已。」

沈成瀾六歲考取童生，當時也被傳為一段佳話，正因如此，沈成嵐才會在元德帝面前自稱學生。

只可惜，景國公早將他們兄妹倆的老底向元德帝交代得清清楚楚，小時了了的是沈成瀾，沈成嵐擅長的是調皮搗蛋、惹是生非！

沈成嵐越是裝得理直氣壯，元德帝就越是忍不住想戳她老底，可又怕給戳破了，只好心癢癢地適可而止，揀著好聽的誇讚了兩句，指了指坐在下方右手側的幾個皇子，半開玩笑似地問道：「沈六啊，若是讓妳選的話，妳想做朕哪個兒子的伴讀啊？」

這一句話如同巨石落水，將在座諸人的心裡驚起陣陣大水花。

想來都是皇子選擇伴讀，哪有伴讀選擇皇子的道理？

齊修衍雙手緊握成拳掩在寬大的衣袖裡，克制著自己不要去看沈成嵐，同時心也高懸著，不懂父皇為何會將她置到風口浪尖上。景國公府不與任何皇子有關係，這才應該是父皇樂見其成的，不是嗎？

相較於表面上不動聲色、內心裡糾結萬分的齊修衍，其他三位皇子看著沈成嵐的眼神明顯熱烈許多，七皇子單純以皇上的好惡判斷沈成嵐的價值，而五皇子和六皇子則比他更多了一層考量，沈成嵐雖然不是景國公府長房子嗣，但也是景國公的直系嫡孫，他背後不僅有景國公府，還有個陽武侯府，那可是實實在在的一等軍侯。

聖上破天荒不按牌理出牌，看似榮寵，實際上也是把她架到火上烤，無論選擇哪個皇子，勢必要得罪剩下的三個。

沈聿懷從震驚中回過神，剛想提醒六弟委婉地把選擇權交回去，不料他家六弟壓根兒就不給他使眼色的機會，一雙大眼睛滴溜溜地在皇子們之間轉了一圈，撲通一聲又跪下了，端端正正地磕了個頭，特別認真地回稟道：「學生不才，想在三殿下身邊侍候。」

人群中驚起一陣陣細小的抽氣聲。

沈聿懷閉了閉眼，決定回府就去跪祠堂，自罰沒有看好六弟。

元德帝挑了挑眉，似乎也有些意外。

無論是前朝後宮，還是坊間街市，應該都知道三皇子並不受寵，沈成嵐卻偏偏選擇給他做伴讀？有意思……莫非，是景國公提前點撥了？還是另有人提點？

齊修衍聽到沈成嵐尚還稚嫩的聲音再也按捺不住，目光灼灼地定在她身上，恍惚間聽到皇上的舒朗笑聲。

「好啊，朕就准了！」

這就成了？

沈成嵐起身時還有些不敢相信，事情順利得遠超她的預想。

沈聿懷瞄了眼面露不甘的五皇子、六皇子，以及撇著嘴不高興的七皇子，心中暗暗決定，回家後跪祠堂的時間翻倍。

六弟啊，這下子可惹大麻煩了！

將想不通的事統統丟到腦後，沈成嵐歡歡喜喜地謝了恩退回原位，還不忘對三哥擠眉弄眼，讓沈聿懷看得越發頭痛。

惹禍還不自知，說的就是他家六弟！

皇子選擇伴讀通常有三大考量，分別是：書法、學問和禮儀。

沈成嵐畢竟只是個破例，插曲過後，伴讀的名額只剩下三個，比選才算正式開始。

小黃門有條不紊地將桌椅筆墨一干物品整齊地擺放上來，沈成嵐這會兒倒是沒忘緊緊跟著她家三哥，在三哥落坐後正跟著要坐在他身後，忽然聽到上座傳來元德帝的聲音。

「沈六，妳就不要浪費筆墨了，來，坐到三皇子身後吧，正好先熟悉熟悉。」

沈成嵐忙躬身道了聲「遵旨」，終於得以正大光明、名正言順地走向齊修衍。

齊修衍，這輩子，換我走到你身邊。

齊修衍起身向父皇揖了一禮，而後站在原地看著沈成嵐朝著自己走來，一步步，宛若踩在他的心尖上。

「參見殿下，日後有不周之處，還請殿下多多指教。」沈成嵐走到齊修衍近前，長揖一禮。

齊修衍當眾受了她這一禮，順手將自己平時隨身帶著的檀骨摺扇賞了她。「成嵐無須如此見外。」

這一刻，齊修衍無比慶幸，因為雙生子的關係，景國公為沈成嵐兄妹倆取了同音的名字。

「我記得三哥這把摺扇可是從來不離身，今兒竟捨得送人了，看來三哥對沈家小子當真喜歡得緊呀！」

一得知景國公府今年會送子弟前來參選伴讀，五皇子齊修衡為了在大皇子面前邀功，信誓旦旦保證會爭取到景國公的孫子來做自己的伴讀。倒也不是他託大，這回的四個兄弟當中，無論是才識，還是父皇的寵愛，他都自認高於其他三人，怎料到還沒正式開選，沈六就落到三哥手裡。

那可是兄弟中最不受父皇待見的三哥呢，真是浪費！

再不受待見也是個皇子，起身相迎不說，還一見面就送了隨身之物，實在是有討好之嫌。

五皇子話說得委婉，可配著臉上的皮笑肉不笑，冷嘲熱諷之意昭然若揭。

宮裡損人的手段多得是，不得寵的皇子，就算不能明著打罵欺凌，日常剋扣分例或像今日這樣當眾明嘲暗諷，踐踏尊嚴的誅心之痛遠比身體上的傷害來得更為折磨人。

這樣的生活，齊修衍上輩子過了整整二十六年，直到她死了，生活加諸在他身上的這種不公依然沒有停止。

只要一想到這裡，沈成嵐心底的恨意就難以自抑。

忽地，一隻微涼的手握住了她的手腕，將她輕輕帶向身後，她頭頂上傳來少年不慍不火的說話聲。「還是五弟明白哥哥的心思，成嵐性情率真又天賦出眾，讓人不喜歡也難。」

就連皇上都明擺著喜歡，誰還敢說不待見。

五皇子被堵得無法反駁，訕訕地瞄了兩人一眼，氣息不順地將目光轉到亭子中間的諸家公子身上。

椅子。

「坐吧。」雖然愛不釋手，但齊修衍還是鬆開了沈成嵐，指了指多寶剛剛搬過來的

沈成嵐輕聲道了聲謝，繞到後面老老實實入座，當多寶給她斟了杯茶後，她還不忘客氣了一番，擺明給齊修衍做臉面。

豎著耳朵的五皇子頓時臉色更臭了兩分。

齊修衍端起沈成嵐親手替他斟的茶，目不斜視地盯著場內正在奮筆疾書的候選者們，藉著茶杯的遮掩偷偷揚了揚嘴角。

既已如願，沈成嵐對接下來的比選就沒了什麼興致，除了分神關注一下三哥，大部分時間都在照顧齊修衍，茶喝完了替他續上，茶點也要擺在他伸手就能拿到的地方。雖然多寶頓時沒了用武之地，可心裡卻暗自歡喜。

誠如沈成嵐所料，她選上了伴讀，自家府上的其他人就沒有機會了。不過，讓她有些意外的是，最後皇上定下的另外三個伴讀，竟沒有一個出於國公府。相較之下，最不受寵的三皇子竟然破天荒拔了個頭籌。

「大昭律」明示，皇子適齡，封王之後由內宮遷往十王府，及冠禮後就藩。

早在沈成嵐養病期間，四位皇子的冊封禮就已經完成了，與上一世一樣，三皇子齊修衍被封為寧王，屬地嶺南；五皇子齊修衡封恆王，屬地青州；六皇子齊修賢封永王，

屬地宣州；七皇子齊修陽封康王，屬地廬州。

封王大典後，四人就已經搬進了十王府。

所謂十王府，實際上就是建在東安門西南的一座大宅：西起十王府大街，東至校尉胡同，北起金魚胡同，南至羅園胡同，占地近半個澄清坊。

中軸通道將十王府內分為東、西兩院，每院由北至南又各劃分為六院，供出宮後就藩前的皇子們居住。

齊修衍的寧王府就在西六院，位於十王府的西南角，離著大皇子和二皇子所在的東、西首院遠遠的，倒也清靜。

「三日後，我在正門前等妳。」齊修衍打定了主意，這輩子都要自己等著她，再也不會讓她等自己了，心理陰影太大。

「好。」沈成嵐應下，回頭看了眼站在不遠處等著自己的三哥，拱手行禮與齊修衍告別。

在此之前，他們應該沒有見過。那麼，三殿下如何得知自己和哥哥發了痘症？為何請來的偏偏是弘一大師？

自醒來開始，這個疑問就始終盤旋在沈成嵐的心頭，午夜夢迴之際，想到上輩子訣別時齊修衍的回眸一眼，不由得心生出一個荒唐的想法。

可惜，今日沒有說話的好時機，更不能直接上來就問：殿下，你也再世為人了？

嗯，還得再仔細思量思量……

回程的馬車上，沈成嵐沈浸在自己的思緒裡，以至於絲毫沒有注意到沈思成的陰鬱臉色。於是乎，沈四少將她的無視，進一步解讀為「得勢便猖狂」。

一下馬車，沈思成廣袖一甩，耷拉著臉氣沖沖地先進了大門。

沈思南這回有了教訓，對著三哥和六弟歉意地笑了笑，緊隨了上去。

「有病！」沈成嵐跳下馬車，看著沈思成的背影撇了撇嘴。

沈聿懷眼角抽了抽，險些控制不住自己抽他後腦勺一巴掌。

不知道為什麼，今日的六弟，格外讓人覺得欠揍。

「老爺，不好了！」馮大管家急匆匆地跑過來稟報。「老爺、老夫人，不好了，三少爺和六少爺一進府就去跪祠堂了，我是怎麼勸也勸不住呀！」

沈老國公眼皮一陣狂跳。「你不是跟著一起去的嗎？到底出了什麼事？」

馮大管家吞吞吐吐地回稟道：「小人也不清楚具體的情形，只知道六少爺選上了皇子伴讀，宮裡的旨意應該很快就會頒下來了！」

沈老國公和沈老夫人相視一愣，忙問道：「哪位皇子？」

馮大管家支支吾吾地道：「三皇子。」

沈老國公提起來的心稍稍緩和，起身道：「走，去看看！」

沈老夫人也連忙起身，跟著沈老國公一道出了門，沒想到剛出院門，就跟前來請安的沈思成兩兄弟撞了個正著。

「你說說，你們在宮裡出了什麼事，為何你三哥和六弟一回來就要去跪祠堂？」景國公邊走邊問。

沈思成聽說他們倆跑去跪祠堂，不由得幸災樂禍，又忍不住暗罵這兩人太會作戲，於是將比選開始前的事形容了一遍，加油添醋是一定有的。

尤其提到皇上讓沈成嵐自己選皇子那段，沈思成臉露愧色，說道：「孫兒當時以為皇上應該只是一時戲言，本想提醒六弟不要當真，尋個藉口委婉搪塞回去，想來三哥也是這麼想的，奈何六弟心直口快，我和三哥根本來不及阻攔，他就開口選了三殿下。身為兄長，沒有照看好六弟，孫兒也覺得有錯，這才急著趕來向祖父和祖母告錯。」

言下之意，三哥去跪祠堂，也是因為自覺沒有看好六弟。

沈老國公聽他這麼一說，臉色反而緩和了兩分。「你們也不用自責，先回去歇息吧！順便告訴你娘一聲，稍後宮裡會來宣旨，準備到中庭恭候。」

沈思成本想到祠堂去看熱鬧，聽到祖父這麼說，也不敢堅持，應聲後停住了腳步，目送祖父母的身影消失在走廊轉角處，眼裡方浮上不甘心的怨懟之色。

憑什麼老六會受到皇上的另眼相看？憑什麼祖父母總是對老六包庇偏愛？還不是因為自家這一房不是祖母親生的。還是娘說得對，如果自己不爭取，景國公府早晚要落到二房和三房的手裡！

沈老國公如果知道沈思成的想法，恐怕要氣個半死。平心而論，為了照顧長房的立場，沈老夫人的所作所為讓沈老國公都自覺愧對二房、三房。自古以來後娘難為，沈老夫人不僅做到一碗水端平，甚至要更傾向於長房。

當年請立世子，因為元夫人娘家永昌侯府獲罪被奪爵流放的緣故，摺子被皇上駁回了一次，最後還是沈老夫人出面，進宮求見了太后和皇后，這才二次請封時得到朱批。

沈老夫人並沒有將這件事對外宣揚，直到世子冊立兩年後，皇后娘娘在春宴上提了兩句，這才被人知曉，長房卻認定了是沈老夫人在挾恩圖報。

不得不說，以小人之心度君子之腹這種本事，長房的人修練得爐火純青。

沈成嵐跪在三哥身旁，不用猜也知道沈思成會跑去祖父母那裡告狀。果不其然，剛跪了兩刻鐘不到，門外就傳來一陣腳步聲。

「待會兒祖父要是怪罪的話，你就說是皇上執意讓你選，你懾於龍威，只好權衡之後選擇了三殿下，知道嗎？」沈聿懷輕聲提醒。

沈成嵐也輕聲回道：「沈思成保准已經向祖父和祖母告過狀了！」

沈聿懷目光一暗，輕哼了聲。「管他怎麼說，咱們倆咬定這麼說就行。」

沈成嵐點了點頭，一臉感激地往三哥身邊又蹭了蹭。「三哥，你放心，我是想好了才選三殿下的，保證不會給家裡惹麻煩，你別擔心。」

沈聿懷聽到門外的腳步聲由遠及近，又突然放緩，飛快地對沈成嵐眨了眨眼，故意提高聲音道：「就算是給皇子做伴讀，到底也是辛苦的差事，不比在族學自在，就算皇上有意，你實在不願的話，念在你年歲尚小，皇上應該不會真的怪罪，你說你何必要自討苦吃？」

沈成嵐的聲音比他弱了兩分，聽起來有些委屈可憐。「可是皇上一直看著我，我要是不選，萬一皇上真生氣了怎麼辦，咱們家都要跟著遭殃的！」

沈聿懷頓了頓，好一會兒才重重嘆了口氣。

「那你以後怎麼辦？三皇子不得寵，你跟著他在十王府免不得要受委屈，還不知什麼時候是個盡頭！」這句話倒是沈聿懷的真心顧慮。「你說說你，就算非得選，幹麼要選三皇子，五皇子不好嗎？」

當然不好！

沈成嵐又不能明著告訴她三哥，如果她今天選了親近大皇子的五皇子，就該皇上感覺不好了。皇上感覺不好，咱們家的日子也不好過了。

「五皇子看人的眼神，我覺得不舒服，還是三皇子好，長得好看！」

沈聿懷瞪大眼睛無聲地看著沈成嵐，彷彿在詢問這句話的真實程度。

沈成嵐特別認真地點了點頭，用嘴形無聲告訴他：真的。

沈聿懷終於還是沒忍住，抬手就呼了她後腦勺一巴掌。

今日的六弟果然是欠揍！

這一巴掌明顯是虛張聲勢，根本就不疼，沈成嵐卻賣乖地揉著後腦勺哼唧。「三哥，好好說話嘛，幹麼動手……」

「跪好了，好好反省。」沈聿懷伸手戳了戳沈成嵐的腦門。「你知不知道你選了三皇子，咱們家以後就要被人打上三皇子的烙印了！」

沈成嵐配合著他歪了歪身子，又很快跪端正了。「選了五皇子，不是也要被打上五皇子的烙印嗎？在族學裡聽說了，五皇子話多又愛得罪人，還是三皇子好，省心！」

沈聿懷難得頭一次和老六說這麼多話，卻險些被噎得撓牆。

門外的沈老夫人捏著帕子捂嘴低笑，就連沈老國公也被弄得沒了脾氣，示意馮大管家開門。

沈老國公負手站在門口，看著面帶驚慌想向自己行禮的兩個孫子，清咳了兩聲，故意嚴肅著臉低斥道：「還不給我出來說話，給祖宗添什麼堵！」

沈老夫人險些一個沒忍住笑出聲。

沈聿懷忙起身，扯著沈成嵐就衝了出來。

許氏得到消息趕到主院的時候，沈成嵐正耷拉著腦袋坐在一旁。

沈老國公已經仔細詢問她一番，得知當時的確是皇上開口讓她選擇，心裡不由得慶幸沈成嵐眼皮子淺，因為皮相好看而選擇了三皇子。

本以為皇上只是為了做做樣子，才讓府上幾個孩子去比選，沒想到皇上竟然來了這麼一手，真讓人有些看不透。

見公婆的臉色如常，許氏悄悄鬆了口氣，剛要落坐，門外就傳來馮大管家的聲音。

「老爺，宮裡來人了，已經進了大門！」

沈老國公忙招呼眾人去中庭接旨。

沈成嵐落後兩步，湊到許氏身邊，低聲將情況簡要說明一番。

許氏很快回過神，恨恨地暗中擰了她一把。「不省心！」

木已成舟，許氏心裡再不捨，也得接受沈成嵐已經成了三皇子伴讀的事實。只是，知女莫若母，當時是不是真的無法婉拒，許氏心裡尚有保留。

「沈國公，恭喜了！」查公公將宣讀完的聖旨恭敬地交到沈老國公手上，虛扶了一把，笑盈盈地道喜。

馮大管事在沈老國公的示意下，上前兩步將準備好的賞銀奉上。

查公公也不矯情，道了聲謝坦然收下，又細細交代一番三日後沈成嵐去十王府需要做的準備和注意事項，許氏一一記下，不忘道謝。

人群之後，長房的幾人看著眼前一團喜色的情景，既眼熱又不甘。

送走了查公公，沈成嵐告別祖父母，跟著許氏回了東苑。

一回來，許氏就屏退左右。「現在沒有旁人，老實說，妳是不是早就這麼打算的？」

沈成嵐本也沒打算一直瞞著母親，索性點頭承認。「那日聽弘一大師說是三殿下請他來咱們府上，我就想找機會報答了。」

果然如此。

許氏幽幽嘆了口氣。「那日妳主動提出要代替妳二哥進宮比選，我就覺得有些納悶。妳呀，太性急了。三殿下的救命之恩，咱們日後自有機會回報，妳這樣豈不是要把自己給耽誤了！」

反正被娘親給看穿了，沈成嵐心想不如徹底在娘親跟前自揭老底，也方便自己日後做事。

「娘，其實我早先在街上偶遇過三殿下一次，就……一見難忘……」

呃，這種事想想還好，明著說出來還真有些羞恥。

許氏猶如當頭被人悶了一鍋蓋，幾乎以為自己眼花耳鳴出現幻聽了，好一會兒才回過神來，難以置信地問道：「妳是說，妳早就心儀三殿下？妳才多大呀，知道什麼是喜歡嗎？胡鬧！」

「三殿下生得那般好看，我就是喜歡，怎麼是胡鬧嘛！」沈成嵐可沒忘了自己現在還只是個八歲小娃，只能從齊修衍的皮相上作文章，讓娘親以為她只是一時迷戀美貌。

果然，聽她這麼說，許氏稍稍鬆了口氣，忽然想到什麼，又問道：「殿下可知妳心儀他？那他對妳……」

沈成嵐神情一暗。「我當時穿著二哥的袍子，殿下只以為我是二哥。」

如此甚好。

許氏拍了拍胸口，暗暗鬆了口氣，可轉頭想到自家閨女過去的「壯舉」，又沈著臉耳提面命。「現下妳可是用著妳二哥的身分去做三殿下的伴讀，定要知規守禮，切不可有僭越之舉，否則，我就把這些事都告訴老夫人，看她會不會把妳揪回來！」

放眼景國公府，能鎮住自家這隻妖猴的，就只有老夫人了。

別看沈成嵐平日裡跟老夫人撒嬌賣乖，可老夫人動了真格的，她還真的是打怵。娘親拿祖母來鎮她，當真是管用的。

「好啦，只要妳在殿下跟前規規矩矩，為娘也不會怎麼樣。今日妳也累了，先回去歇著吧，明日一早記得去族學那邊和先生打個招呼。」

沈成瀾身邊有兩個小廝，都是極信得過的人，臨走前他將機靈的牧遙留給了沈成嵐。有牧遙跟著，許氏這才放心不少。

沈成嵐應下，不猜也知道娘親和姚嬤嬤定要忙著替她準備衣衫、鞋襪等一應物事，心念動了動，笑著蹭到許氏跟前抱著她的手臂撒嬌。「娘，您給我準備中衣、鞋襪的時候，能不能再多準備兩套，尺寸跟大哥相似的。」

許氏頓時柳眉挑高。「幹麼，妳就算長得再快，半月裡也長不了妳大哥那般高吧！」

沈成嵐繞到身後，替娘親捏肩捶背，極盡諂媚之能事。「娘，咱們總要給殿下準備點見面禮吧？」

許氏本想說，人家堂堂皇子豈會看得上咱們府裡準備的衣物，可轉念想到聽來的風言風語，一時又有些心情複雜，嫌棄地瞪了沈成嵐一眼。「現在看妳礙眼得很，趕緊下去吧！」

得，這算是同意了！

沈成嵐樂得應了聲，腳底抹油似的轉眼就溜了出去。

守在門外的姚嬤嬤推門進來，見夫人揉著眉頭、面露倦色，便上前替她斟了杯茶，柔聲勸道：「姑娘雖然平日裡莽撞了些，但行事從來都是有分寸的，夫人不必如此傷神。」

許氏嘆了口氣。「罷了，事已至此，也只能走一步算一步了。」

為了入宮參加比選，沈成嵐起了個大早，這會兒還真有些倦了。她回到二哥的臥房，由大丫鬟舒蘭幫著脫了外袍、鞋襪，鑽進被子裡沒一會兒工夫就睡了過去，這一覺睡到天黑，還是許氏怕她錯過晚膳，讓舒蘭將人給喚醒。

為了不出任何紕漏，即使是姚嬤嬤和舒蘭幾個知情的人，私下裡說話的時候也統一改稱沈成嵐為二少爺。

沈成嵐平日裡最愛玩的就是與二哥互換身分，自然適應得遊刃有餘。而她本就與二哥長得極為相似，換上二哥的裝扮，若不說話，就連許氏也經常被蒙混過去。

三日的時間，對想見齊修衍的沈成嵐來說是度日如年，但對許氏和老夫人來說卻很急促。作為皇子伴讀，其實並不一定非要住進十王府，也可每日走讀。只是，皇子們就讀的御書院每日卯入申出，一年中只在新年、端午、中秋、萬壽和皇子的壽辰有幾日休沐，沈成嵐若是住在家中，恐怕比景國公上早朝還要辛苦，不如住在十王府，每半月還有兩天休沐可回家。

一旦決定要住進十王府，有鑑於三皇子的處境，老夫人和許氏要替沈成嵐準備的東西可就少不了。

出發當日，沈成嵐看著抬上馬車的三個大箱子，吃驚得險些合不攏嘴。

「祖母，娘，這是不是太多了？」

許氏白了她一眼。「放心，都是些日常用得上的東西，就算進府的時候有人檢查，也挑不出說法。」

沈成嵐「哦」了一聲，也不敢再有異議。

因為要趕在御書院開講前入府，沈成嵐寅時三刻就得動身。

老夫人提前發了話，其他人就不必起早相送了，但沈聿懷還是特意提早趕了過來，待老夫人和二伯母叮囑過後，將沈成嵐拉到了一旁，偷偷塞了個錢袋給她，低聲叮囑道：「十王府和宮裡一樣，想要過得舒坦些，少不得要上下打點，你可別捨不得。我知道二伯母會給你準備這些，但是手裡多點銀子總是好的。還有，御書院的講經侍讀岑淵先生與我是同門，我已請老師同他打過招呼，你若是遇到什麼為難的事，盡可託他代為轉告。」

沈聿懷昨晚才得到恩師的確切回覆，今日一大早趕來送六弟，就是要說這件事。十王府雖不像皇宮那般守衛森嚴，但也絕不是隨隨便便就能互通消息的地方。

沈成嵐從善如流地承下三哥的好意，真摯地道了聲謝，更把這份情記在心裡。

第三章

十王府距離景國公府不過一刻鐘的車程，可就這一刻鐘的車程和兩道門的相隔，讓許氏生出千萬里之遙的感覺，回了房，終還是沒忍住落了淚。

就連堅韌如沈老夫人，回去後也忍不住偷偷紅了眼睛。

沈老國公見狀，只能在心裡嘆氣，因為看不透皇上的用意，反而越發嚴格約束府中上下。

且說沈成嵐這邊，乘著馬車走在空曠的街道上，沒擋沒攔的，一刻鐘不到就到了十王府的大門口。

十王府是仿舊都規制而建，府門即是宮門，除了巡防戍衛，在內外府之間還有校尉營駐守，進出盤查十分嚴格。

齊修衍如他承諾的那般，親自等候在正門前，讓沈成嵐遠遠地就看得到他。

「殿下，您什麼時候站在這兒？」雖是盛春時節，但凌晨仍帶著涼意，沈成嵐跳下馬車，三步併作兩步迎上前，藉著行禮的動作觸了下他的外袍，見沁著涼氣，顯然站在外面的時間不短。

念了一世的人終於又鮮活地站在自己面前，早起多等這一個半個時辰對齊修衍來說甘之如飴。

「也沒站多久，先進去吧，小廚房已經備好了早膳，用過後正趕得上去御書院。」

外來馬車不得駛入十王府，幸而齊修衍想得周到，一早就安排自己府裡的馬車在門口候著，在守兵檢查過後，命人將三個大箱子挪到自己的馬車上，由多寶趕著馬車平穩地駛往寧王府所在的西六院。

十王府的正門開在十王府大街中段，面朝皇城，進了府門穿過正儀門便是內院。眼下開府的幾位皇子都住在正儀門以北的東、西、上三院，寧王府的馬車向南行駛，除了府道兩旁勻距佇立的石燈幢燃著光亮，別處都是黑壓壓一片，沈成嵐卻不覺得陰森，反而覺得靜謐，遠好過上三院的「熱鬧」。

他們不想湊熱鬧，卻有人想湊他們的熱鬧。這不，往常這個時辰向來大門緊閉的上三院門口，出現了三三兩兩的灑掃小廝，探頭探腦且目光飄忽閃爍，寧王的馬車一消失在視線內又都撤了回去。

「這是鬧什麼呢？」值夜巡邏的校尉程五瞪著瞬間又不見人影的各府大門口，一頭霧水。

馮吉咂了咂嘴，壓著嗓音說道：「能鬧什麼，沒看都盯著西六院的馬車嗎！」

程五想到今日是幾位皇子伴讀正式入御書院的日子，低嘆道：「能被三院如此關注，恐怕連三殿下自己都沒受過這樣的待遇，沈小公子還真是了不得！」

「那可是景國公府的小公子，國公夫人的嫡親孫子，陽武侯是他的親舅爺，背後立著這兩座大靠山，別說剛開府那三位，就算是大殿下和二殿下恐怕也要顧忌兩分。」馮吉當年在京軍幼官舍人營時，聽得最多的便是景國公和陽武侯的精彩戰績，心中仰慕已久，現下兩人的小輩進了十王府，雖人微言輕，卻也有心盡力照拂一二。

沈成嵐全然不知因為祖父和舅爺的關係，自己無形中多了個幫手，只顧著興高采烈地跟著齊修衍進了寧王府大門。

說是十王府中的一個院，但建構完全是按照王府的規制，沿著王府中軸線依次分為前殿、中殿和後殿，兩側對稱建有東、西院，承奉司、典膳所、祿米倉、庫房、馬房等一應俱全。

沈成嵐對寧王府並不陌生，前世與齊修衍訂親後曾有機會拜訪過幾次，她深知這偌大的寧王府，從牆外看著莊嚴富貴，內裡實則就是個空殼子。

若是上輩子，齊修衍定會愧於向沈成嵐暴露府中的拮据，但現下卻萬分從容。待早膳擺上桌，見沈成嵐的臉上沒有絲毫意外驚訝之色，他心裡暗暗高興的同時又莫名摻雜著一股自豪感。

不愧是他的嵐兒，打小就不耽於物質享受，只是……

「殿下，您怎麼不吃？是飯菜不合胃口？」沈成嵐一碗粥都下肚了，抬頭見齊修衍還沒有下筷，懊惱自己的後知後覺。

活了兩輩子，怎麼一碰上飯碗就拔不出來呢？

齊修衍聞聲回過神，笑了笑，掩飾內心的疑惑，道：「沒有，只是昨夜多用了幾塊點心，這會兒還不餓。」

早膳也不過是清粥小菜，另配兩屜小籠包，還是尋常的素餡，肉丁都見不到幾粒，這對無肉不歡的沈成嵐來說實在是太素了，好在齊修衍坐在對面，她就算只喝白粥也高興。

齊修衍看著繼續埋頭吃得歡暢的沈成嵐，心一陣怦怦直跳，為了驗證腦海中突然蹦出來的荒唐猜想，他克制著手抖，將自己面前的那盤鮮拌芫荽木耳，往沈成嵐面前推了推。

沈成嵐雖然更喜歡葷菜，但也不挑食，基本上給什麼吃什麼，唯獨對芫荽敬謝不敏。這會兒見齊修衍把那盤拌芫荽往自己跟前推，她心底浮上一絲絲失落。

他不知道自己不喜歡吃芫荽啊……

但這點小失望轉瞬即逝，人嘛，總不能活得太貪心，這輩子不過是再讓齊修衍喜歡上自己而已，這個信心沈成嵐還是有……有個屁！

瞪著眼前這盤散發著濃郁刺激性氣味的芫荽，沈成嵐一陣頭皮發麻，想想如果自己不吃的話，齊修衍得多尷尬，索性心一橫，挾了一筷子大義凜然地塞進嘴裡。

感受著口腔中滿滿的芫荽獨有的味道，沈成嵐險些被自己感動到哭。

齊修衍，這輩子我都為你吃芫荽了，你可得早點喜歡上我呀！

齊修衍看著沈成嵐將一碟子芫荽吃得乾乾淨淨，愣了愣，隨即為自己之前的瘋狂念頭感到好笑。

用罷了早膳，也該準備動身前往御書院了。為了節省時間，一早出門時，許氏就讓沈成嵐換上一身寶藍色銀絲暗紋雲錦直裰，頭戴萬字方巾，身量雖不算高，但骨骼勻挺、腰纖腿長，再加上那張精緻的小臉，端的是讓人移不開目光。

「小公子生得可真好看。」多寶站在自家爺身後，看著正在大箱子裡翻騰著的沈成嵐，小聲讚嘆。

齊修衍反手拍了下他的腦袋。「還不去幫忙，慣會偷懶！」

多寶揉著腦袋笑呵呵地湊上去幫忙。

「這是……」多寶看清沈小公子塞到他懷裡的東西，欣喜不已。「新書袋！爺，您看，還可以雙肩揹著呢，真好看！」

當日見娘親和姚嬤嬤親自替她縫製新書袋，沈成嵐便參照當年軍中改良的背包畫了個新樣式，還軟磨硬泡替齊修衍也要了一個。

許氏手巧且用心，給三皇子的那個明顯用了更好的料子，還在書袋內裡用金線繡了個「三」。

不僅多寶對這個新書袋愛不釋手，就連齊修衍也相當喜歡，尤其是看到內裡金線繡的字，竟忍不住眼底發燙。「休沐回府後，定要代我多謝夫人。」

「我已經代殿下先行謝過啦！」沈成嵐笑著將他拉到大箱子邊，隨手指了指裡面疊得整整齊齊塞得滿滿的一箱子衣物。「左邊這些都是我送給殿下的回禮，待會兒讓牧遙整理出來送到您屋裡。」

齊修衍俯身輕撫著箱子裡柔軟的布料，翻了翻，發現大多是貼身內衣和中衣中褲，還有鞋襪，甚至有一疊針腳細密的鞋墊。

齊修衍驀地站起身，穩了穩心緒，笑意直達眼底。「一把扇子換妳半箱子的衣物，我是占了大便宜。」

「哪裡哪裡，三哥說，殿下送我的扇子可是上好的紫檀扇骨，金貴著呢！我這些不過是些帛棉絲麻，還都是家中庫房裡的，沒花什麼銀錢，是我占了便宜才是！」

沈成嵐見多寶已經將書袋裝好，便跟著齊修衍出了門。

多寶揹著新書袋亦步亦趨跟在後面，身邊還多了個年歲相仿的同伴，心裡莫名覺得踏實許多，不再像往日那般一想到去御書院就打怵得緊。

御書院設在東四院，進了院門繞過影壁，前院是校場，中院是學堂及書庫，後院是供講讀學士們休憩的值房和雜庫房等。

每日的課業，上午文課，下午武課，午時正開始午膳，皇子的午膳由各府典膳自理，做好後由侍衛送到御書院，御書院的膳房只負責當日老師們的伙食。

沈成嵐想到早上吃的清粥小菜和素包子，猜想寧王府的午膳怕是也好不到哪裡。

由於時間還來得及，齊修衍便沒有乘轎，和沈成嵐一起散著步走往書院，穿過校場時，發現她皺著臉有些出神，忍不住問道：「在想什麼？」

沈成嵐據實相告。「在想午膳吃什麼。」

齊修衍忍了又忍，還是沒忍住嘴角抽搐，多寶和牧遙更是憋不住，捂著嘴竊笑。

沈成嵐仗著自己現在年紀小，頗有恃無恐。「人生在世，不過吃穿二字，吃飯可是正正經經的大事，你們笑什麼？」

齊修衍揣度，應該是早上沒見葷腥，這會兒就開始饞肉了。

「放心吧，中午保准讓妳吃飽。」

我的殿下呀，咱們的追求還可以更高一點，譬如不僅能吃飽，還要盡可能吃好！

沈成嵐又動了偷偷買肉的念頭，可是，十王府的規矩跟宮裡一樣，不能私自帶吃食進來，被發現了可是大罪。

「妳呀，膳食的事就不用妳操心了，有齊嬤嬤在，定然不會餓著妳。」齊修衍兩世為人，對口腹之慾都沒什麼偏愛，這輩子本打算先韜光養晦，擇機改善處境後再去接觸嵐兒，沒想到她竟然這麼早就一頭撞進自己的生活，原本的計劃也不得不做些調整，畢竟這輩子他的目的可不是保命，而是讓嵐兒和自己一起好好活著，長長久久，壽終正寢。

齊修衍發現自己又想遠了，忙扯回注意力，側身對多寶低聲吩咐道：「稍後你到內務所使些銀子，雞和兔子各買三、四隻，記著得挑一隻公雞和一隻公兔子。」

多寶雖然不明白主子的意思，但還是乾脆地應下。

沈成嵐豎著耳朵，聽到齊修衍讓多寶去買雞和兔子，頓時雙眼一亮。「多寶一個人可能拿不動，就讓牧遙跟著一起去吧。」

多寶連忙搖頭。「奴才一個人可以的，大不了多跑一趟，爺和公子這邊可不能沒人伺候著。」

「無妨、無妨，殿下身邊有我呢，你們快去快回就是！」為了燉雞和兔子肉，端個茶、倒個水什麼的，沈成嵐自覺完全可以勝任。

齊修衍一時無語，心中暗忖：嵐兒是不是誤會了什麼……

離家前，除了三哥送她的錢袋，娘親和祖母也都準備了銀錢給她，除了五十兩一張的銀票，還有不少碎銀，大多放在牧遙那裡，方便他打點。趁著齊修衍不注意，沈成嵐向牧遙悄悄使了個眼色。牧遙心領神會，暗想著待會兒有可能的話再多買幾隻備著，他可是太清楚自家主子的飯量了。

齊修衍和沈成嵐走進學堂的時候，除了大皇子和二皇子，其他三位皇子已經到了。見到他們進來，除了七皇子起身問了聲好，五皇子和六皇子甚至都沒起身，只坐著拱了拱手。

齊修衍習以為常，淺淺一笑拱手回了聲早，然後站在原地等著沈成嵐行禮問過好，方才帶著她一起入座。雖沒言語，舉止之間擺明對這個伴讀極為照顧。

五皇子撇了撇嘴，視線不經意間掃過自己的伴讀梁鈺，見他盯著沈小公子的目光帶著陰狠，心念一動，臉上的鬱色也跟著一掃而空。

不多久，二皇子和大皇子相繼而來，齊修衍一如往常那般起身問好，沈成嵐則長揖行禮，見過這兩位風頭正盛的皇子。

當日伴讀比選，大皇子和二皇子也在場，沈家這小子最後選了老三，兩人雖一時不快，但總比被對方拉攏過去要好得多，是以這會兒對沈成嵐的態度倒還和善。

沈成嵐和二哥不僅外貌上酷似，就連頭腦也一樣聰明，最大的區別可能就在於，二哥專長於四書五經的解讀，而她更擅長於兵法和生意經。前者可以說是家學淵源，後兩者麼，應該是受祖母和娘親薰陶。

為了不露出馬腳，沈成嵐小心翼翼、全神貫注地聽了一上午的課，最後大大鬆了口氣。御書院的先生和他們家族學的先生也沒什麼大不同，都是讓人反覆地誦讀、背書，這難不倒她。

真不是沈成嵐自我感覺良好，上午先後兩個學士授課，幾個新來的伴讀都被點名站起來背書，只有沈成嵐一個沒被難住。

沈六公子的才子之名再次得以印證。

飯堂設在中院的西偏房，時辰一到，各府的侍衛便提著食盒候在飯堂門口。

皇帝宣召勳貴和大臣家中年紀相仿的小公子進宮伴讀，其用意無非有二：一是親近恩寵，二是為皇子栽培近臣。

皇子們自然也深知這個道理，故而對自己的伴讀都很寬待，午膳同桌而食在御書院的飯堂已是常態。

但像齊修衍和沈成嵐這樣同桌但不分食的，還是獨一份。

寧王府前來送飯的侍衛名喚李青，剛及弱冠，容貌尚顯稚嫩，卻生得高大矯健，三層的大食盒拎在手裡依然健步如飛。

沈成嵐看到他手上提著的食盒時雙眼發亮。這麼大的食盒，燉上兩隻雞也足能放下！

可等多寶將食盒打開，她就有些傻眼了。

兩大碗手擀麵，一大碗醬，一大盤胡瓜絲、青菜絲、胡蘿蔔絲、焯水豆苗拼盤。沒了。

燉雞呢？爆炒兔肉呢？

沈成嵐瞪著一雙大眼睛看著齊修衍，求知慾遠遠超過上午讀書的時候。

齊修衍被她看得百感交集，既覺得可憐，又覺得好笑。無奈地摸了摸她的頭，帶著歉意低聲安撫。「回去我再慢慢跟妳說。」

沈成嵐被齊修衍眼中的歉意刺了下，醒悟到自己的失態，忙彎著眼睛笑了笑，搶過多寶手裡的勺子，親自給齊修衍的麵碗裡澆了勺醬。

嘿，是肉醬呢！

沈成嵐又撈了一勺肉丁澆到齊修衍的碗裡。

齊修衍投桃報李，也替她舀了兩勺醬，大半的肉丁就這麼進了沈成嵐的碗裡。

五皇子看到寧王府送來的伙食，剛要酸兩句，卻險些被互相舀醬的兩人閃瞎眼睛。

一碗破麵也能吃得津津有味，這個沈六若不是太好養活，就是太會演戲了！

沈成嵐原本是不想讓齊修衍難堪，但一吃上麵，這個念頭立刻就被拋到腦後了。麵條勁道爽口，肉醬是她最喜歡的鹹香口味，再拌上新鮮的菜，一大碗麵被她吃得乾乾淨淨。

旁邊幾桌人被她的吃相吸引，頻頻看過來，大有想要嚐嚐那醬拌麵的味道是不是真的那麼好吃。

齊修衍眼裡的笑意越甚，剛要撂筷，就見沈成嵐的目光熱烈地看過來，小聲問他。

「殿下，您吃好了嗎？」

討麵的意思不言而喻。

一旁伺候著的牧遙羞愧地恨不得要把腦袋埋進胸裡。只怪老爺和夫人把主子教養得太好了，什麼時候都不浪費一點吃的！

齊修衍上輩子可沒受過這樣的待遇，眼前專注而灼熱的目光，忽然與上輩子在陰冷潮濕的天牢裡那張蒼白無血色的臉重合在一起，心中頓時一陣尖銳劇痛。

打小就這麼能吃的嵐兒，在天牢裡的那些日子是怎麼熬的？

「殿下？殿下！」沈成嵐傾身向前湊近面露異色的齊修衍，小聲喚他。

齊修衍不動聲色地回過神，本想放下的筷子一轉，將自己碗裡的麵撥了大半到沈成嵐的碗裡，還不忘提醒她。「下晌是武課，莫要吃得太飽了，待會兒咱們去外面走走，消消食……」

齊修衍這邊碎碎念叨著，沈成嵐這邊大快朵頤地吃著麵條，旁人看在眼裡，竟生出一股溫馨的錯覺。

沒多久，兩碗麵和盛著菜的盤子空了，肉醬還剩了大半，沒等多寶收進食盒，卻被七皇子給要走了。

想到早上的寡淡清粥，沈成嵐戀戀不捨地目送著肉醬碗被多寶端到了七皇子那一桌。

齊修衍實在看不下去，拉著她出門去消食。

也不知是心理作用與否，七皇子往白飯上澆了一小勺肉醬，吃起來竟覺得當真不錯。很快，一碗肉醬就被另外幾桌給瓜分了。

御書院沒有午睡時間，就算各家王府在一個大院裡，吃過飯後也不許回府，睏了、乏了也只能回學堂趴著桌子小憩。相比之下，竟比在族學還要辛苦幾分。

沈成嵐不由得慶幸來的是自己，若換成是二哥，恐怕身體要吃不消。

若說上午的文課，沈成嵐讓人覺得不負盛名，那麼下午的武課，只能用「果然如此」來形容。

景國公府的沈六公子，下晌一開課，蹲了不到一刻鐘的馬步就腿如篩糠，險些暈了過去。果然如傳聞中那樣，手無縛雞之力的小書呆子一個。

梁鈺看了眼坐在廊下吹著風的沈六，心裡恨恨不已。

手無縛雞之力？呸！手無縛雞之力能打斷他五哥的腿？裝模作樣！

趁著武師傅在指導其他人拉弓時，五皇子低聲問道：「你和沈六有過節？」

梁鈺猶豫了片刻，道：「年前我五哥在街上教訓一個不長眼的東西，沈六跳出來多管閒事，竟當眾打斷了我五哥的腿！」

忠靖侯府的梁五公子是京裡出了名的世家紈袴，驕奢淫逸樣樣俱全，而且男女不忌，真真做到了欺男霸女。梁鈺嘴上說是在街上教訓個不長眼的人，實則是當街調戲良家女子不成硬要搶人，沈六看不過眼，出手將人給打斷了腿。

五皇子看透不說破，順著梁鈺的話咂了咂舌，反而寬慰道：「你也別心急，這筆帳暫且先記著，總有讓他清償的一天。」

梁鈺聽出五皇子話裡的意思，忙連聲道謝應下。

沈成嵐坐在陰涼的廊下，身旁有牧遙和多寶替她打著扇子，相較於校場上練習拉弓射箭的皇子和同窗們，委實舒坦得不得了。

「少爺，我瞧著忠靖侯府的七少爺看您的眼神不太對勁，您說，他是不是還在記恨著年前的事？我覺得咱們還是該小心點。」牧遙小聲提醒。

半天下來，多寶就和牧遙熟絡起來，聽他這麼說不禁好奇。「年前什麼事？」

牧遙見自家主子沒有隱瞞的意思，就將年前的事說給多寶聽。

「他哥哥被打斷了腿純屬活該，梁鈺公子不好好規勸兄長，反倒怨恨公子，這是什麼道理，豈不是非不分？」多寶憤憤不平。

沈成嵐忍不住低笑。「幫親不幫理罷了，這世上深明大義的人可是不多見的，起碼忠靖侯府就沒有。梁鈺這人，我倒是沒聽過他什麼糟心事，不過牧遙說得對，還是提防著些好。」

牧遙和多寶兩人應下，想著回去後也要提醒府上的人警醒著些。

下晌一個時辰的武課，沈成嵐吹了七刻鐘的涼風，順便在武師傅心裡留下弱不禁風的印象，直至數年後，當他在軍陣中見識到沈成嵐的真正風采後，才知道自己被騙得多麼徹底。

當日下學，出了御書院，沈成嵐的腳步就不由得加快，兩條腿恨不得踩成風火輪，哪裡還有半點「抖如篩糠」的樣子！

一進府，沈成嵐就直接往廚房的方向奔，被齊修衍眼疾手快地攔住了。「弄來的東西都在小花園呢。」

沈成嵐一愣。「放在花園？難道還要散養幾天再吃嗎？」
齊修衍扯起嘴角，笑得十分狡猾。「嗯，養上半個月，我保證妳以後頓頓都有肉吃。」
半個月？
沈成嵐糾結了一小會兒，選擇相信齊修衍。「好吧。可是為什麼呀？」
半個月，就算生蛋孵小雞也來不及吧？
齊修衍輕輕彈了她一個腦崩兒。「山人自有妙計，到時候還得有妳幫忙。」
呵，還賣起關子了。
不過為了肉，沈成嵐願意全力配合。
雖然新買的雞和兔子不能吃，但沈成嵐在晚膳時還是吃到了燉雞。這是下學後不久，二皇子命人送來的，說是午膳肉醬的回禮。隔了不久，大皇子、六皇子和七皇子也都送了不少食材過來，雖不盡相同，卻都有肉。
沈成嵐心滿意足地啃著雞腿，感慨道：「好像大家都知道咱們沒有肉吃。」
齊修衍笑了笑，不甚在意。「宮裡的人，慣會捧高踩低、看人下菜。如今宮裡沈貴妃執掌宮務，她嫉恨我母妃多年，我雖不是母妃親生，畢竟養在她名下，即使沈貴妃無意對我怎樣，那些想要奉承討好她的人自然會代勞。」

宮裡折磨人的法子多得很，就算不能明著打罵，變著法子剋扣分例總是不難的。堂堂皇子，表面穿著光鮮的錦袍，裡面的貼身衣物卻是縫縫補補兩、三套，勉強換洗，吃食還不如其他皇子的小廝侍衛們吃得好。這樣的羞辱，遠比身體上的痛楚來得更椎心。更誅心的是，當齊修衍遭受這一切的時候，他的生母賢嬪始終無聲旁觀，甚至不曾私下裡偷偷接濟。

在沈成嵐眼裡，賢嬪的沈默，與幫凶無異。

「說來，好像所有人都知道我的日子不好過。」齊修衍想到沈成嵐給他帶來的半箱子衣物，眼裡的笑意很真實。「妳明知道，為何那日在御花園還要選我？」

終於，他還是問出口了。

沈成嵐想也不想地回答。「殿下請弘一大師來為我和二哥治病，對我們有救命之恩。」

原來是報恩。

當初他沒有請弘一大師保守秘密，不也是存了讓嵐兒知道的用心嗎？可當聽到這樣的答案時，齊修衍不得不承認，他的心裡並沒有得償所願的歡喜。可是，即使出於用心設計，只要能和嵐兒再次有所交集，都是值得做的。

「殿下，我有一事相問，您是如何得知我與哥哥發了痘症？又怎麼知道弘一大師可救我們？」

齊修衍筷子一頓，垂眸糾結了好一會兒，方才抬頭看向她，嘴邊依然掛著笑，半開玩笑似地說：「如果我說，是妳上一世親口告訴我的，妳信否？」

沈成嵐手指一僵，雞腿直直掉進了飯碗裡。

半晌後，沈成嵐睜著紅紅的眼睛，略帶顫音地回道：「我信。」

齊修衍嘴邊的笑容凝固，腦海中一片空白，只不斷迴響著她的這句「我信」。

兩人就這麼睜著發紅的眼睛彼此盯著看著，彷彿要透過眼前的皮囊看進彼此的前生。

「抱歉，是我對不住你。」良久後，沈成嵐才輕顫著說出這句上輩子沒說出口的歉意。

上輩子堅忍了一生的眼淚瞬間無聲湧落。

「妳說過會等我。」齊修衍咬著牙譴責。

沈成嵐耷拉著腦袋，嗚咽了一聲。「是我食言了。」

「上輩子，我到死也沒原諒妳，更沒原諒我自己。」齊修衍抬手抹了抹眼角，調整了一下呼吸，穩了穩心緒，起身走到沈成嵐身邊，將她攬到自己身前，色厲內荏地警告。「這輩子我會好好護著妳，妳若再敢食言，我就……」

驚喜之下，沈成嵐哭得有些脫力，腦袋抵著齊修衍，乖順地任他威脅著。奈何齊修衍對著她根本說不出狠話，引得她破涕為笑，抬手緊緊抱住他的腰身，鼻涕眼淚蹭了人家一身，還得寸進尺地挑釁道：「你就怎樣？」

齊修衍上輩子坐了近二十年的皇位，在史官筆下絕落不下仁君之名，可面對沈成嵐，偏偏連一句重話也捨不得對她說，只能認命地嘆了口氣。「妳就仗著我對妳沒辦法吧！」

沈成嵐眼底一熱，又在他身上蹭了一遍眼淚鼻涕。「我不會再食言了，你也別再說到死也不原諒我，好不好？我聽著心疼。」

「好。」除了答應她，齊修衍沒有別的餘地。

「好啦、好啦，咱們這樣也算久別重逢了，該高興才是，若是被牧遙他們看到妳這個樣子，要以為我欺負妳了。」齊修衍起身絞了帕子替她擦了擦臉，幸好兩人為了方便說話屏退了旁人，否則也沒機會收穫這麼大的驚喜。

沈成嵐就著齊修衍的手擦了把臉，眼睛紅紅、鼻尖紅紅的樣子看起來有些可憐。

齊修衍還想再安撫兩句，放個帕子的時間，轉過頭來就看到她又撿起碗裡的雞腿啃了起來。

怎麼辦？忽然覺得自己還不如一隻雞腿來得重要。

啃著雞腿吃著肉，身邊還有失而復得的齊修衍陪著，沈成嵐把自己上輩子的抱憾和這輩子的生活慢慢拼湊合一，心裡真正地安定下來。

齊修衍看著她紅腫的眼睛漸漸恢復如常，心情也跟著豁然開朗，精神一放鬆，才發現一整隻雞差不多都進了沈成嵐的肚子，他稍稍猶豫了一下，開口問道：「妳是不是那時候在天牢餓得狠了，現在才這般能吃？」

沈成嵐扔下最後一塊雞骨頭，後知後覺發現自己把整隻雞都吃完了，扯過布巾擦了擦手，無辜地看著齊修衍。「不是呀，我從小就這麼能吃。只是大哥跟我說在你面前要收斂著些，免得嚇到你。」

「……」

「也就是說，上輩子妳跟我吃飯的時候從來沒吃飽過？」齊修衍有些不能面對真相。

沈成嵐誠實地點了點頭。「嗯。」

齊修衍嘆了口氣。「好吧，上輩子是我疏忽了，這輩子妳就別收斂了，我就算真的不得寵，讓妳吃飽飯還是做得到的。」

沈成嵐聰明的腦袋瓜又回來了，機智地抓住他話裡的關鍵。「難道你不是真的不得寵？」

說罷，大眼睛環顧四下，涵義不言而喻。

的確，這偌大的偏廳裡，連個拿得出手的瓷瓶擺件都沒有。

齊修衍舀了碗湯遞給她。「很多時候，眼睛看到的不一定就是真的。日後我會慢慢告訴妳。」

今日這頓飯吃得著實耗費元氣，一隻雞也不足以補回沈成嵐哭掉的力氣，她精力不濟地點了點頭。

重活一世，齊修衍最大的優勢便是知道自己身邊有哪些人可以信任，但同時，他又不會全然憑藉上一世的經歷給予信任。畢竟，這一世的軌跡已經發生了變化，譬如，沈成瀾並沒有夭折。同理，上一世可以信任的人，這一世並不能保證是否依然可信。

因此，齊修衍並沒有急著將芳苓調派去貼身伺候沈成嵐。

且說沈成嵐沐浴後反而精神好了許多，躺到床上才忽然想起來，她竟然忘記問齊修衍了，上輩子他娶親了沒有。

這個念頭一起，沈成嵐躺在床上輾轉反側，直到後半夜才迷迷糊糊睡過去，第二日起來時可想而知，眼睛下面掛著明顯的烏青。

「殿下，早！」穿戴整齊的沈成嵐一出房門，就看到正在院裡打拳的齊修衍，她伸著懶腰打了聲招呼，跟在她身後的牧遙嚇得連忙在背後戳她。

沈成嵐剛打了個哈欠，感覺到牧遙在身後戳她後背，迷迷糊糊地轉身。「怎麼了？」

牧遙小聲提醒。「公子，咱們現下是在寧王府，不是在家，要注意規矩，注意儀容！」

沈成嵐被他這麼一提醒，頓時小肚子一收，挺直了腰，把眼裡猶存的淚花給眨了回去。

糟糕，相認之後高興得一時忘了形！

她正反省著，忽然一道陰影兜頭罩了下來，耳邊傳來牧遙低低的抽氣聲，還有齊修衍愜意的低笑。

沈成嵐將腦袋上的東西扯下來一看，是條絞過水的帕子，帶著清爽的涼意，順手就擦了把臉。

嗯，這回是徹底醒了。

「在我這裡與在家沒什麼不同，沒外人在，隨意便是。」齊修衍的目光落在沈成嵐的臉上，笑容頓時淡了下去。「昨夜沒睡好？是床睡著不舒服，還是被褥不合適？」

沈成嵐彎著眼睛看向他，點了點頭。「有點認床而已，習慣兩日就好了。殿下怎起得這麼早？」

「武師傅教的這套拳法還不錯，早起兩刻練一練，一天都覺得神清氣爽。」這輩子，齊修衍可不再滿足於只能旁觀沈成嵐在校場上的風采。

御書院的武課雖然也教授弓馬騎射，但主要還是以強身健體的拳腳基本功為主，像齊修衍現在打的這套拳，足以強健身體，實戰卻不適用。

「等殿下的基本功再紮實些，我教殿下新拳法。」她讀書未必在行，和打仗有關的可是頗有心得。

齊修衍心生歡喜，忍不住打趣她。「妳來教我打拳，是不是有些大材小用？」

這樣愜意放鬆的齊修衍，在沈成嵐的記憶中並不多見，她打發牧遙去幫多寶擺膳，兩人在後面慢慢走著。

「與我們相識時比較，殿下有很大不同。」

齊修衍「哦」了一聲，問道：「哪裡不同？」

沈成嵐抓了抓臉頰，搜腸刮肚地想了想，道：「我還不太會形容，就是覺得，殿下的性情變得開朗了許多。」

「上一世，我只顧著戰戰兢兢求全，錯過了許多，尤其是妳。在妳走後，我才幡然醒悟，那個位置，不是我想遠離就能置身事外的，大皇兄也好，二皇兄也罷，都不是能容得了人的，無論他們誰坐上那個位置，我都難逃被壓制的下場。可惜，我醒悟得太晚，即使後來坐上那個位置，沒有妳在，也只是高處不勝寒罷了。幸而咱們還有這一世，我只想不留遺憾地與妳過好每一天。」

一個十二歲的半大小子如此肉麻地向一個八歲大的小毛頭吐露愛意，若是被旁人聽到，不知該作何感想。

齊修衍的甜言蜜語張口就來，沈成嵐卻聽得紅了耳尖，揉揉鼻子輕嗯了一聲，似喃喃自語。「這樣也挺好，繼續保持。」

院內忽然響起齊修衍爽朗的笑聲。

沈成嵐臉頰一熱，卻也跟著揚起嘴角，忽然想起困擾了自己一晚上的事，便抬手扯住齊修衍的衣袖。「殿下，恕我多嘴問一句，上一世你娶的是哪家的姑娘？」

這輩子她恐怕是嫁不了你，有機會的話，得補償補償。

齊修衍反手握上扯著自己衣袖的小手，心裡因為上一世的終身抱憾而苦澀，又因為沈成嵐此刻變相的吃醋而欣喜。

「京城沈家的姑娘，家中么女，名喚成嵐。」

沈成嵐愣在當場，好一會兒才找回自己的聲音。「殿下……」

「上輩子咱們雖然未能生同衾，卻總算死同穴。我齊修衍上輩子只有妳沈成嵐一妻，這輩子，亦會如此。」齊修衍伸手擦拭著沈成嵐奪眶而出的眼淚。「妳大伯一家，我已經安排人盯著，妳可想過要讓他們如何？」

勾結二皇子誣陷他們一家的事還沒有發生，但上輩子家破人亡的仇恨卻不會就此消散，沈成嵐從來就不是以德報怨之人，這輩子，長房別想再像上一世那樣順利襲爵過舒服日子！

「這輩子，他們也不會安分，且走著瞧吧。」沈成嵐抬頭，看到齊修衍眼裡的顧慮，釋懷地笑了笑。「我知道你在擔心什麼，放心，我不會把心力都放在報仇上，我還有更重要的事去做。」

聽她這麼說，齊修衍心裡的擔憂才算散了大半，舒緩了臉色笑問：「哦？有什麼更重要的事，不妨說來聽聽？」

沈成嵐抽回手，正了正衣襟，打從心底湧上一股豪情壯志。「當然是陪著殿下建功立業。」

沈成嵐自幼跟隨祖父習武，研讀兵書，於排兵布陣一事極具天賦，能以女兒身在軍中站穩腳，憑藉的可是實打實的軍功。可惜壯志未酬身先死，北方外患未平成了沈成嵐畢生的憾事。

「好，那咱們就從御書院開始！」

齊修衍並沒有告訴沈成嵐，上一世在她死後的第二天，她的父母、大哥也跟著自盡於天牢之中。

他的嵐兒，合該這輩子活得輕快愜意，那些屬於上一世的沈痛教訓，有他深記足矣。

這一番又哭又笑，沈成嵐的一張臉簡直難以見人，眼睛下面的烏青還沒褪下去，眼睛又腫了，牧遙急得團團轉，趁著給她遞帕子擦臉的機會偷偷詢問，是不是被三殿下訓誡了。

沈成嵐哪敢說是被三殿下的甜言蜜語給甜哭了，只得扯謊說有些想家，沒忍住當著殿下的面哭了一下。

第四章

今兒的早膳和昨日差不多，依然是米粥、小菜、包子，不同的是，米粥是用雞湯熬的，鮮香潤口，沈成嵐喝著極為合胃口。

寧王府的大丫鬟芳苓是個貼心的人，見到沈小公子的眼睛後，立即讓廚房煮了兩顆雞蛋，待沈成嵐放下筷子後就用微燙的雞蛋幫她揉敷，然後又拍了一層淡淡的脂粉遮蓋，等到出府的時候，只要不仔細看，眼下的烏青已經看不出來了，只是眼睛依然還是有些腫。

「喲，沈六，你這眼睛怎麼腫了？哭了？」御書院大門口，周裴盯著沈成嵐微腫的眼睛，搖著扇子調笑著。「該不會是昨晚想家哭鼻子了吧？」

周裴是大皇子的伴讀，父親是兩年前才襲爵的成國公，據說當時能順利襲爵，大皇子和沈貴妃幫了不少忙。周裴傾慕景國公府的長房大姊沈思清，少不得拉攏討好沈思成，自然不會放過給沈成嵐難看的機會。

沈成嵐張望了一眼，大皇子不在，想來應該如齊修衍所說，跟著去早朝觀政了。

「周二哥好像很了解的樣子，莫不是當初剛到大殿下身邊的時候，也像我這般哭過？」既然大皇子不在，沈成嵐自然不會刻意示弱。

「早聽說沈家六公子伶牙俐齒、能言善辯，今日可算是見識到了。」周裴的目光閃爍了下，仍笑著。「然而，想我剛到大殿下身邊那會兒，雖說不能日日回家，但王府內吃穿用度安排周詳，比在家中不知好上多少，殿下又親善愛恤，我一時顧著高興，倒是沒像你這般掉金豆子！」

門口這邊動靜不大，但早一步進了院子的幾家皇子還沒進屋，察覺到門口的異樣都紛紛停下腳步回過身來看。

該來的總會來，由周裴來當這個出頭椽子，沈成嵐倒也不意外，委實是此人賤名已久，圈子裡人盡皆知，礙於他爹成國公與三叔私交不錯，沈成嵐才三番兩次容忍他，看來這是要給慣壞了！

沈成嵐上輩子可是連塗閣老家的小孫子都給吊起來抽打過，齊修衍可不認為重活一世，她這脾氣能一朝改得了，當然，也不希望她改。只是，現下她畢竟頂著未來舅哥的名頭，與人交流過於激烈的話，將來身分換了回來，怕是有礙小舅哥的才子之名。這麼想著，便偷偷扯了扯沈成嵐的袖子提醒。

死過一回，沈成嵐算是親身體驗了一把誅心的殺傷力遠大於傷身，況且，面對破家仇人她都能忍著同桌而食，周裴這種程度的角色，就算齊修衍不提醒，她也沒打算跟他浪費體力。

「這麼說來，我還真要向周二哥學習學習隨遇而安的本事。」沈成嵐也不與他多糾纏，側過身做了個讓齊修衍先行一步的手勢，只在與周裴擦肩時稍稍頓了頓腳步，壓低聲音。「哦，忘了多謝周二哥的誇讚，只是，我素來少與人往來，如此美名不知周二哥是從哪個嘴裡聽說的？我家四哥，還是我家大姊？」

周裴聞言勃然怒視，低斥道：「大姑娘深居閨閣、恪謹守禮，你休得胡言亂語，毀人清譽！」

沈成嵐一臉驚訝不解地吊著眼尾深深看了他一眼，無辜又委屈道：「周二哥你怎麼反應這麼大，咱們兩家也算世交，你又與四哥素來交好，大姊更不是沒見過，聽他們說些關於我的事有問題嗎？幹麼這麼一驚一乍的！」

周裴只覺得一口悶氣卡在胸口，尚算斯文清秀的臉一寸寸漲紅，穩了穩聲音道：「現下已與小時候不同，你說話也該謹慎些，免得平白污了大姑娘的閨譽。」

景國公府以武傳家，家規雖嚴，卻也不似詩書之家那般對女孩子們重重束縛，況且大昭的民風較前朝開放許多，文帝時更出過女狀元郎，是以上到勛貴權爵之家，下到平民百姓之家，女子拋頭露面並不是什麼稀罕事。

周裴這話就更糊弄不住人了，要知道，景國公府的大小姐儘管戴著冪䍦或以屏風相隔，可是籌辦過兩次鬥詩會了。

沈成嵐狀似恍然地嘖了嘖聲。「周二哥這般替大姊考慮，可是知道了大伯母有意讓大姊參加選妃的事？也對，你可是大殿下身邊頂親近的人，自然對選妃的事比旁人知道得多，如此說來，稍後少不得要勞周二哥多提點。」

「大姑娘要參加選妃？」周裴臉色頓變，咬牙切齒。「我日前剛見過你四哥，並未聽他提及此事，你休得信口雌黃。」

沈成嵐瞠了瞠眼睛，不與他較真。「是嗎？那也有可能是我聽錯了，我也就是和二哥你隨口說說罷了，對旁人是絕對不會多嘴的。」

說罷，沈成嵐伸出沒有多少肉的小爪子拱了拱手，小碎步跟上齊修衍的身後。

「少爺，您先別動氣，這位小爺的脾氣您也是知道的，素來讓人捉摸不定，說不準就是故意激您的。」小廝周林暗聲安撫道。

明眼人都看得出來，他家少爺對沈家大姑娘有意。

周裴看了眼門內已經沒看熱鬧的人，臉上的驚訝和憤然漸漸斂去，但眼底的陰鷙卻並沒有因為周林的勸慰而消散。回想起上次見面，沈四的確是半句沒提他大姊要參加選妃的事，但話裡話外卻打聽不少大殿下的喜好，本以為是他要比選伴讀，預先了解一下皇子們的日常生活，現下想來恐怕並非如此……

扔下臆想不止的周裘，沈成嵐腳步輕鬆地跟在齊修衍身後，本來還有些酸澀緊繃的眼睛也覺得舒服了許多。

「妳家大姊真的準備參加選妃？」齊修衍上身微側，輕聲問道。

上輩子他活得安分守己，像諸位兄弟選妃之事甚少關注，現下想來倒有些後悔。

沈成嵐幾不可察地「嗯」了一聲，用只有他們倆能聽到的聲量說道：「長房的心思大著呢！杜氏早暗中準備上了，只是還沒露出口風而已。但不知怎麼回事，沈思清在選妃那早突然發病，連床都下不來，最後還是祖母親自帶著她們母女進宮向太后和皇后娘娘請罪。」

「幸得如此，否則大皇兄傾覆那時，景國公府也難逃一劫。」齊修衍感慨了一句。

「這回咱們還是先從旁看著？」

沈成嵐眼神微動，悄聲道：「我想了有一陣子，但是還不確定，稍後細說與你聽，你幫我斟酌斟酌。」

齊修衍唇邊掛著淺笑，心情很是不錯地應了聲。

大昭的早朝分大朝會和小朝會，大朝會每五日一次，皇子年滿十五歲後就要開始跟著上朝觀政，眼下跟著上朝的還只有大皇子一個。身為伴讀，沒有跟著上朝的資格，只有按常到御書院，將當日講讀師傅安排的功課轉述於皇子。

這一上午，周裴嚴重走神，就連講讀師傅也發現了他的異常，蹙了蹙眉，卻沒有當眾出言提醒，反觀三殿下卻比往日積極勤奮許多，於是著重表揚了兩句。

沈成嵐聽到齊修衍被那個一臉嚴肅的老夫子表揚，與有榮焉地笑了半天。

午間，寧王府送來的伙食依然素淡，沈成嵐飛快地噘了噘嘴，而後肅著一張小臉埋頭扒飯。圍觀的人看在眼裡，神情不一。

當日下學後不久，二皇子的榮王府遣人送來為數不少的食材，多是雞鴨魚肉。

「二殿下依然這麼會做人。」沈成嵐彎著腰挖坑，人不高，手法卻是嫻熟，偌大的花園裡只有他們兩人在。

另一廂，多寶和牧遙一個人拎著水桶，一個人拿著瓢給剛栽好的樹苗澆水，還不忘時刻警惕著四周，跟鑽出洞口的小土撥鼠似的。

齊修衍不修邊幅地將袍裾斜繫在腰間，半蹲著將樹苗埋進沈成嵐挖好的坑裡，一邊填土一邊道：「我這個二哥，追求的就是個賢名，最是知道錦上添花，不如雪中送炭。」

沈成嵐笑道：「託他的福，咱們正好改善改善伙食。」

多寶和牧遙去井邊提水時，齊修衍乘機問道：「妳家大姊選妃的事，妳是怎麼打算的？」

沈成嵐停下動作，湊到齊修衍跟前蹲著，一邊幫忙往坑裡撥土，一邊低聲道：「我想暗中推一把，讓她們如願。」

齊修衍斂眸思索了片刻，似有猶疑道：「這麼一來，大皇兄傾覆之日，必會禍及妻族，可是，若那時景國公府尚未分家的話，你們二房、三房必然同受株連。」

按照上一世的軌跡，大皇子倒臺的時候，沈老國公可是尚在的。

「我祖父的脾性皇上最是知曉，他老人家絕對會反對大姊去選妃，只是，如果長房執意，大姊又真的選上了，祖父就只能接受現實了。」

齊修衍挑了挑眉。「妳是想讓老國公先把態度亮明，這樣就算大禍臨頭，父皇也會酌情，最後真正受株連的只有長房那一支。」

沈成嵐點了點頭。「我相信，皇上不會輕易捨棄我祖父。」

「的確不會。」齊修衍點了點頭。「以老國公在軍中的威望和在北疆的威懾力，父皇哪怕只是出於權衡考慮，也不會讓景國公府傾倒，只怕是要元氣大傷。」

搞不好便會是褫奪軍權，榮歸養老。

「不過，因此收斂鋒芒也說不定是件好事。」想到隨後而來的第二波風浪，齊修衍又覺得這招險棋值得一走。「只是，妳得讓老國公敞開心懷，否則如此大的打擊，恐怕他消受不住。」

當年大皇子傾覆後不出兩、三年，沈老國公就過世了。此後世子襲爵，長房憑藉著景國公府的門楣站入二皇子的陣營，將矛頭對準沈成嵐一家。

沈成嵐見他臉色沈了下來，知道他定然是想到前塵往事了，輕輕撞了下他的肩，寬慰道：「放心，我會不斷透露些消息，讓他老人家有個心理準備。長房的野心是無法消除的，他們或許會一朝得勢，但就算讓二皇子坐上了那個位置，他們最後也難落得好下場。想要保下景國公府，他們一房，早晚得除。」

齊修衍正色地點了點頭。「以二皇兄的為人，的確不會留那些知曉他真面目的人。」

沈成嵐歪著頭看他。「我還沒來得及問，你最後把長房他們一家如何了？沒真的褫奪了我家的爵位吧？」

「自然是抄家滅族以正國法了。」齊修衍的臉色又陰沈了兩分，很不想回憶上輩子這段時間的事。「景國公的爵位，最後由你三哥沈聿懷承襲了。」

沈成嵐的目光頓了一下，垂著頭坐到地上，好一會兒才幽幽開口道：「我……那日之後，我爹娘和大哥是不是也隨著我……隨著我……」

這種猜測，從沈成嵐徹底恢復意識時，就在腦海中反覆成形，只是一直不敢面對，被她硬塞到陰暗的角落裡，直到齊修衍坦承一切，這個念想又開始生根發芽。如果不問，這輩子，她恐怕都難以真正重獲新生。

齊修衍也深諳此道，於是在反覆沈吟後，點了點頭。「妳……之後翌日，妳父兄和母親以死明志，正因如此，我繼位後才有名正言順的理由重審此案。」

沈成嵐雙唇顫抖著翕合，半晌才艱澀開口，問道：「那我嫂嫂和小姪兒……」

「我和妳三哥偷偷將他們安置在方尚書的一個遠房親戚府上，三年後沈寃昭雪，妳三哥將他們接回國公府，本想讓妳的長姪兒襲爵，但是被妳嫂嫂堅拒。妳三哥將他們照顧得很好，妳的兩個姪兒都是爭氣的，此後一路順遂，娶妻生子，孝順長輩，團圓興旺。」

這樣就好……

沈成嵐低低抽噎了片刻，抬起袖子蹭了蹭臉，頂著一雙紅彤彤的兔子眼看向齊修衍，鄭重地道了聲謝。那個時候要保全嫂嫂和兩個小姪兒，他和三哥要費多大周折，可想而知。

齊修衍卻一陣心痛不已，然而還沒等他開口，沈成嵐已經破涕為笑，彷彿拋卻了最後一絲沈重，眼底清明澄澈，下頜微微揚著，頗為硬氣地道：「好啦，這輩子最後一次跟你道謝。以後你為我做任何事，我都會心安理得地全盤收下，絕不客氣！」

齊修衍眸光流轉，只覺得眼前這個有點囂張的小臉，既讓人挪不開視線，又讓人心癢得想狠狠揉捏兩把。

於是，前世上半輩子活得中規中矩、下半輩子活得雖生猶死的宣帝隨心而動，一雙沾著泥土的半大手掌，惡狠狠地探向面前的素淨小臉。

多寶和牧遙一人擔著扁擔的一頭，搖搖晃晃地抬著兩桶水，遠遠地就看到沈小伴讀滿園子追著三皇子揚土，驚得險些當場打翻了水桶。

半個下午，栽完了二十幾棵桃樹，三殿下和沈小伴讀頂著一腦袋的土和半身的泥回了主院，驚呆了一院子的嬤嬤宮婢。

被掌宮太監海公公唸完再被齊嬤嬤唸，齊嬤嬤唸完再被大丫鬟芳苓唸，三遍下來，洗去一身土的沈成嵐，對著還沒有完全回過神來的齊嬤嬤和芳苓，笑得一口小白牙閃閃發亮。

齊嬤嬤和芳苓都是已逝皇貴妃安排給齊修衍的人，尤其是齊嬤嬤，可以說是一手將齊修衍帶大。出於某種考慮，皇貴妃不能對齊修衍表現得過於重視，暗中卻給他留下了不少得力人手。這些，也是齊修衍後來才醒悟過來的。

「沒想到皇貴妃娘娘竟然如此用心良苦。」聽完齊修衍的話，沈成嵐沈默片刻，下了一個總結。「比賢嬪娘娘好太多。」

「我之於她，不過是個工具罷了。」

提起生母賢妃，哦，現在還是賢嬪娘娘，齊修衍的眼睛裡連一絲波動都沒有。

「當年她與母妃先後生子，四弟未及滿月就夭折了，她過沒兩日就將我送到了母妃這裡，為的不過是在父皇面前討些恩寵，其後寥寥數面，不外乎念叨著讓我在父皇和母妃面前多討喜，多多念她的好，後來更是為了八弟，讓我收斂鋒芒、平庸度日。我也是信了她，最後無用到只能眼睜睜看著妳赴死，卻束手無策！」

君父，君父。今上是個好帝王，卻不是個好父親。齊修衍看透這個道理，卻是以沈成嵐的性命為代價。

沈成嵐蹭過去坐在他身邊，雙手握住他的一隻拳頭，慢慢地把一根根手指扳開，蠻橫地把自己的小手伸進人家的手掌裡，悠悠地嘆了口氣，道：「我常常想上輩子怎會那般心疼你？」

握著自動送到掌心裡的小手，尺寸比記憶中的嚴重縮水，暖暖的感覺卻一如往昔，齊修衍也學著她悠悠嘆了口氣，問道：「可想出來為何了？」

「可能是你的際遇比我倒楣太多，怪可憐的，加之人長得好，我一見就心生歡喜吧！」沈成嵐哈哈笑著抽出手跳開，閃回自己的座位，揚聲讓門口處候著的多寶傳膳。

雖然是事實，但從眼前這個縮水的沈成嵐嘴裡說出來，格外讓人恨得牙癢癢。

齊修衍皮笑肉不笑地哼哼兩聲。「是嗎？那往後還得煩勞妳繼續好好心疼我了！」

「好說好說！」沈成嵐覺得自己真是喜歡齊修衍喜歡到骨子裡了，不惜用這樣的方式逗他開心，簡直夠拚！

兩人單獨用膳的時候並沒有食不言的講究，奈何沈成嵐一看到好吃的肉菜就格外投入，一旦提起筷子開吃，就很少分神。

二皇子先前讓人送來的食材裡竟然還有新鮮的海蟹，在暮春時節裡可算是稀罕東西。沈成嵐其實很好海鮮河鮮這一口，奈何剝殼拆肉不索利，所以桌上有其他肉食，她就寧願不吃這些了。

齊修衍發現之後，在秋風起吃閘蟹的時候，連吃了小半月的螃蟹，生生練就了這一手拆蟹肉的好手藝。

看了眼挾到自己菜碟裡的大雞腿，又看了眼和雞翅奮戰的沈成嵐，齊修衍彎了彎嘴角，扯過濕布巾擦了擦手，袖口向上挽起兩層，就著蟹八件開始從容自若地拆蟹肉。

沈成嵐吐出最後一塊雞骨頭，一小碟蟹肉就遞到自己跟前。沈成嵐雖打小就好吃，但吃相和吃品卻極好，從來不護食、不吃獨食，非常具有眾樂樂的精神，尤其是齊修衍這種投餵她的。

於是乎，碟子裡的一半蟹肉被撥到齊修衍的碟子裡，她則一邊瞇著眼睛吃，一邊看著齊修衍把拆完肉的蟹殼又一隻隻拼了回去。

「咱們接下來要怎麼辦？」

雖然重活一回，但不論是後宮還是前朝，對沈成嵐來說都是水深不見底，完全沒有多活一世的優越感，早先單單是讓二哥避開比選伴讀，就讓她耗盡吃奶的勁兒，如何在長房的算計下保全一家，更是決心下得堅定但胸無成竹的事。

幸虧啊，這輩子還有齊修衍在。齊修衍在運籌謀劃、把控大局這種事，比沈成嵐更擅長執行。

「我比妳早了兩年準備，利用母妃給我留下的人手，在宮裡各局各監安插了一些可靠的耳目，短時間內我還是以低調行事為主，但也不能再像上一世那般鋒芒盡斂，讓父皇視我若無物。具體如何，咱們且行且確實應對。眼下第一件事，就是在京城踐行竹管引水入府戶。」

「既如此，那我以後也要收斂一下脾氣。」沈成嵐喃喃自語了一句，轉而好奇問道：「竹管引水是什麼？」

齊修衍將最後一截蟹腿拼放回去，扯過布巾擦了擦手，道：「妳不必收斂，如以往那般恣意便好，甚至更驕縱一些也無妨。你們府上，長房慣會粉飾偽裝，你們一家和三房又約束自律，就算是父皇，想要揪出一個你們家的錯處也沒有，這樣是好，也是不好。」

一個身負開國之功的權貴世家，當家家主功績顯赫，在軍中更是極具威信，同時治家嚴謹，府上子弟勤奮上進、安分自律。這樣堪稱完美的家族，為己所用是福，不為己所用，便是大禍。

今上的信任愛重，從來不是全然的。善疑，幾乎是所有君王的通病。

「呃，殿下的意思是，讓我做我們家的禍頭子？」沈成嵐低頭看了眼自己身上的天青色團花錦袍，再想想自家小小年紀就腹有詩書氣自華的二哥，由衷生出一股怯意。

自己頂著二哥的名頭在外面囂張跋扈，家裡會有什麼反應？

祖父、父親和大哥應該會三個人輪流或者群毆她，祖母會唸著靜心咒拘著她跪佛堂，娘親大概是一邊念叨一邊哭……

只要想一想這種下場，沈成嵐就忍不住陣陣頭皮發麻。可是，只要能保平安，她咬了咬牙，決定幹了！

齊修衍被她這副慷慨赴義的模樣弄得忍俊不禁。「又不是讓妳學那些紈袴子弟，只是無須壓抑真性情，平時態度驕矜一些，該見義勇為就拔刀相助而已，就像妳之前那樣。」

三不五時地胖揍侯府或朝臣大員家的紈袴浪蕩子，不只到景國公府告狀，最好還要一狀告到皇上跟前，讓皇上評理。對她來說，最差不過是被祖父、爹爹、大哥鬆鬆筋骨，跪跪祠堂佛堂，耳朵遭點罪，沈成嵐絕對能勝任。

沈成嵐半吊著眼角細細打量著齊修衍的臉，後知後覺道：「殿下，你該不會是故意坑我吧？」

齊修衍本來就心眼多，上輩子鬥倒兄弟坐上皇位，又跟滿殿朝臣們鬥了二十多年，一顆七竅玲瓏心不知道又鬥出了多少竅。

齊修衍莞爾一笑。「怎麼會？我只想妳活得肆意灑脫而已。餘下的，交予我便是。」

沈成嵐又深深打量了他一會兒，作罷地嘆了口氣。「好吧，這個我在行。對了，還沒說呢，竹管引水是怎麼回事？」

「先吃飯，吃完了咱們去小書房，我仔細說與妳聽。」齊修衍看著她依舊沒有補回來多少肉的尖下頜、窄肩膀、細胳膊、細腿兒，心裡有點著急。「晚上讓齊嬤嬤給妳備些宵夜吧，前陣子病中瘦了太多。」

沈成嵐沒好意思跟他說，自己自小跟著祖父和父親習武，筋骨結實著呢，穿著衣袍時看著細瘦，脫了衣袍可是有肌肉的。

呃，好吧，從病中到現在，疏於練功，肌肉沒剩下多少了。

「不用麻煩嬤嬤和芳苓了，我家向來沒有吃宵夜的習慣，我病癒不久，只要白日裡按時吃飯，早起練功，很快就會恢復的，殿下不必擔心。」

想到一整隻雞就剩下自己碗裡的雞腿，剩下的都進了某人的肚子，齊修衍只掙扎了片刻就放棄堅持，把雞腿上的肉拆下來後，多半又餵進某人的肚子。

這兩年來，齊修衍養成了晚膳早食、早睡早起的習慣。上輩子生無可戀，早早把自己耗得油盡燈枯，這輩子他打定主意要跟沈成嵐長長久久、壽終正寢，是以從飲食到起居，都跟上輩子反著來，兩年試用下來，果真效用極好，最明顯的成果就是他的身體強健了許多。

沈成嵐上輩子這時候還沒認識齊修衍，自然無從對比，只是她自己跟著齊修衍的作息來，剛開始不太習慣，但強大的適應力很快讓她從中嘗到了益處。尤其是早起跟齊修衍一同打拳練功，時不時切磋一番，每每齊修衍在她手下走不過十個回合，沈成嵐便覺得有種找回場子的舒爽感。

頭腦計謀拚不過，起碼還能在拳腳身手上找回來，何懼！

所謂好話不能說滿，多年後，當沈成嵐趴在床上堪比一條翻不了身的鹹魚時，每每回想這個時候，都恨不得捶胸頓足，悔恨自己當初的天真，這些尚屬後話。

且說沈成嵐初入十王府，除了互看不順眼的周二和梁七，以及素淡得見不著多少葷腥的午膳，還算順順當當地過完了小半月，迎來了第一次休沐回家。

心裡頭揣著齊修衍的叮囑，沈成嵐在這日下學後，就草草收拾個小包袱回家了。

許氏和沈老夫人早早就等候在二門，遠遠地瞧見甬道上走來的沈成嵐，雙雙臉色一亮。

沈成嵐如歸巢的小鳥一般腳步輕快地奔了上去，行過禮後自覺地將自己的臉湊上去，迎接祖母和娘親的揉捏，然後在兩人一迭連聲「瘦了瘦了」聲中，理直氣壯地睜著眼睛說瞎話。「是瘦了，跟著三殿下都吃不上兩口肉……」

落在身後幾步遠的牧遙聞言險些忍不住撇嘴，同時心裡越發惴惴不安，不知該不該私下裡向老夫人和夫人稟明。

當晚，沈成嵐就被留在正院裡用晚膳，沈思成似是故意趕在飯點前過來請安，順道也被留了下來，老爺子索性將各房的小子們都喚了過來。

孫子輩的齊聚一堂，沈老國公想到日前收到沈成瀾的親筆書信，撫了撫長鬚，心下豁然，笑意直達眼底，吩咐廚房多添了幾道好菜，其中大部分都是沈成嵐愛吃的。

這丫頭不過離家半個月，怎麼看怎麼覺得又瘦了！

沈成嵐忽地想到從齊修衍的小書房裡拿來的那本兵書忘了帶，見著還有一會兒才能開飯，便知會祖父一聲回去取，但折回來時就被沈思成堵在遊廊的一處轉角。

「老六，你什麼時候學得跟個長舌婦似的，平白在背後嚼舌根搬弄是非！」沈思成下晌接到周裴的請帖興沖沖赴約，結果一見面就被罵了個滿頭滿臉，好不容易忍到周二少出完一口悶氣，才知道禍端竟然是他們家老六。

甫得知大姊參選大皇子妃的消息被周裴知曉，沈思成一時間既驚又慌，周裴對大姊的心思由來已久，不說在景國公府人盡皆知，怕也有半府人看得出來。現任成國公是周裴的父親，雖然只掛了個侍中祭酒的虛職，但先祖蔭封尚在，周裴又打小被譽為世家子弟中的佼佼者，在外人看來，足以與沈大姑娘相配。

奈何沈思清是個眼界高的，周裴不過是她的備用人選罷了，尤其在他被選為大皇子的伴讀後，沈思清越發堅定了念頭，利用周裴攀附太子人選呼聲最高的大皇子。

可是，這個念頭除了父母親和他自己，連二妹都不曾透露，沈成瀾卻知道了，而且還驚動周裴。一想到周裴臨走前的忿忿不滿，沈思成這會兒吃了老六的心思都有。

面對沈思成的質問，沈成嵐沒有半分心虛，咧了咧嘴，笑道：「四哥，還記得上次你和周裴在酒桌上說風涼話，咒我妹妹天生帶煞、在劫難逃的事嗎？所謂來而不往非禮也，弟弟不過是跟你學的而已。再說了，我是信口雌黃搬弄是非，還是實話實說，四哥你自己心裡有數，容我提醒你一句，往後在外面謹言慎行，若是讓我再聽到關於我妹妹的風言風語，就別怪我不客氣。」

沈思成一張臉憋得通紅，想要痛罵回去，卻心有忌憚。大皇子選妃的事還沒有正式公布，若此時將大姊的心思洩漏出去，無論是沈貴妃那邊，還是周裴那邊，恐怕兩頭都不落好。

沈成嵐吃定了他不敢在這個時候翻臉，確切地說，沈思成就是個窩裡橫的主兒，還得是在他們長房的窩裡。

果不其然，兩人前後腳回到偏廳時，沈思成的臉色已經幾乎恢復如前。

「怎麼回事，老四又刁難你了？」心思細膩如沈聿懷，還是發現了沈思成的些微異樣，趁著祖父興沖沖翻閱沈成嵐帶回來的兵書之際，悄聲問道。

沈成嵐飛快地朝他眨了眨眼睛。「不妨事。三哥，我帶了兩樣好東西回來，稍後到我院子幫我相看相看，如何？」

沈聿懷在府中，雖文不如沈成瀾，武不如沈成瀚，但勝在文武雙通，可惜無心功名，和他父親沈三爺一樣，熱衷於貨通南北，且頗有天賦。只是礙於尚未分家，沈三爺手下不少產業還不便過明路。想到離家那日一早，三哥塞給她的錢袋，沈成嵐才堪堪相信齊修衍告訴她的這些。

「好啊，用完飯我便與妳一起回去。」沈聿懷喜好收藏金貴物品，尤其是扇子，上次沈成嵐比選後帶回來的那把古檀木摺扇讓他好生喜歡，若非是三殿下所贈，便是豁出去臉面不要，他也要向六弟討來。

「好啦、好啦，都別只顧著高興和說話了，趕緊擺膳吧。」沈老夫人將沈成嵐和沈聿懷笑咪咪說悄悄話的模樣看在眼裡，目光越發柔和了兩分，抬手將老國公手裡的兵書抽了出來，遞給一旁伺候的丫頭，吩咐廚房擺膳。

沈成嵐聞言精神一振，隨著一道道擺上桌愛吃的菜餚，雙眼越發明亮。

一塊百花酒燜肉入口，沈成嵐險些落了眼淚。

這一口她可想了小半月！

清蒸河鮮魚、拆燴鰱魚頭、紅燒小羊排、花雕蒸乳鴿、紅燜鹿腿肉、雙菇土雞湯……都是沈成嵐的最愛。

待祖父母提筷開膳後，沈成嵐的目光就只流連在飯碗和菜盤子之間，兀自吃得投入。

在許氏的管教下，沈成嵐兄妹三人的吃相都十分規矩，卻又絲毫不影響吃的分量，尤其是當沈成嵐和沈成瀚同桌而食的時候，如果不看飯碗裡迅速下降的米飯，會讓人有種他們一直在吃同一碗飯的錯覺。

沈聿懷在六弟潛移默化的影響下，不知不覺多吃了一碗飯，想要擱筷子的時候，見他竟然還在用心吃著，心裡忽然有些不是滋味。三皇子不得寵，在他身邊做伴讀少不得要受些委屈，沈聿懷早有這個認知，可現下真真切切看到六弟這樣，終還是心裡不忍，在心裡幽幽嘆了口氣，抬手替他添了碗湯。

「六弟該不會是吃不慣王府裡的飯菜吧？」沈思成擱下筷子，瞧了眼猶在啃排骨的沈成嵐，故作詫異地「關懷」道。

沈成嵐正好將最後一塊羊排啃乾淨，聞言坦蕩蕩地點了點頭。「三殿下飲食偏清淡，我確實一時有些不大習慣，過些日子也就習慣了。」

沈思成不敢當著祖父母的面譏笑他，心裡卻幸災樂禍、相當痛快。

早有認知也好，心裡揣測也罷，當事實讓沈成嵐這麼大大方方地挑明，不只沈老夫人和沈聿懷，就連沈老國公也心疼不已，自家府上雖克勤克儉，但在孩子們的膳食上卻是不曾委屈，誰承想到了皇子跟前反倒短了肉吃，半大孩子正是長身體的時候，吃不好怎麼能行！

於是乎，剩下的時間裡，飯桌上就形成了沈成嵐一個人吃，沈老國公、沈老夫人、沈聿懷三個人伺候的詭異狀態。長房的沈思明和沈思南依然埋頭各吃各的，只有沈思成一個人面無表情地坐在那兒啜著茶，心裡卻羨慕嫉妒得要命。

老六在十王府跟著三皇子混得連肉都吃不上，沈思成一回南苑就將這件事宣揚得人盡皆知。

杜氏一直認為，如果不是沈成瀾從中作梗，自己的成兒一定會被選上，而且還不是跟著三皇子這個不受寵的皇子。現在聽聞沈成瀾混成這樣，心中不禁覺得痛快，恰逢翌日長公主府舉辦春茶會，杜氏一時口快，只將這件事當成笑話給宣揚了出去。

好話不出門，閒言傳千里，這件事很快地被傳進宮中，傳到了皇上的耳朵裡。

第五章

正陽殿東暖閣，總管太監郭全低眉垂眼微躬著站在一旁候命，卻因為耳朵不斷傳入沈貴妃的聲音，眼皮不受克制地輕抽著。

「陛下，十王府的府務妾身本不該插手，也不該多嘴，奈何內務所那幫奴才也忒膽大包天，竟然連皇子也敢苛待，傳出去恐怕要惹非議。」沈貴妃親自舀了碗甜湯，呈到元德帝手邊，嘆了口氣，憂心忡忡道。

元德帝放下手裡的最新一期邸報，撩著眼皮看了眼氣色紅潤的沈貴妃，接過白玉碗，手上的青瓷調羹緩緩撥動著，淡淡「嗯」了一聲。

「這次確是鬧得不像樣子，張一甫那邊朕自會敲打，妳執掌宮務多年，如何約束後宮口舌想來就不用朕教妳了，太后近來頭疾發作，切勿讓這些鬧心事再煩擾她老人家。」

沈貴妃目光頓了頓，忙應了聲，又小心翼翼道：「三皇子那邊是不是要——」

「不必了。」元德帝打斷她的話，兩三口喝光甜湯，將碗放回桌上的托盤裡，面無異色道：「朕讓張一甫做這個內務所總管可不是讓他去當擺設的，看在他兢兢業業這麼多年，就算沒有功勞也有苦勞，總得給他一個戴罪立功的機會。」

沈貴妃臉上閃過一絲訕訕，斂眸淺笑道：「陛下聖明。」

張一甫是郭淑妃的娘家親表哥，本是綢緞莊的掌櫃，郭淑妃受寵後跟著雞犬升天，尤其是郭淑妃生下二皇子之後，在後宮地位漸次穩固，張一甫也跟著水漲船高，最後竟謀到十王府內務所總管這麼個肥差。

沈貴妃暗中眼紅許久，奈何張一甫手段圓滑，一直讓人揪不出什麼錯處，加之郭淑妃和二皇子的緣故，皇上對他更是頗為信任，現下好不容易碰到機會，卻被皇上三言兩語就打發了，沈貴妃越發意難平。

大皇子已經十五歲了，再五年便要就藩，皇上卻遲遲沒有立儲的打算，大皇子雖然在身分上占了長子的優勢，但這兩年二皇子的才德越發出眾，朝中擁躉的呼聲也越來越高，沈貴妃難免有些不安。

「陛下，近來宮務不算繁忙，妾身想藉著這時候把遠兒的婚事給操辦了，您意下如何？」

大皇子選妃一事雖早已奏請皇上，也得到准予，卻沒有定下具體的日期。儘管無法揣測皇上的立儲之心，但沈貴妃堅信，只要大皇子早早有了嫡子，必定對立儲大有裨益。

元德帝的臉浮上淡淡的喜色，點頭道：「修遠的性子活泛，早些找個懂事的王妃扶持著也好。妳心裡可有中意的人選？」

沈貴妃也跟著笑道：「妾身也是這麼想的，就是怕性子太綿軟的降不住他，得找個剛強一些的人才行！」

元德帝眼神微閃了一下，贊同地點了點頭，笑問：「看來妳心裡是有合心意的人選了，哪家的姑娘？」

沈貴妃回道：「妾身心裡也沒個定數，聽人形容，覺得工部尚書陳大人的孫女陳婉和沈老國公府上的大姑娘都很合適，一時難以抉擇……」

說著，沈貴妃小心謹慎地偷偷打量著皇上的臉色。

元德帝微微蹙眉沈思，片刻後開口道：「婚姻大事，雖說是父母之命、媒妁之言，但說到底，也是他的終身大事，若能挑個他自己喜歡的最好。這樣吧，妳就藉著賞花宴的名義召些適齡的姑娘們進宮來，讓修遠暗中相看，切記安排妥當，莫要唐突了人家姑娘們。」

沈貴妃雖然是頭一次操辦為皇子選妃這種事，但宮中不少老人卻很有經驗，加之還是替自己的親兒子選王妃，沈貴妃更是絲毫不敢馬虎，早就考究好了，聽皇上這麼說，連忙喜不自勝地應了下來。

沈貴妃腳步輕快地告退，暖閣內靜默了片刻，忽地一聲幽幽的嘆氣聲響起，元德帝的目光虛虛落在案桌的邸報上。「老三那邊是個什麼情形？」

郭全連忙上前兩步，躬身回道：「自從沈小公子進了王府後，三殿下的性情明顯活潑了不少，課業也上進許多，雖然受到剋扣分例，卻私下買了些兔子和雞圈養在府中，據說籠子都是和沈小公子一起動手做的，還在府中闢了菜畦和果園，光是桃樹就栽了小半園子……」

聽著郭全的細細念叨，元德帝的半邊眉毛越挑越高，就連眼睛也瞪大了兩分，待他剛彙報完，就開口笑道：「沈家那鬼精靈當真饞肉饞得哭了？」

當日沈老國公進宮稟明實情，郭全也在場，故而知道沈成嵐的真實身分，聽聞皇上這麼一問，忍俊不禁回道：「進府頭一晚確實哭了，第二日還在御書院門口被笑話了。」

「哦？」元德帝來了興致。「被欺負了？」

郭全抿著嘴壓下笑意，沈了沈氣息回道：「誠如老國公所言，那位是個不吃虧的主兒，非但沒讓人占便宜，還反將了一軍，將人給嗆得臉色發青。」

「怎麼嗆的？」

依沈老國公的描述，那丫頭可是個好動手的性子，這般隱忍，想來是顧慮她二哥的身分和名聲，倒也是個明白人。

郭全回道：「旁人離得遠，根本聽不清楚，只知是沈小公子低聲和周二公子低語了兩句，對方的臉色就變得甚為難看，具體的，奴才再去查——」

「不必了。」元德帝抬手阻攔。「看樣子，老三對他這個伴讀甚是合心意，他既然從不跟朕討要什麼，朕也不能把手伸得太長。」

想到沈成嵐的身分，郭全有些憂慮地開口道：「陛下，沈小公子的身分若是被三殿下知曉……」

元德帝目光沈了沈，片刻後方才開口道：「順其自然吧，個人自有個人的緣法。」

儘管早有模糊的猜測，可現下聽皇上這麼說，郭全仍忍不住心中暗暗一驚，再想到適才貴妃娘娘中意的大皇子妃人選，越發覺得皇上的心思深沈如海。

「那……內務所那邊，奴才可要交代一聲？」

十王府的內務所隸屬於皇宮內務府，沈貴妃無權插手內務所庶務，內務府大總管馮三平卻可以名正言順地管，而馮三平乃是郭全親手帶出來的第一批徒弟，恩同父母。

元德帝這次頷首應允。「你去內務所走一趟，該敲打的敲打，該提點的提點，只要不過分，老三府裡要什麼東西儘量滿足。另外，把張一甫給朕揪過來。」

「是，奴才這就去辦。」郭全躬身告退，出了門不禁失笑。

三殿下向來逆來順受、不爭不搶，能有什麼過分的要求，充其量不過是多要些食材罷了。

沈成嵐對自己即將迎來的美味生活還全然不知，滿腹心思都放在宮裡遞來的一張賞花宴帖子。

名為賞花，實則被賞。沈貴妃的動作，倒是夠快的。

那日提及大姊曾準備參與選妃，不料卻發生意外未能成行，齊修衍幫她分析過，如若不是真的湊巧，而是有心人故意為之，那麼放眼景國公府能做到的人，恐怕八成是她家老夫人。不牽扯進朝堂立儲之爭、兩大風頭正勁的陣營裡，這也符合沈老國公的初衷。只不過，是否為他老人家授意就不得而知了。

如果真是老夫人出手，她該怎麼辦？

沈成嵐冥思苦想數日，現下不得不承認，齊修衍的建議是最合適的。以老夫人的心性和對沈成嵐的了解程度，齊修衍堅信，沈成嵐在她老人家跟前撐不過幾個回合，與其苦哈哈撐著隱瞞，不如早坦白早爭取到這實力深厚的盟友支援。

事實上，齊修衍現下還有個不能對沈成嵐明說的小心思，上輩子，可是老夫人一力促成了他和沈成嵐的訂親。

他沒想到的是，沈成嵐也想到了這一點。坦白講，行軍布陣也好，商場對弈也罷，沈成嵐都不怵，可一碰上朝堂和內院裡的這些彎彎繞繞，她就覺得自己的腦子不好使。現在外面有了齊修衍，讓她的心寬了一半，剩下的這一半，若是有老夫人從背後撐著她，當真是再好不過了。

於是，就這麼糾結了半天，沈成嵐下定決心，用罷晚膳後，待天色大黑了才動身去給老夫人請安。

沈老夫人素來喜靜，尤其是在府中闢了佛堂之後，原先的請安就從五日變成了每旬一次。

今日並不是請安的日子，見到沈成嵐這麼晚過來，沈老夫人有些意外，待沈成嵐行過禮後，立即將她喚上前來拉著坐到身邊。「這麼晚了就不必過來請安，好不容易回家來，多多歇息才是。」

「我這不是想念祖母嘛！」

沈成嵐這話是真心的，她與祖母本就親近，上一世祖父過世後，祖母傷心鬱結，沒兩年也跟著病逝了，這一世醒來後能再次見到祖母，沈成嵐自然恨不得天天來給祖母請安。

沈成嵐雖是女孩，但性情更像是男孩子那般颯爽豪放，現下見她扯著小尾音貌似撒嬌的模樣，還真是讓沈老夫人大開眼界，忍俊不禁道：「可不得了，才離家幾天，這都會撒嬌了！」

沈成嵐兩輩子的臉皮合二為一，聽到老夫人的揶揄面不改色地應承下來，順帶向在屋裡伺候的楊嬤嬤和南溪打了個眼色，兩人會意，先行退下。

沈老夫人就知道她這麼晚過來一定有事，也不意外，拉著她上了軟榻。「連楊嬤嬤也支開了，什麼事如此神秘？」

沈成嵐凝眸看著眼前精神充沛、絲毫看不見衰老病態的祖母，一陣喉頭發緊。儘管坦白這個念頭，她已經反覆在心裡醞釀了數日，又用了將近一天的時間下定決心，可現下面對面坐著，竟還是覺得開口艱難。

沈老夫人見她臉上的笑容頓住，欲語還休的模樣，頓時臉色也跟著沈了下來，急切問道：「可是在十王府裡受了什麼委屈？妳莫怕，儘管說出來，咱們家雖素行低調自律，可也不是能讓人欺負的，哪怕是皇子，妳還有祖父和祖母為妳出頭。」

打從一開始，沈老夫人就是不想讓沈成嵐進十王府做伴讀，身分是一回事，更重要的是，沈老夫人了解自己這個孫女的心性，耿直良善，見不得仗勢欺凌，打小又被她祖父和父親慣著學了些功夫，若放出去遊歷江湖，妥妥是一個行俠仗義的女俠士。

可在十王府，這些優點就統統變成致命的弱點。自從她去了十王府之後，沈老夫人每每想到就覺得心裡不安，睡不好覺。現下再見到她這副模樣，直覺就認定她是受了委屈。

沈成嵐見祖母想歪了，忙搖頭道：「沒有，我沒有受委屈。有件事孫女想和祖母坦白，只是聽起來可能有些匪夷所思、有些荒唐，但是，還請祖母相信，我所說的絕對沒有半句虛言！」

沈老夫人見她急赤白臉地解釋，又配著一臉的悲壯，頓時有些不解又有些覺得好笑，只要不是被欺負了就好。

「好好好，妳莫急，祖母什麼時候不相信妳了，慢慢說。」

被祖母這麼一打岔，沈成嵐反而放鬆了幾分，沈著聲音慢慢將心裡最大的秘密，緩緩在沈老夫人面前鋪展開。

暖閣內，寂靜得只有沈成嵐低沈的聲音在述說著，結合著齊修衍的告知，將景國公府在上一世的傾覆和復榮緩緩道來。軟榻兩側高几架上的燭光靜靜燃燒著，照亮了沈老夫人和沈成嵐通紅的眼睛。

良久，房內恢復沈寂，沈成嵐低低嗚咽著平復心緒，沈沈壓在心上的巨石被撬開，解脫輕鬆的同時，又伴隨著深深的乏力和疲憊。

回憶是場精神上的長途奔襲，尤其是對此時的沈成嵐來說，簡直透支了她的心力。

沈老夫人不知該如何形容自己此時的心情，從最初的驚詫、難以置信，到將信將疑、心神震駭，再到現下的不得不信和出離憤怒，幸得她身體康健，否則當下怕要昏厥過去。耳畔低低的哽咽聲讓沈老夫人很快回過神來，心口發疼地將小孫女攬在懷裡緊緊抱著，手掌在她背上來回摩挲著讓她慢慢平復。

在外堂雖然聽不清裡面說了些什麼，但隱約能聽到說話聲和低淺的嗚咽聲，南溪心裡的不安越甚，低聲道：「從來沒見過六少爺掉眼淚，這回定是受了大委屈！」

楊嬤嬤心裡也著急，卻也沒有辦法，只能寬慰道：「有老爺子和老夫人在，不會讓六少爺白白受委屈的。」

南溪在老夫人跟前伺候多年，旁人不知曉，她卻是知道老夫人打從心眼裡喜歡二房的這對雙生小主子，前陣子發痘症險些讓老夫人也跟著大病一場，接著又將四姑娘送了出去，再來就是六少爺選上三皇子的伴讀住進了十王府，短短時間內，從差點死別到幾乎生離，南溪只是個丫頭都覺得心裡難受得緊，每每伺候老夫人在佛堂焚香誦經，也要默默在心裡替兩個小主子祈福。結果可好，六少爺第一次休沐回家就哭了！

沈成嵐頂替二哥一事，正院內除了老國公和老夫人，就只有楊嬤嬤知道，就連南溪這個房裡伺候的大丫鬟也不知情。

楊嬤嬤心裡的焦急和不安並不比南溪少，相較於六少爺，四姑娘掉眼淚在她看來更嚴重，要知道，這位可是向來讓別人掉眼淚的主兒！

沈成嵐全然不知她這一哭，算是在楊嬤嬤和南溪心裡烙上受氣包的印象，將將穩住了情緒，接過祖母親自替她倒來的茶水一飲而盡，緊澀的喉嚨頓時熨貼，再看祖母已經擦乾了眼淚，面色雖沈肅，但情緒顯然已經穩定下來，不由得心生羞愧。

再活一輩子，她在祖母面前依然是太嫩了。

沈老夫人見她差不多情緒平復下來了，便出聲將楊嬤嬤喚了進來，吩咐道：「晌午交代妳的事暫且先緩緩，將東西料理乾淨了吧。」

楊嬤嬤愣了一下，眼裡雖有不解，卻恭順地應了聲退下。

沈成嵐睜著濕潤通紅的眼睛目送楊嬤嬤出了門，好一會兒才恍然道：「祖母，原來上一世大姊錯過大皇子的選妃，是您的手筆啊！」

門口傳來南溪的聲音，說是溫水和乾淨的布巾準備好了，沈老夫人沒有急著回答，讓南溪將東西送進來，擺擺手讓她退下，自己下了軟榻親自將布巾絞濕了，給沈成嵐擦了擦臉。

她和二哥是雙生子，娘親自己照顧不過來，雖然有嬤嬤在，但老夫人經常將她接過去親自帶，兒時的記憶裡，這個擦臉的力度是再熟悉不過的。想到這兒，沈成嵐又開始抑制不住地淌眼淚。

沈老夫人也不出聲安慰她，一遍遍不厭其煩地替她將臉擦乾淨。眼淚流不出來，就要沈進心裡，還不如哭出來痛快。能哭得出來，也是種福氣。

沈成嵐終於止住眼淚，不好意思地接過布巾，將臉整個埋在裡面用力擦了擦，還狠狠擤了把鼻涕，而後豪爽地把布巾扔進水盆裡。

沈老夫人原本沈重憐惜的心情頓時打了折扣，眼角微微抽搐，暗下決心：這輩子絕對不讓這丫頭去軍隊。行軍打仗再厲害有什麼用？學了一身的軍痞氣，萬一被三殿下嫌棄可怎麼辦唷！

「祖母，您現在收手，是想順了她們的意？」沈成嵐又倒了兩杯茶，先送了杯到老夫人面前。

沈老夫人接過茶碗橫了她一眼。「妳急著跑來跟我坦白，不就是想阻止我嗎？猜到是我出手讓大丫頭錯過了大皇子選妃，不是妳自己吧？讓妳跟我坦白一切，想來也不是妳能做出來的決斷，這都是三皇子的主意吧？」

沈成嵐感覺自己的心尖抽了抽，厚著臉皮蹭到沈老夫人身邊坐好，乾巴巴地扯了扯嘴角。「我這不是怕嚇到您嘛！」

「嗯，三皇子一給妳指點，妳就不怕嚇到我老太婆了。」

沈成嵐頓時被噎得無法反駁，小心賠不是地道：「這般荒唐的事，若不是三殿下也有同樣的經歷，孫女打定了主意，要埋在心裡一輩子，帶進棺材裡的。」

「然後自己一個人苦哈哈地守著咱們一大家子？」沈老夫人並不是氣她沒有第一時間坦白秘密，而是心疼她自己扛起這麼大的包袱。「就妳那點城府和心思，想要扭轉咱們一大家子的命運，妳覺得自己能做得到？」

呃，怎麼辦？被藐視了！

可是好有道理啊，簡直就是事實……

沈成嵐垮著臉搖了搖頭，認清事實放棄掙扎，如實道：「很難做到……」

沈老夫人呷了口茶，也不給她留面子。「不是很難，以妳的心性，是根本做不到。」

沈成嵐雖然對長房有恨，但這份恨是從上一世帶過來的，這輩子，長房還沒有造孽，以沈成嵐的心性，沈老夫人可不認為她能做到在萌芽階段將長房徹底剷除，尤其是老國公尚在人世的時候。

不得不說，還是沈老夫人了解沈成嵐。

「所謂天欲其亡，必令其狂。長房既然心高，那就看看他們的命有沒有那麼厚吧。」沈老夫人話音裡冷霜般的寒意一閃而逝，恢復如常地不動聲色。「長房的事有我在，妳就不用操心了，有時間請三殿下到家裡來作客吧。」

這是要跟齊修衍談談？

沈成嵐忙應下，道：「御書院下晌散學早，聽說並不限制皇子們外出，只是三殿下剛入十王府不久，要忙著課業和府務，這才不怎麼出來。等哪日得了空，我就請他過來。」

沈老夫人抿了抿嘴角。「難道不是因為銀錢受限？」甫開府，少不得內外打點，以三皇子的傳聞，恐怕是阮囊羞澀，待在王府裡還能節省些。

沈成嵐乾笑了兩聲，諂媚地點頭附和。「祖母英明！」

這個時候，直覺告訴沈成嵐，無條件、無底線地順從老夫人的意思是絕對沒錯的。

沈老夫人看著她，心裡悠悠地嘆了口氣，無法想通上輩子自己怎麼會將這個傻孫女許給三皇子，而且，就目前來看，這輩子想反悔幾乎是不可能了。

「這個秘密到我這裡就算了，妳爹和妳娘那邊，妳也別說了，免得讓他們徒增煩擾。家裡我會照顧好，妳安心在十王府讀書，待過了兩、三年，時機成熟，我會想辦法推了妳這個伴讀的身分，讓妳恢復真實身分。」沈老夫人的思緒飛速運轉。「妳還是回家來住吧，十王府耳目眾多，還是住在家裡輕省些。」

秘密就此打住，也正合沈成嵐之意，但搬回家來住……

沈成嵐糾結了片刻，坦白道：「其實，王府裡的齊嬤嬤和芳苓已經知道我的身分了……」

見到老夫人臉色一變，要跟她急眼，又忙解釋道：「祖母祖母，您別著急呀，這是殿下的意思，他說那兩個人絕對可信！」

「絕對？」沈老夫人擰著她的耳朵恨不得擰兩圈，恨得牙癢癢。「這世上哪有什麼絕對之事，遑論是人！妳明日一早回去了就代我給殿下傳個話，三日內，來咱們家作客！」

沈老夫人這回是真下狠手了，沈成嵐卻不敢喊疼，一邊忍著一邊迭聲應著。

在接下來的兩刻鐘內，沈老夫人對她進行了洗腦式的耳提面命，中心意思只有一個：不管跟誰，都要多留個心眼。

從正院離開的時候，沈成嵐捂著還在隱隱作痛的耳朵，祖母唸經一樣的聲音在耳畔不斷迴盪著，直覺得天上的繁星傾瀉而下在眼前一閃一閃。

沈成嵐素來與老夫人親近，許氏見她這麼晚從正院回來也不覺意外，只是見她雙眼紅紅的，明顯是哭過了，心裡擔憂驚訝的同時，又有些吃味。

「這是捨不得離開家、離開老夫人，還是在外面受了委屈只能說給老夫人聽？」許氏剪短線頭，又反覆檢查兩遍，才將手上剛縫製好的新鞋放到桌上，也不掩飾話裡的醋意。

沈成嵐一陣頭皮發麻，趕忙陪著笑諂媚地奉了碗茶。「哪兒啊，祖母這不是捨不得我嘛，想到我要離開就紅了眼睛，我瞧著也跟著難受，這才掉了一會兒眼淚。我捨不得祖母，也捨不得您呀，皇子們的出行並不受限，待我和三殿下混得再熟絡一些，就請他帶我經常出府，這樣便能溜出來回家看望娘您了！」

「我倒是希望你們不要太熟絡。」許氏可沒忘記自家女兒對三殿下包藏了怎樣的禍心，如有可能，最好在離開十王府之前，兩人一直不熟。

沈成嵐見娘親臉上明晃晃寫著的想法，裝作眼瞎看不見，厚著臉皮道：「娘，殿下與外間傳言很是不同，對待身邊的人也極好，您就放心吧，有他在，我不會受欺負的！」

聽著她信誓旦旦的話，許氏心裡暗暗鬆了口氣，嘴上卻不敢給她好話。「那可是十王府，非尊即貴，咱們不能平白受委屈，但是也不能主動惹事，如果敢惹禍，小心妳爹回來家法伺候！」

說罷，許氏猶覺威懾力不夠，補充道：「老爺子和老夫人出面替妳求情也沒用！」

沈成嵐聽到這話就知道是沒事了，笑呵呵地上前來抱著那雙新縫好的夏鞋一頓猛誇，忽然發現了不對勁的地方，微微睜大眼睛看向許氏。「咦，這鞋不是做給我的啊？」

齊修衍的鞋碼是沈成嵐託人弄來的，現下一看就知道這是他的尺碼，心裡不由得竊喜。

許氏清咳了兩聲，敷衍道：「不管怎麼說，妳也是在三殿下那裡討生活，總得奉承著些，妳的日子才好過。」

沈成嵐忍著笑附和道：「還是娘心疼我，想得好生周到！」

沈成嵐覺得，自己骨子裡的善良，一定是遺傳自她娘。

許氏眼裡閃過一絲赧色，忍不住笑地拍了她兩下。「妳呀，慣是嘴甜，就知道哄人。罷了，天色也不早了，快些洗漱歇息吧！」

沈成嵐應下，從娘親房裡出來後回到自己的院子。她現下是真的累了，但心裡卻輕鬆許多，這一夜睡得格外深沈，直到舒蘭喚她起身才醒過來。

儘管知道皇子出行不受限，沈成嵐很有機會不定時回家，許氏還是替她準備不少東西，從輕薄的中衣單衣外袍，到透氣的單鞋和襪子，一應俱全。

這次離開，依然是祖母、娘親和三哥來側門送她。

沈聿懷的腰間掛著精緻的扇袋，裡面放著沈成嵐從寧王府拿出來的新寵摺扇，他沈著臉又塞了個錢袋到沈成嵐手裡，叮囑道：「與三殿下相處半個月，應該也熟絡些了，實在吃不慣王府裡的膳食，就請殿下出府來走走，早些用了晚膳再回去也無妨。」

得，就連三哥也認為三皇子足不出府是因為錢袋拮据，窮這個帽子算是穩穩戴在齊修衍的頭上了。

沈成嵐心裡暗笑，手上卻絲毫不客氣地將錢袋收起來，發自肺腑地道了謝，爬上馬車後揮別家人，想著下次拿哪把摺扇給三哥好。

馬車內，牧遙接過沈成嵐遞給他的錢袋，打開看了一眼，嘆道：「三少爺這次給的碎銀子比上次多了不少，得有二十兩！」

儘管從齊修衍口中得知三叔的實際身家不菲，但三哥這麼大的手筆還是讓沈成嵐覺得意外。想到齊修衍之前提到的竹管引水，沈成嵐決定跟他商量商量，把竹管供應的貨單爭取一部分給三叔。肥水不落外人田嘛，而且，齊修衍也說了，三叔做生意的聲譽是很好的。

事實上，即使沈成嵐不提，齊修衍也一早就決定了從沈三爺那裡採買竹管。上輩子，這筆貨單就是沈三爺督辦的，彼時他已經坐穩了皇位，從京畿開始推廣竹管引水不過是惠及民生的舉措之一，另有很多工程都有沈三爺參與。這一世，不過是將進程提前罷了。

「咦，今兒的早膳好豐盛啊！」沈成嵐看著眼前陸陸續續擺了多半張桌子的盤碟，驚詫不已，想到齊修衍之前允諾半個月後改善膳食，不解且好奇地問：「這是怎麼回事？」

今日沈成嵐回來得早，時間充裕，齊修衍屏退旁人，親手盛了碗碧粳粥遞給她，笑著解惑道：「還記得我讓妳回去在家宴上怎麼說嗎？」

「哭窮？」沈成嵐抿了抿嘴，卻心裡暗想，不用哭窮，大家也都知道你窮。

齊修衍看著她臉上赫然寫著心裡話的表情，無奈地笑了笑，繼續道：「妳初次休沐回家，老國公定然會開家宴，就算幾房的女眷們不出席，與妳同輩的幾個小子是一定會露面的。妳稍稍表現一下在王府裡的不如意，只要沈思成一個人知道了，長房就都知道了，長房都知道了，全京城恐怕就都知道了，宮裡自然也就知道了。」

沈成嵐佩服地對他豎了豎大拇指，讚嘆道：「殿下英明，料事如神！」

齊修衍對她的誇讚很是受用，就連入口的米粥也覺得清香幾分。「父皇已經派人敲打過內務所，吃穿用度等一應分例日後不會再短了咱們的，妳若是有什麼想要的，儘管開口，分例之外的東西，我自掏錢袋買給妳。」

沈成嵐聞言，從碗碟中抬起頭，別有深意地打量了偏廳的四周，博古架上稀稀落落地擺了兩、三只瓷瓶，一圈掃下來格外乾淨清爽，也就只比家徒四壁好了那麼幾分，說這麼豪爽的話真的合適嗎？

齊修衍知道她會有這樣的反應，早就做好準備，從桌膛裡拿出一個古檀色的木匣子推到她手邊，以眼神示意她打開瞧瞧。

沈成嵐難得在吃飯途中放下筷子。

木匣子的長寬高將近成年男子一巴掌的長度，沈成嵐拿起來掂了掂，並不重，上頭是奇巧暗鎖，上輩子齊修衍曾送過她類似的暗盒子，對她來說打開並不難。

按下最後一根鎖木，盒蓋輕輕一推滑開，入目一捆捆擺放整齊的銀票驚得沈成嵐幾乎閉不攏嘴，目光在盒子裡的銀票和齊修衍之間往返了好幾次，才嚥了口唾沫乾巴巴地道：「這……這都是你的？」

齊修衍微微一笑，點頭道：「是我的，也是妳的。」

沈成嵐不貪財，卻對銀子有著讓人無法理解的狂熱。舉個例子，與她類似出身的女子，若是送禮送銀子，定會被視為庸俗，可沈成嵐卻覺得無比滿意，你若是送她自己的墨寶或詩詞兩首，才會被賞兩記白眼。

上輩子齊修衍觀察許久，才摸清沈成嵐對禮物的喜好：好吃的或者值錢的。

這一衡量喜好的標準同樣適用於這輩子。

看著頓時眉開眼笑的沈成嵐，齊修衍忽然打通了愉悅自己的任督二脈。讓沈成嵐吃好睡好，給她數也數不清的銀子，她高興了，自己就會有源源不斷的滿足感。

就因為這個念頭，大昭歷史上出現了一位畢生致力於充盈國庫的盛世君王。

沈成嵐還不知道自己的一個小小愛好竟然對日後的大昭影響如此深遠，此時，她正滿足於眼前這滿滿一匣子銀票的驚喜之中。

所謂兜裡有錢心裡不慌，小心謹慎地把匣子重新落鎖放好後，沈成嵐特別踏實地開始享用水準提高好幾個等級的早膳。

「怎不問問我這些銀票是怎麼來的？」這回輪到齊修衍好奇了。

沈成嵐試吃幾口擺在面前的那碟香酥肉卷，覺得很好吃，就挾了幾個放到齊修衍的菜碟裡，聽到他這麼問，想也不想地回道：「我相信你不會發不義之財啊，具體怎麼來的，你想告訴我，我就聽著。」

齊修衍心頭一軟，被人無條件信任的感覺如蜜似酒，讓人心口泛甜，又讓人沈醉。不愧是世上對他最好的沈成嵐。

「這裡一部分是母妃留給我的，餘下的大部分是我讓人在外面置產的收益。我已經交代王德海了，稍後他會把那些產業的明細和總帳交給妳，妳先看著，慢慢上手，不著急。」齊修衍挾起一塊香酥肉卷，入口倍覺香脆美味。

沈成嵐雙眼一亮，炯炯有神地看著齊修衍，喜不自勝地點了點頭。相較於每天搖頭晃腦地背那些四書五經，看帳本、打算盤更適合她。

齊修衍見她欣喜，心裡也跟著高興，忽然想到另外一件事，問道：「老夫人那邊妳去說了嗎？妳大姊今日可會如約入宮？」

沈成嵐伸出去的筷子一頓，滯空停留了一下後收了回來，「嗯」了一聲，道：「說了，祖母哭了，除了上輩子祖父過世，這是我第二次見到她老人家掉眼淚。」

想起上一世祖父過世後，祖母不久就憂鬱成疾病倒了，過沒多久也跟著撒手人寰。

齊修衍握了握她的手，安慰道：「老夫人是個明理睿智的人，咱們現下告知她真相，她就會有所提防早做準備，否則，國公府裡單憑妳一人，想要扭轉上一世的局勢實屬不易。有老夫人鎮著，這輩子一定會不一樣的。」

這話的確不錯，上一世老夫人在世時，長房不說被鎮得服服貼貼，起碼表面上不敢要什麼么蛾子。

「你和我祖母說的一樣！」沈成嵐點了點頭，恢復了精神。

齊修衍不解。「什麼一樣？有她老人家在，這輩子景國公府會不同？還是說妳一個人幹不成？」

聽出齊修衍話裡若有似無的笑意，沈成嵐有些氣惱，更多的是認命，甩開他的手又給自己添了碗粥，自暴自棄地道：「好啦，是後者啦，你滿意了吧！」

齊修衍輕笑出聲，深諳見好就收的道理，忙安撫她道：「我沒別的意思，妳別誤會，就是覺得這個擔子太重了，換成誰，一個人也扛不起來。」

沈成嵐輕哼了一聲，明知齊修衍是在安慰她，心裡卻很吃他這一套，而且，祖母說得對，她本就不擅長處理這些事，術業有專攻，她自有用武之地。

「那可不一定，我祖母可不是尋常人，你不知道，昨晚我只坦白了咱們的秘密，她老人家不用我提醒，就對長房那邊收手了！」沈成嵐雙眼亮晶晶，巴掌大的小臉上寫滿了驕傲和自豪，像是在向他炫耀自己的珍寶。

人家都說，家有一老如有一寶。景國公老夫人的確是難得的一寶。只是，上一世景國公去世後，這位老夫人不久後也跟著病逝，不禁讓人唏噓遺憾……

齊修衍想到上一世與沈老夫人的數面之緣，在他印象當中，沈老夫人都是精神矍鑠的模樣，彼時只覺得她與老國公鶼鰈情深，悲傷過度才致傷了心神，現下卻忽然掠過一個非常大膽、沒有根據的猜測。

「我記得老夫人的身體一直挺好的，真的只是因為老國公過世就傷神到藥石罔效的地步嗎？會不會是有人暗中動了手腳？」齊修衍如實說出自己的猜測。

沈成嵐臉色沈了沈，道：「那時候爹娘和三叔、三嬸也有這樣的猜測，也查驗過，並沒有查出中毒的跡象。」

齊修衍莫名鬆了口氣，又勸慰道：「妳祖父母相伴半生，這樣走未嘗不是一種安慰，妳就莫要糾結於此暗自傷懷了，趁著二老還在，好好盡孝便是。」

祖母彌留之際也是這般說，沈成嵐釋然地嘆了口氣，想到若換作自己和齊修衍，一起生活數十年，他若走在前頭，自己可能也會甘願尾隨著他一起走。這樣想著，便就不那麼難過了。

可上輩子的情形恰好相反。他們還沒來得及在一起生活數十年，她就早早死在他的前頭，留下他一個人娶了她的牌位，孤零零守了二十多年。

越想，沈成嵐越覺得虧欠齊修衍越多，可不敢在他面前糾結祖母的事了。

「妳好像在心虛？」齊修衍看著沈成嵐一個勁兒往他的菜碟子裡挾菜，便挑了挑眉，明知故問地說道。

沈成嵐拿著筷子的手微微一抖，故作鎮定地笑道：「哪有，我是看時候不早了，早點吃完，咱們好出門去御書院。」

齊修衍淡淡地「嗯」了一聲，手裡的調羹有一下沒一下地攪動著碗裡的粥，似笑非笑地道：「妳知道嗎？妳只有在心虛的時候，才會一個勁兒給人挾菜，以後可要注意，別讓外人發現妳這個習慣。」

一筷子的香拌萵筍眼看著就要放進齊修衍的菜碟子裡，聽到這話的沈成嵐硬生生調轉了筷子，鮮脆清香的萵筍進了自己的嘴裡。

這輩子的齊修衍變了！

沈成嵐一邊憤憤地咀嚼，一邊回想著上輩子溫文儒雅的齊修衍，奇怪的是，記憶裡的那個越來越模糊，眼前這個會揶揄她會氣她、但更加維護信任她的齊修衍卻越發生動鮮活，也讓她相處得更加愜意自若。

莫非自己是受虐體質？

沈成嵐忽地打了個冷顫，收回心思切斷所有臆想，一心一意享用豐盛的早膳。

昨日在沈老夫人那裡哭了一場，雖然睡前舒蘭幫她敷了眼睛，可早上起來依然還是有些腫，現下也還沒有完全消退，到了御書院再次收穫各種或嘲笑或冷眼看熱鬧的目光。

沈成嵐無視梁七的嘲諷嘴臉，對周遭的目光更是全然不在意，跟著齊修衍落坐。不過，讓她意外的是，周裴今日竟然也沒有來。

莫非是跟著大皇子一起去相看未來的王妃人選了？

看了眼第一排左側空著的兩個座位，沈成嵐垂首，掩下微微上揚的嘴角。

第六章

誠如沈成嵐所料，周裴還真的是求到大皇子的恩典，跟著一同進宮。

自從那日一早挑釁不成反被沈成嵐戳到了痛處，周裴將信將疑地在休沐前一日散學後約了沈家老四，待看到他閃爍其詞的模樣後，心也跟著一寸寸沈了下來，陡然生出被欺騙、被利用、被戲弄的憤怒感。氣沖沖回家後，恰好被他大哥撞了個正著，問清緣由後便給他出了這麼個主意。

周裴單純地以為大哥是替他氣不過，才要給沈思成和沈思清一個教訓，然而他沒想到的是，他們的父親成國公與沈家三爺私交甚好，周大哥時常跟著父親在外行走，他們二人說話時也不避著他，是以周家大哥一早就不看好沈家長房，只是想藉這次機會讓他這個傻弟弟看清楚那房人的真面目而已。

儘管心思不同，但行動上並無衝突，周裴按照大哥的主意在大皇子跟前說了幾句好話，隨同進宮的恩賞就討來了。

今上雖遲遲未下詔立儲，但在一眾皇子中，對大皇子的關注顯然多於其他人，尤其是在大皇子開始觀政後，更是時常考校他的功課。不知情的皇子們會無比豔羨，不明內裡的人會覺得大皇子在皇上心中地位不同，可周裴知道，大皇子每次在被考校功課回府後都會勃然大怒，關上府門打罵宮婢太監們撒氣。

大皇子的暴怒比傳聞中要嚴重許多。幸而他有父親成國公這面大旗護著，大皇子就算再憤怒，也不會發洩在他身上。

平心而論，一個性情魯莽易怒、自視甚高的皇子，儘管占了長子的優勢，也不是一個合適的儲君人選，從這點來看，周裴很能理解皇上為何遲遲不立長。

可人就是這麼偽善，道義的一面，他承認大皇子不是合適的儲君人選；可理智的一面，做了大皇子伴讀後的受益又讓他無比期待大皇子能被冊封為儲君，若能繼位為王，彼時他的受益將更為豐厚。

正是因為這樣的心思作祟，他才會一次次捉刀替大皇子代寫皇上安排給他的考題，以求讓大皇子在皇上面前博得更大的勝算。

可惜，寫好的文章大皇子都背不通順，這才一次次挨皇上的責罵。於是，就像一個惡性循環似的，大皇子怕被皇上責罵，自己腦子空空寫不出什麼，只能讓周裴代筆，周裴寫好後的文章，他又一知半解而只能死記硬背，偏偏還沒有良好的記憶力，背完後半部分忘了前半部分，背完前半部分又忘了後半部分，待到他父皇考校的時候，心虛加緊張，又是背得結結巴巴，換來一頓臭罵。

如此循環反覆，就連沈貴妃也不得不認命，替他尋找新的優勢。思來想去，除了習武，就只剩下早生子嗣了。

不得不說，這是個明智的決定。只是，當看到站在賓客席顯著位置的沈思清時，彼時認為這個決定多明智，周裴現下就覺得多堵心。

妝容精緻、盛衣華飾，怎麼看也看不出一絲絲的勉強與無奈，讓周裴替她找藉口的餘地都沒有！

待大皇子入座後，周裴站在他身後，微微抬起眼皮盯著沈思清面色稍稍有異地重新入座，心中湧上一陣報復的快感。

大皇子落坐後不久，皇上也來了，眾人又紛紛起身迎接聖駕，行禮起身之間，周裴與沈思清四目相對，已不耐去解讀她眼裡的無言之語，立即將視線錯開了。

沈思清心下一陣不安，堪堪才穩住心神。雖說今日的宴會實際上就是為大皇子相看王妃人選，大皇子定然會露面，可畢竟是皇家內院，參加宴會的人又都是各府的女眷，沈思清沒有想到，周裴這個外男會出現在這裡。

即使如此，也不能讓他毀了自己多年來的精心準備！

沈思清定了定心神，目光也跟著恢復沈靜。

場中一曲歌舞作罷，沈貴妃便拋出早就想好的由頭，各府小姐姑娘們開始陸續表演才藝，琴棋書畫歌舞各展所長，就連皇上也看得頗有興致。

當沈思清身著一襲廣袖羽霓裙出現在眾人面前時，一片驚豔的目光中，周裴險些咬碎自己的一口銀牙。

沈思清身姿修纖，隨著樂曲的旋律翩然起舞，足尖輕盈旋轉，裙襬隨著她的動作騰轉舒展開來，坐在上座的大皇子眼前一亮，面露喜色地向前傾了傾身子，一反之前的興趣缺缺。

周裴見狀，暗自握緊拳頭，十指深深摳著掌心，心口堵得發慌。這件廣袖羽霓裙是他送給沈思清的及笄禮，撚入了天蠶冰絲的蜀錦和外罩的飛雲紗皆是千金難得，更別有用心的是，裙襬的緙絲花紋鋪展開來是一朵雍容華貴的牡丹。

為了這件裙子，周裴花掉全部的積蓄不算，還和母親預支一年的分例，不是不心疼銀子，可看到沈思清收到禮物時的笑臉，卻又覺得值得。

現下，沈思清竟穿著這件裙子來博寵，周裴只覺得自己被狠狠摑了一巴掌，憤恨的同時，是洶湧而來的羞辱和踐踏。

「好！甚妙！」

恍惚間，耳邊一聲低低的讚嘆將周裴的神識拉扯了回來，他才驀然發現沈思清已經一舞結束，盈盈福身退了下去。

大皇子目送著她下去換裝，靠回椅背上低聲讚嘆著，還不忘詢問周裘。「早聽聞景國公世子家的大小姐文采了得，本王還以為是個刻板無趣的，沒想到竟是這般妙人！周裘，聽說你和沈四走得挺近，怎不知情？」

周裘聞言，險些噴出一口心頭血，咬牙沈了沈心緒，方才壓低聲音回道：「我和沈家老四也只是泛泛之交而已，況且我也眼拙，當真沒看出沈大小姐還有如此才技。」

何止是眼拙，簡直是瞎了眼才對。

大皇子卻沒有聽出他話裡的自諷，聞言笑著輕嘖了兩聲，眼角眉梢皆是濃濃的興趣。

周裘垂首斂眸，掩下眼裡的陰鷙。

皇后體弱，深居簡出，宮務一直由沈貴妃掌管，今日是她主辦宴會，又是替親生兒子大皇子選妃，故而才有機會坐在元德帝的身側。

沈貴妃看了看翩然遠去的沈思清，又看了看戀戀不捨地收回目光的親兒子，嘴邊噙上笑意，稍稍側過身湊近元德帝，低聲道：「陛下，看來遠兒對沈家大姑娘很中意呢！妾身祖籍安城，與景國公雖非同宗，卻也是一筆寫不出兩個沈字，若這兩個孩子有緣，倒也真是件美談。」

元德帝順著沈貴妃的視線看了眼容光煥發的大皇子，臉上也露出笑意。「妳的眼光向來不錯，只是正妃事關重大，仍需謹慎為上。」

沈貴妃的神色微頓，隨之心中湧上一陣大喜。

事關重大？若大皇子被立為太子，那麼他的正妃就是太子妃，是未來的中宮皇后，自然事關重大。

如此解讀元德帝的這句話後，沈貴妃勉強壓下心中的狂喜，連聲應下，再看折返回來重新入座的沈思清和諸位候選世家女時不免又嚴苛了兩分。

宮中的這場賞花宴，元德帝留到了最後，給大皇子做全臉面。世家女們出宮不久，皇上看重大皇子、親自為其選妃的消息就傳了出去。

翌日，御書房的案桌上又多了幾份請立太子的摺子。

「以父皇的心思，是不會選沈思清作為大哥的皇子妃。」

午膳後，兩人照例在御書院的蓮池邊散步消食，此時荷葉的嫩芽初露，生機乍現，景致別有一番滋味。主要是身邊有這人陪著，就算眼前是一片深秋的頹敗荷塘，他恐怕也會覺得別有意境吧！

奈何沈成嵐天生缺乏情調，看到眼前的小荷尖尖角，滿心盤算的卻是何時才會開花、何時才能採蓮蓬挖蓮藕，一種荷花百樣吃，城南滿香樓的荷花宴可是京中一絕。

只是聽到齊修衍的話，她的好心情打了折扣，撇了撇嘴角，道：「放心吧，我那個大姊和大伯母可不是省油的燈，現下大皇子屬意沈思清的事被傳得沸沸揚揚，幾乎全城皆知，騎虎難下，為著沈思清的未來打算，大皇子這處高枝，她們定是要想方設法攀住的。我只是好奇，大皇子中意沈思清的事是誰傳揚出去的？不會是你吧？」

齊修衍淺笑道：「我倒是這麼想的，奈何被人搶了先。」

沈成嵐好奇心大起，問道：「哦？是誰？」

齊修衍也不吊她胃口，解惑道：「這幾日沒來書院之人。」

周裴？

沈成嵐有些意外。「他能有這心眼兒？」

齊修衍忍不住輕笑出聲。「他的確是沒有這個城府，背後出手的其實是他大哥周簡。」

「周大哥？」沈成嵐更驚訝了兩分。「周大哥與我三哥私交不錯，因而我曾見過他兩次，看著是個很端方持重的人啊……」

齊修衍眼角抽了抽。「所以我說妳看人的眼光向來不準。」

沈成嵐。「……」

雖然不服氣，但好像真的如此，竟無法反駁。

「妳也不用擔心，周簡這人城府雖深沈，卻是個講道義誠信之人。」齊修衍話音頓了頓，補充道：「前提是不涉及到他家裡人，尤其是周裴。」

喲，還是個護犢子的人。

想到自己給周裴眼睛裡扔的沙子、心尖上戳的尖刺，沈成嵐皺了皺臉，嘆氣道：「一早給周裴挖坑的，好像是我……」

齊修衍被她的包子臉逗笑，抬手用摺扇敲了敲她的頭頂，笑道：「這妳就不用擔心了，有妳三哥在，自然會替妳擺平周簡。」

「我三哥這麼厲害？」

上一世因為種種緣由，她與三哥來往得並不多，更別提了解，只是最後遭逢變故時聽聞三叔、三哥在外替自己一家奔走周旋，才懊悔沒有好好珍惜這份親情，這一世她不過是主動了一點，三哥就熱情回應，讓沈成嵐越發堅定鞏固親情的決心。

齊修衍點頭道：「論起護短，妳三哥可是個中翹楚。」

想到自從一同進宮後至今，三哥的種種維護，沈成嵐甚為贊同地點了點頭，滿心滿眼的歡喜，又想像了一番周裴現下該有的喪氣和憋悶，覺得痛快的同時，不免替三哥有些擔憂，畢竟周大哥是自家三哥的好友，若因為沈思清生了隔閡疏遠，實在是不值得。

齊修衍見她高興了一半就斂起笑容，心知她在顧慮什麼，便道：「若是擔心周簡會與妳三哥之間因為沈思清產生芥蒂，妳大可放心，據我所知，那日周裴從宮中回府後不久，周簡就約妳三哥出來喝酒了。」

「你是說，我三哥一早就知道周大哥要這麼做？」沈成嵐知道三哥也對長房頗有微詞，可按照周簡的做法，若指婚聖旨宣下，沈思清沒有被選為大皇子妃，那麼臉面受損的人不僅僅是沈思清，整個景國公府都要跟著一起被嘲笑，屆時三房的三姊恐怕也要被牽連。

「我猜想，妳三哥不僅事先知情，很有可能，他也給了周簡一些建議。」齊修衍想到上一世這位沈三公子的手段，不由得喟嘆道：「妳這個三哥，無論是眼光還是手段都很了得，只是可惜了，心無經世治國之志。」

這已經不是第一次聽到齊修衍誇讚三哥了，沈成嵐與有榮焉的同時，也對三哥有了更深一層的了解。或許，除了祖母，三哥也會成為扭轉景國公府這一世命運的助力。

罷了，世上哪來那麼多的兩全之法，名聲受損與長房這顆毒瘤相比，兩害相較取其輕。再者，名聲這種東西，最是牆頭草，說句大不敬的話，即使是史書，那也是滲透著上位者意志的史書，何況是市井中的一時言論。

齊修衍見她眉宇間的執拗漸漸散開，心裡也跟著鬆了口氣。

沈成嵐自幼跟著沈老國公習武學兵，之後在軍中歷練多年，或許見慣了沙場上的血腥殘酷，卻遠不知朝堂上沒有血刃的攻訐殺伐，遠比戰場上的更為陰險殘忍。上一世，他總不想讓她見識到這些下作手段，怕她會因此看不起自己，最後這種想法讓他追悔莫及、悔恨終生，以至於他常常忍不住想著，當初若早些讓她看清這些不堪，是不是就能多些防備，說不定就能避開那場生死暗算，而他們也不會陰陽兩隔……

「殿下？殿下！你沒事吧？」

齊修衍在一串焦急聲中回過神，入目就是沈成嵐一臉擔憂的鮮活面孔，心神震了震，彷彿從夢魘中醒了過來，如釋重負地鬆了口氣，安慰道：「別擔心，我沒事，一時想事情忘了神而已。」

見他臉色緩和下來，雙目恢復清明，沈成嵐也跟著鬆了口氣，不忘念叨道：「過慮傷神，你也不要逼著自己想太多，若有什麼事盡可跟我說，就算我幫不上忙，你說出來心裡也能輕快些。」

齊修衍觀察到沈成嵐的耳尖泛紅，心中歡喜雀躍不已，當即開口應下，又道：「日後可以與妳三哥多走近些，有些事交給他定比旁人可靠。必要之時，妳與妳二哥調換身分之事也可以與他坦白。」

沈成嵐現下已經不驚訝於齊修衍對自家三哥的信任了，因為她也覺得三哥越發可靠。只是，想到上次跪祠堂時三哥抽她後腦勺的舉動，心裡不禁暗苦，若是被他知道自己是冒名頂替的，不知道後腦勺要被抽多少下才能安撫得了三哥……

沈成嵐這廂下定了決心，要大義凜然地獻出自己的後腦來平息三哥的怒火，市井中卻因為新出爐的一則傳言激起了千層浪。

原來，景國公府的沈大小姐在宮中賞花宴上穿著的那件舞衣是成國公府周二少爺所贈，且兩人自小相識，青梅竹馬，早生情愫。這不，沈大小姐前腳剛在賞花宴上豔驚四座得了大皇子的青眼，後腳周二少就病倒了。

傳言一出，驚起種種猜測，有罵沈大小姐見異思遷、朝秦暮楚、攀附權貴、愛慕虛榮的，有罵景國公府家教失德，還有罵周裴一廂情願的，更有人以大皇子、沈大小姐和周二少爺為原型的話本，愛恨糾葛的情節曲折離奇。

沈成嵐讓牧遙偷偷買了兩本回來，一邊看一邊佩服寫話本之人的想像力。

倉山有耳？

沈成嵐翻到扉頁看了看，出聲道：「這化名還挺奇怪的。」

牧遙回道：「嗯，名字怪是怪了些，但他的話本卻是賣得最好的，好多書肆一上架就被搶光了！」

這麼兩本風月話本可就要五百文，足夠在滿香樓點一桌中等酒菜。嘖嘖，什麼時候京城百姓的生活如此富足了？

景國公府給子弟們的分例並不多，沈成嵐又素來是個財迷，除了吃，甚少捨得花銀子，得來的封賞也大都貼補到軍中將士身上，是以對這種玩樂上的花費頗為小氣。

「這倒是個賺錢的好買賣。」沈成嵐習慣性地摩挲著下巴，思忖著是不是跟外院江管事碰個頭，讓他也找人來編些話本賣，王府名下也有書肆來著。

齊修衍寫好今天書院安排的功課，聞聲擱下筆搖頭輕笑，起身道：「時候差不多了，咱們這就出府吧。」

沈成嵐聞聲大喜，忙不迭扔下手裡的話本。

今日他們要去城郊的廣源寺走一趟，查看寺中竹管引水的實效。

「京郊寧遠縣近十年來頻發疫病，且多在當下的春夏時節，我派人查過，之前也藉由去廣源寺的機會親自去看過幾次，覺得問題的癥結應當是飲用水不潔導致，後來將廣源寺後山的泉水引入縣內後，情況果然得以改善。」透過車窗，齊修衍給沈成嵐指了指不遠處的崔巍青山。「我早前向父皇呈了摺子，也得到了朱批，只是撥付的銀錢有限，只有三千兩銀子，從青山山腳到寧遠縣內，引水水道少說也要二十里，鋪設青石渠所費不貲，我與弘一大師仔細商量，最後便想到了用竹管暫代。這次去，一來看看用竹管替代的成效，二來合算一下成本，若可行，便要開始著手採辦竹管等一應用料了，到時候還得請三叔幫忙。」

沈成嵐早有打算替三叔爭取一番，沒想到不等她開口，齊修衍就主動提出，讓她心中甚是熨貼感動，聽他私下裡直呼三叔，她又有些羞赧，紅著耳尖應了一聲，懇切地替三叔打包票，定然會把差事辦得妥當。

舉賢不避親，齊修衍上輩子踐行得徹底，這輩子更不打算改變。儲君之爭已經悄然拉開序幕，沈老國公一心想延續家規不牽涉其中，卻不知現下的局勢已與過去不同，軍中勢力已經被拉攏進大皇子和二皇子的對峙之中，景國公府想要獨善其身，奈何蕭牆之內有長房這枚不安分的棋子，注定難以如願。希望這一世，沈老國公能及早認清這個事實。

「現下外面流言滿天飛，祖父、祖母卻沒有絲毫動靜，不知道是何打算。對了，賜婚的旨意快要下來了吧？」沈成嵐蹙了蹙眉。

齊修衍點頭道：「也就這兩天了，據說沈貴妃原本很中意沈思清，可她與周裴的流言一出來，沈貴妃就改變心意，在工部尚書陳大人家的嫡孫女陳婉和忠靖侯的三小姐梁詩詩之間猶豫不定。」

一個是手握實權的閣臣，一個是在京軍擔任實職的武侯，無論選擇哪一個，都是得力的姻親。

論起家世，沈思清看似可與以上二人比肩，卻禁不起仔細推敲。雖然是景國公府的嫡出大小姐，父親又是世子，但現任的景國公夫人可是沈老夫人，二房、三房同樣是嫡出，尤其沈二爺這個兵部職方司郎中可是實職，而且頗受皇上器重，與沈大爺在五城兵馬司掛著指揮副使的虛職不同。

另外，沈思清的外祖永昌侯府因罪被奪爵流放，不僅失去助力，還有可能會成為拖累。加之她與周裴之間的流言蜚語，本就帶著挑剔眼光的沈貴妃自然將她身上的不足無限放大，棄之也在意料之中。

沈思清這次是聰明反被聰明誤，太想表現了，故而選了那件廣袖羽霓裙，豈料成也蕭何敗也蕭何。

只是苦了祖母，不知要被大伯母如何煩擾。

齊修衍知道她擔心家裡，出聲寬慰道：「妳也別太擔心了，稍後見了妳三哥，聽他說說家裡的情形。」

沈成嵐精神一振。「你請了三哥過來？」

齊修衍頷首笑道：「是妳三哥先遞了帖子進來，說是咱們出府的話，讓妳暫時先不要回家，約在外面說話，我便讓他也過來廣源寺，正好順便一起看看竹管引水的情況。」

還真是想得夠周到！

廣源寺被譽為大昭第一寺，整座小青山及山腳下的千頃良田皆是御賜的寺產。

崔巍莊嚴的山門前，沈成嵐一眼就看到候在一側路旁的青蓬雕花馬車，以及站在車旁的沈聿懷。

「參見三殿下。」沈聿懷恭敬地拱手見禮，聽到三皇子讓他上車，也不推諉矯情，撩起袍裾就跳了上來，只是見原本和三皇子相對而坐的六弟蹭到了另一側，將這一側的位置騰出來給自己坐時，眼角狠狠抽了抽。

從山門到寺內還有些距離，多寶和牧遙坐在車轅兩側，驅著馬車慢悠悠走著，讓車廂裡的人得空說話。

「三哥，家裡的情形如何了？」沈成嵐不等三哥坐定，就急著問道。

沈聿懷將將坐穩，打量了一下沈成嵐的臉。

嗯，看起來沒瘦，氣色也不錯。

這才稍稍放了心，沈聿懷不急不緩地開口道：「你別擔心，家裡還好，有祖母在，誰也翻不了天。只是大姊和周裴的事鬧得太厲害，祖父將大伯一房狠狠罵了一通，還撂了話，說要盡快給大姊定下親事。」

沈成嵐瞪大眼睛，問道：「他們能甘心？」

「自然不會甘心。」沈聿懷撇了撇嘴，忽然想到對面還坐著三皇子，端正坐姿。

「大伯母哭著求祖母帶著她和大姊進宮，去向太后和皇后娘娘澄清流言，被祖父當場罵了個狗血噴頭，大伯母不死心，竟要私自以祖母的名義向宮中呈送拜帖，幸而被大管家及時攔了下來送到祖父跟前，現下大伯母已經被禁足了。」

果然，杜氏不會輕易消停。

「大姊那裡可有動作？」沈成嵐問道。

沈聿懷聽她這麼問，唇角忽地勾起一抹詭異的笑，卻顧忌著車廂裡的三皇子，欲言又止地看著沈成嵐。畢竟是家醜，總不好當著外人的面親自扒拉出來給人笑話。

沈成嵐看懂三哥的顧忌，笑道：「殿下不是外人，三哥不必有所顧忌，有什麼事儘管說便是。」

不是外人？

沈聿懷後知後覺地發現，眼前這兩人坐在一起，竟還真有種天然的熟稔默契，似乎比自己這個親堂哥還親近。這麼一想，他不由得有點醋意。

可人與人之間就是有這樣的緣分，白首如新，傾蓋如故。

沈聿懷不是愛鑽牛角尖之人，看到沈成嵐和三殿下私交甚篤，也替六弟高興，再想到三殿下素來的低調沈斂，便打消了大半的顧忌，坦言道：「這件事我還沒有告訴家裡任何人，老實說，大姊和周裴的傳言，是周裴的大哥故意放出去的，在做之前，他特意知會了我，是以我不僅事先知情，還幫他參詳了一番。」

儘管先前已經從齊修衍口中聽到了些消息，可現下聽到三哥這麼說，沈成嵐還是忍不住瞪大眼睛一臉驚訝。「大哥，如果被三叔和祖父知道，你可是要受家法的。」

家法什麼的，對上輩子的沈成嵐來說簡直就是家常便飯，挨板子、挨餓、跪祠堂、抄家規……都不是什麼大不了，頂多就是在全府上下丟人罷了。可在沈成嵐心裡，三哥向來是個守規矩的人，怎會突然如此大膽！

「放心，我不會像妳那樣輕易就被人發現。」沈聿懷很不在意地扯了抹笑，轉而正色道：「自從和周簡見面後，我就派人盯著長房那邊，尤其是大伯母和大姊。最新的消息說，大姊過幾日會來廣源寺進香祈福，祖母已經同意了。」

進香？

沈成嵐和齊修衍對視了一眼，毫不意外地從對方眼裡看到一絲驚詫。

世家女子出門進香，路遇意外，被人仗義相救……倉山有耳的話本裡，好像是這麼寫的吧？

沈聿懷當即心口發堵，有種自己是多餘人的不美妙錯覺，他隨即將這種荒唐感壓了下去，繼續道：「我還得到消息，大姊身邊的黃嬤嬤私下裡跟賭坊的護院接觸過，雖然沒聽到說了些什麼，但舉止鬼鬼祟祟，一看就是什麼見不得光的事。」

聽著這似曾相識的橋段，沈成嵐頓時對那位倉山有耳先生肅然起敬。

沈聿懷終於對這兩人的反應忍無可忍，出聲問道：「怎麼了？」

沈成嵐乾巴巴扯了扯嘴角，回答道：「稍後我讓牧遙送兩本書給三哥，你看過就知道了。」

書？什麼書？

沈聿懷一頭霧水，但見沈成嵐不便明說的樣子，便順勢點頭應了下來。

一直沒有開口的齊修衍，這時問道：「聿懷兄，接下來你打算怎麼辦？」

沈聿懷險些被三殿下這聲稱呼驚得跌下凳子，見開口的人和自家六弟神色坦然得彷彿再自然不過，自己倒顯得小家子氣了，於是他穩了穩心神，硬生生承下三殿下的這聲稱呼，回道：「什麼也不做，旁觀長房自己作死。只是，怕是要暫時讓家裡的妹妹們在名聲上跟著受些拖累。」

索性三妹和四妹年紀尚小，緩上五至七年及笄後，這波影響就能淡化了，對議親應當影響不大。

齊修衍點了點頭，顯然很贊同沈聿懷的決定。

接著，沈聿懷又說了些老夫人和許氏的狀況，不外乎是吃睡如常、身體康健之類，讓沈成嵐放心。

家事說罷，寺門也到了，三人下了馬車，一個身形微胖的大和尚迎了上來，看起來與三皇子很熟識，引著他們直接奔禪房後院而去，並告知弘一大師已在等候他們。

沈成嵐和沈聿懷精神一振，臉上都浮現出喜色，就連腳步也一致地帶出幾分急切。不同的是，沈聿懷掛心的是年幼離家的四妹，沈成嵐關心的是親二哥沈成瀾。

弘一大師如往常般精神矍鑠，見到他們很高興，尤其是見到齊修衍。

「三殿下，您那套竹管取水的方法甚是精妙實用，若能推及寧遠縣，定能大大改善縣內百姓的飲用水。」弘一大師也認同齊修衍的想法，認為縣內春夏時節頻繁爆發的疫病源於飲用水的不潔。

用竹管替代青石渠的想法，是齊修衍在寺後竹林裡散步時偶然靈光乍現想到的，後來與弘一大師多次討論試驗，最後才確定下來，並著手在寺內嘗試效果。

雖然此行之前心裡有了七、八分勝算，但齊修衍現下聽弘一大師這般說，知道這事當真成了，不免欣喜，忙道：「還請大師帶我們去看看！」

弘一大師笑著應下，帶著他們往大膳房的方向走去，也沒有漏看沈成嵐和沈聿懷眼裡湧動著的期盼，緩聲道：「二位小施主盡可寬心，老衲剛派人去府上給老夫人送了消息，你們心中掛念之人諸事皆好，順遂的話，三年五載，那人便可回來與你們團聚。」

沈成嵐和沈聿懷相視了一眼，眼底微熱，連聲向弘一大師道謝。

三年五載雖不算短，但也不算太長，終歸有個具體的年限，這讓沈成嵐緊繃著的那根弦終於鬆了下來。而且，大師說諸事皆好，看來那位高人是有辦法改善二哥的體質了，這三年五載的分離也就值了。

心頭上的大石頭沒了，沈家兩兄妹也有心情旁顧了，尤其是沈聿懷，一進大膳房就被眼前的景象吸引注意力，向三殿下和弘一大師拱了拱手，三步併作兩步走上前去仔細查看，待看完了一圈，了解這套引水的法子，不禁嘖嘖稱讚道：「這個想法果真精妙，若真能用到寧遠縣中，當屬造福一方百姓的千古功績。只是……」

齊修衍見他欲言又止，笑道：「聿懷兄有什麼話儘管說便是，集思廣益，將引水的方法完善了，更有益於日後的鋪設和使用。」

沈聿懷見三皇子神色坦蕩，知他不是客套，便放下猶豫，暢言道：「用竹管作為引水材料，可以就地取材，體輕容易運送，且質地堅韌、造價低廉，又容易更換，在撥付的銀兩不算充足的情況下實屬上上之選。只是有一點，從山腳到寧遠縣，少說也有二十里，路雖不算太遠，但經年累月，竹管難免會發生阻塞，以現下的結構，盤查起來怕是要花上不少工夫。」

一句話就道出了齊修衍最大的難題。上一世，就是因為這一弊端，竹管引水才不得不逐漸被青石渠取代。

「聿懷兄可有改善的良法？」齊修衍的話音裡難得帶上一絲急切。

沈聿懷沈吟良久，面帶愧色地搖了搖頭。「草民愚鈍，一時也沒有什麼好的法子。」

不遠處的沈成嵐撥弄著引水的竹筒，聽到他們這麼一說，轉過頭來驚訝道：「這有什麼難的，在每段竹節上鑽一個小孔，再用竹釘封上，如果發生阻塞，水流便能將竹釘頂開，很容易查出來啊。」

最大的難題被沈成嵐輕而易舉地解決，在場幾人面面相覷，一時間感情很是複雜。

「小公子聰敏果決，將來定能造福於民！」弘一大師斂下眼中的異色，笑著喟嘆。

沈成嵐有些不好意思，赧然笑道：「大師過譽了，我這不過是些小聰明罷了。」

「你這點小聰明可是解決大問題了。」如若不是有旁人在，齊修衍定要狠狠揉她腦袋兩下，才能抒發此時的歡喜之情。

沈聿懷自不必說，除了某些時刻覺得六弟特別欠揍，大多數的時候還是很讓人驕傲。

「殿下，不知竹管的採買可找好商家了？如果還沒有，草民毛遂自薦，想接下這單生意。」告別弘一大師，再次上了馬車之後，沈聿懷主動開了口。

其實，這單生意對他來說並沒有什麼豐厚的利潤，之所以主動爭取，是因為知道這事是由三皇子一手主持，若能辦得好，定然會在皇上面前得臉。而要辦好這件事，採買則是重中之重，由他親自督辦定會盡全力確保萬無一失。

齊修衍深知沈聿懷這麼做完全是出於對沈成嵐的考慮，順勢承下他的好意，道：「如此甚好，稍後我們再約時間詳談。」

沈聿懷應下，看向一上車就抱著點心匣子吃個不停的六弟，深覺無力地嘆了口氣。好吧，這樣看來，三殿下對他當真是不錯，回去後也能讓祖母和二伯母放心些。

進城後天色還沒有黑下來，沈聿懷作東，在一品居點了桌好菜，沈成嵐看著幾乎都是自己愛吃的菜，頓時笑得見牙不見眼。

齊修衍心中暗暗嘆氣，得，自己清貧的名聲還真是夠響亮的。

不過，老實講，一頓飯吃掉二兩銀子，著實是夠奢侈的。

沈聿懷在十王府附近下了馬車，沈成嵐也跟著下了車，輕聲解釋道：「三哥，我在王府中睡得好，吃得也好，你就別擔心了，也讓祖母和我娘放心。」

兩人離馬車有些距離，沈聿懷深深看了她一眼，壓低聲音悄聲地問道：「真的？你可不要跟我們逞強。」

若是之前，三哥這麼問，沈成嵐點起頭來還會心虛，現下卻是底氣十足。「真的，現下說話不方便，待過幾日我休沐回家，再仔細說給你聽，總而言之，上次休沐回家，在飯桌上我是故意那麼說的，都是殿下的計謀。現下王府裡的膳食和一應用度都不差了，你就放心吧！」

沈聿懷目光沈了沈，神色緩和下來，又習慣性地將腰間的錢袋摸了出來塞給六弟，道：「日後少不得要跟著殿下出府，身上多備些銀子心裡踏實。」

動不動就給自己塞銀子好像成了三哥的習慣，沈成嵐剛開始還有些不好意思，現下卻收得很順手，嘴上卻不忘賣乖。「三哥，你這樣要把我慣壞了。」

沈聿懷就是喜歡六弟這種毫不見外的模樣，豪爽地撇了撇嘴。「不過是些零用錢而已，三哥還給得起，慣壞了也壞不到哪裡去！」

沈成嵐聞言，咧著嘴笑，對三哥揮了揮手，在對方的執拗中先一步轉身上了馬車。

沈成嵐趴在馬車的後車窗內，看著站在原地的三哥越來越遠，最後馬車轉過街角，徹底看不到人了才轉身坐正，悶悶地嘆了口氣，道：「三哥對我真好，我以前卻只知道自己胡鬧，不知道和三哥、三姊多走動……」

「有些人的性情就是如此，得要對方主動示好了才會展露自己的真實心意。」在這一點上，齊修衍很能理解沈聿懷，因為上一世的他就是如此。

沈成嵐愛恨果敢，不是很能理解這種想法，卻不妨礙接受，如果需要的話，她主動一下又何妨。

第一次跟著齊修衍出府，和上次自己休沐出府的感受全然不同，再踏進十王府的大門，彷彿也不覺得那麼拘束、沒有自由了。

「喜歡的話，以後我經常帶妳出府走走，國公府離得也不遠，順便回去讓老夫人和妳娘瞧瞧妳。」齊修衍也發現了她的心緒轉變。

沈成嵐可沒忘祖母和娘親的叮囑，搖了搖頭，道：「還是不要了，若是被皇上知道了，恐怕要不高興，咱們還是安安穩穩待在府裡吧！」

「無妨，這陣子正好要忙著寧遠縣的差事，出府有正當理由。」

沈成嵐聞言喜上眉梢，還沒到寧王府的大門口，就開始盤算著下次出府要先去哪家小館打牙祭了。

齊修衍將低頭可見的鮮活眉眼看在眼裡，心中便覺得無比滿足。

第七章

清靜一下午的寧王府，因為沈成嵐的歸來再度熱鬧起來。

離開廣源寺前，沈成嵐特意請了不少的平安符，府裡人手一個，就連前院負責灑掃的小黃門、小安子都有份。雖不是什麼金貴的東西，但被人惦記著的這份情誼，在這森森王府內卻是千金換不來。

齊修衍看著僕役退下時偷偷抹眼睛的背影，越發覺得自己兩生有幸，能遇到如此赤子心性的沈成嵐。

寧王府這邊氣氛融融，因為分例不再被剋扣，關上門來小日子過得越發舒坦，可門外面的日子就不那麼平靜了。

三日後，大皇子的賜婚旨意正式頒發，工部尚書陳大人家的陳婉被選為大皇子妃，五月十五正式完婚。

景國公府的沈大小姐瞬間淪為全城的笑話。

可過沒幾天，沈大小姐在廣源寺進香途中遭遇匪人，幸得被同去進香的大皇子所救，但逃避途中在林中迷了路，翌日一早才被尋到……

沈成嵐瞪大眼睛聽著多寶和牧遙打聽來的消息，忍不住從書架上將倉山有耳先生的那本話本抽了出來翻得嘩嘩作響。

「這……這也太巧了吧，莫非沈思清也看過這話本？」沈成嵐覺得不可思議。「這樣的巧合皇上和沈貴妃會相信？大皇子不會懷疑？」

齊修衍臉上的笑意不達眼底，淡淡哼了一聲，道：「信不信不重要，只要成了既定之事，父皇就必須給景國公府一個交代。」

沈成嵐蹙眉道：「可是賜婚的聖旨已下，總不能收回吧？」

「君無戲言，賜婚當然不能收回。」齊修衍眼裡沒什麼溫度地勾了勾嘴角。「可是，若大皇兄此時被立為太子，那麼太子側妃的身分，就不算委屈景國公府的嫡長女了。」

沈成嵐呼吸頓了一下，狠狠嚥了口唾沫。「皇上想藉這個機會冊立太子？」

沈成嵐可不會天真地以為，皇上會為了顧全一個區區國公府嫡長女的名節而做到如此地步。若真在此時冊立大皇子為太子，只能說明皇上已經做出決定，沈思清自作聰明做的這一齣，反倒是給皇上尋了個藉口。可如此一來，他們景國公府的處境就尷尬了。

齊修衍看出她的擔心，神色恢復如常，緩言道：「沈思清在這種情形下嫁入東宮，可見父皇並無粉飾之意，勢必在內廷訓錄中留有紀錄。有這一筆在，窮其一生，沈思清可能都沒有扶正的機會。」

「可即使只是太子側妃，我們景國公府恐怕也要被劃入大皇子一黨。」沈成嵐之前還自詡對今上頗有了解，現下才知道自己是多麼天真。

齊修衍卻不擔心，笑道：「父皇心如明鏡，朝中又個個都是人精，依老國公的心性，這樁親事不結成怨就不錯了。」

想到祖父的脾氣，沈成嵐深以為然。「這倒是。不過，依你所言，所有人都知道的道理，大皇子不會想不到吧？就算他想不到，他手下的幕僚們也應該會提醒他才是。」

齊修衍輕笑。「我那個大皇兄啊，向來不是個聰明人，偏偏最愛自作聰明，而且還不愛聽人勸，憑沈思清的手段和樣貌，讓大皇兄做出這個決定倒也不讓人意外。」

今日自作聰明，他日登基為帝，便能剛愎自用、乾綱獨斷。今上拖延至今日沒有冊封太子，想來應該不是扛不住立儲的壓力，怎會最終選了這麼一位太子人選呢？

沈成嵐想不通，索性直接詢問解惑。

齊修衍聽她這麼問，不達眼底的笑意收斂了起來，正色道：「父皇心思深沈，即使再世為人，我也沒有把握能完全揣度清楚。只是一點，無論什麼決斷，父皇的初衷和目的只有兩個，一是皇權的獨尊無上，一是大昭的安定穩固。放眼當下，舉國休養生息，最需要的便是朝堂穩定，一個不那麼聰明也沒那麼高的賢名，但是勝在聽話的太子，也是時局所需。」

皇上讓名師大儒們教導眾皇子四書五經、忠孝仁義、禮智信，卻從不信奉仁善治國，他所圖的無非是留下聽話的兒子繼承香火血脈，而讓不聽話的兒子們拚奪那個高處不勝寒的位置，縱可坐擁江山，代價卻是孤寡餘生。

這便是這位君父的仁慈與殘忍……

「殿下？殿下！」

耳邊傳來沈成嵐掩飾不住擔心的呼喚聲，齊修衍猛然回過神，正對上沈成嵐有些焦急的目光。

「殿下，您沒事吧？」

齊修衍忙解釋道：「別擔心，我沒事，只是一時想事情忘了神而已。」

沈成嵐見他雙眼恢復清明，臉色也沒有異樣，鬆了口氣，勸道：「你也不要逼自己太緊，能重活一世，已是咱們賺到了，世事無常，咱們且行且謹慎便是，步步籌謀也不見得就會事事如願。」

三殿下時常想事情想得出神，沈成嵐已經發現這種情況不是一、兩次了，唯恐這人思慮過重，落下什麼病根。

齊修衍知道她擔心自己，心下一暖，點頭道：「妳說得對，既然大事上有了決斷，咱們以後就見機行事、順水推舟。」

沈成嵐聽他這麼說，眉眼含喜地應了一聲，頓時對手裡的話本失了興致，招呼著多寶和牧遙隨她去習武。

經過半個多月的過渡，沈成嵐終於能在下晌的武課上紮馬步、拉弓射箭了，禁制一開，沈成嵐在王府裡更不用恁多顧忌了，不僅自己勤加練武，還要拉著牧遙和多寶一起，還逼著兩人拜她為師。

看著多寶和牧遙苦著臉叫師傅，腿腳卻甚為麻利地跟著沈成嵐向外走去的背影，齊修衍無奈地笑著搖頭。

沈成嵐向來主張最好的訓練方式就是對戰，前世練兵最常用的便是實戰演練，多寶和牧遙作為她這一世的第一批實踐對象，自然也享受到這套訓練方法。

芳苓坐在廊下，膝上擎著針線笸籮，一邊纏著棉線一邊盯著庭院裡正戰在一處的三人，忍不住和坐在一旁擇菜的齊嬤嬤輕聲低語道：「像多寶和牧遙這麼天天挨揍，真能有用？」

齊嬤嬤抽空瞄了眼二比一仍處於劣勢的多寶和牧遙，面色閒適地笑道：「狼狽是狼狽了些，不過我瞧著好像比前幾日撐得久一些呢！」

芳苓聞言又仔細看了片刻，贊同地點了點頭。果真如齊嬤嬤所言，兩人雖然還免不了使用拉扯拽這樣不入流的招數，但與初時相比，不僅招式正規許多，也能勉強撐過幾十個回合了。

齊嬤嬤和芳苓這邊看得愜意，場中的多寶和牧遙可沒那麼輕鬆了，將將撐過了一刻鐘，兩人陸續敗下陣來，彎腰扶著膝蓋氣喘吁吁的，背後的兩、三層衣衫都被熱汗濕透了。

牧遙還好，自小跟在少爺身邊，深知自家小姐的身手，相比之下多寶就可憐了，前腳剛知道眼前的小師傅其實是景國公府的四姑娘，後腳就被四姑娘一下就撂倒，一直虐到現在，簡直是身心雙重傷害。

不過，王爺信重他們，多寶便和海公公、齊嬤嬤及芳苓一樣，除了最初得知真相時的震驚，須臾後便將所有多餘的情緒都牢牢鎖在自己的心裡，面上一如尋常那般伺候著。況且，自從師傅進了王府，王爺整個人都精神了起來，府裡的日子也大為改善，在外行走時也不像以前那般動輒被欺負，現在更是可以跟著學字習武，這樣的生活是多寶以前作夢都不敢想的。

如果師傅能一直在王府就好了。多寶不止一次在心裡這麼偷偷想著。

「你小子，又在走神想什麼呢！」沈成嵐與多寶年歲相當，現下的個頭還比人家矮了一寸，每每教訓起人來卻還是小大人的模樣，她並不自知，可把圍觀的人逗得樂不可文。

多寶捂著腦袋瞄了眼胳膊腿兒比自己還纖細一分的師傅，心裡就算多兩個膽子也不敢把心裡話說出來，只得用新打聽來的消息轉移搪塞道：「師傅，您知道嗎？聽說周二公子突染重疾，成國公進宮面聖，替他辭去大皇子伴讀的身分了。」

沈成嵐微微瞇了瞇眼睛。「是嗎？可知是誰頂替了他？」

「聽說皇上本屬意塗閣老府上的孫少爺，但大皇子進宮一趟，不知怎的，最後定下了工部尚書陳大人家的孫少爺陳聰。」

「陳聰？」沈成嵐眼裡興起一陣玩味。「未來大皇子妃陳婉的兄弟？」

多寶點頭回道：「是同胞弟弟。」

沈成嵐雖吊打過塗閣老家的塗小少爺，但那小子本性並不壞，純粹是太能裝腔作勢，看著讓人手癢癢想胖揍他而已，既然大皇子選人不避親，塗家小子也算上輩子積德了。

「唉唷，不得了了！」

正當沈成嵐愣神的工夫，忽然聽到一道焦急的聲音從門口傳來，抬眼便看到急匆匆走近的海公公。

「海公公，出了什麼事？」在沈成嵐的印象裡海公公素來穩如泰山，乍見他這般失態，頓時心裡一緊。

海公公深知沈成嵐在自家王爺心裡的地位，半分不遲疑地回道：「宮裡剛剛傳來消息，說是十皇子不小心落了水，現下正急救著，情形不大好呀！」

沈成嵐臉色突變，跟著海公公一起往內書房而去，不忘吩咐多寶準備跟著王爺入宮。

上一世見到十皇子的時候，他已然是個半大小子，如果也曾出現過這樣的意外，想來應該是能轉危為安。沈成嵐這般自我寬慰，但眼中的陰霾卻無法驅散半分，唯恐自己的奇遇會改變身邊人的命運。

在看到齊修衍聽到消息時突變的臉色，沈成嵐的心又沈了兩分。

齊修衍吩咐海公公立刻準備動身入宮，見沈成嵐臉色凝重，方才緩了緩神色，兩人一邊往外走，一邊低聲道：「妳莫擔心，十弟確是經歷過這一關，我沒想到的是，此事竟提前發生了。」

數日前進宮給皇祖母請安時，齊修衍特意去看了眼十弟，並叮囑他身邊的內侍小心看顧，結果還是沒有躲避過去。

沈成嵐察覺到他氣息的變化，抬眼看去，正好沒有錯過齊修衍眼裡閃過的寒意。

莫非，十皇子的落水並非意外？

齊修衍腳步急促地走進長福宮西苑，一眼就看到跪在廊簷臺階下的內侍小林子，前世今生的畫面頓時重疊在眼前，心中頓時怒氣迸湧。

「參見殿下！」長福宮掌宮太監劉盛見到三皇子陰沈著臉直奔門口而來，緊忙上前兩步見禮問安，跪下時正好用自己的身體擋住三皇子前行的腳步，勸阻道：「殿下，婉嬪娘娘已經傳召御醫，正在為十殿下診治，還請殿下暫候！」

上一世便是如此情形，齊修衍素來在宮中行事謹慎，又料想婉嬪不敢明目張膽棄皇子於不顧，故而止步於門外，使得十弟救治不當，落下肺弱的病根，致使折損了壽數，每每想來，他便後悔不迭。

跪在階前的小林子見三殿下停住腳步，眼中的焦急與驚懼溢於言表，顧不得兩側內侍的脅迫，膝行上前哀聲道：「三殿下，求您救救殿下吧……」

「放肆，太醫正在裡面救治，擾了清靜，何人能擔待得起？」劉盛怒目掃向小林子，壓低嗓音怒斥，目光示意跪在一側的內侍將其拖走。

齊修衍眼神一暗，在兩個內侍觸碰到小林子之前，就抬起腳將他們狠狠踹開，又不待劉盛開口，也一腳將擋路的他踹開，對跟在身後始終沈默不語的年輕太醫道：「常太醫，有勞。」

常軼倫頷了頷首，緊隨著三皇子走向內殿。小林子也在眼神示意下爬起身緊緊跟上去。

劉盛整個人從地上爬起來，牽動到肩膀和鎖骨的痛處，不禁倒吸了一口涼氣，盯著三皇子背影的眼裡飛快掠過一陣怨懟，沈下臉吩咐道：「我這就去向娘娘稟報，你們給我盯緊著點！」

爬起來的兩名內侍連聲應諾。

兩輩子加起來第一次出腳踹人，舒爽暢快之餘，齊修衍開始有些理解沈成嵐那套「能動手就不動嘴」的處事原則了，當真是痛快又有效率。

太醫龐伯橋正坐在桌邊不緊不慢地寫著方子，忽聽到一陣急促的腳步聲，隱隱聽到屏風外內侍請安時口呼三殿下。他眉心微蹙，面上卻不見驚色，施施然起身，將將站穩，三皇子裹挾著一身寒氣就出現在臥房門口。

龐太醫躬身拱手見禮，餘光掃了眼跟在三皇子身後的新進太醫常軼倫，神情僵了僵，問道：「三殿下這是何意？」

連表面的謙恭都透著敷衍，這般臉色，齊修衍從幼年到而立之年早已司空見慣，比龐太醫更過分的大有人在。現下多輕蔑疏怠，他日就有多戰戰兢兢、如臨深淵。上輩子或許還有些許報復的快感，現今卻心如止水一般，連計較都只覺得是浪費。

齊修衍掃了眼桌上的藥方，多寶識趣地上前兩步將藥方取過來呈上。齊修衍接過來迅速掃了一眼，臉色頓時沈了下來。

果然，和上一世的藥方一般無二。藥力不溫不火，即使是告到御前，細究起來也不過是用藥保守，頂多治他個治療不力之過。畢竟，不下猛藥是太醫院素來不成文的慣例。

「龐太醫，敢問你這般用藥，可有把握保我十弟安全無虞？」

在齊修衍了然的目光中，龐太醫心神一顫，被質疑而來的憤然中不自覺地摻雜了幾許心虛。「三殿下若是信不過老臣，自可另請高明！」

「既如此，那就請一旁暫歇吧！」齊修衍沒耐心與他虛耗，不顧聞言面色漲紅的龐太醫，隨手將藥方傳給身後的常軼倫，毫不猶豫地邁步直奔內室床榻。

常軼倫接過藥方飛速掃了一遍，眉頭微蹙，片刻後斂去眼中的訝異，對龐太醫拱了拱手，不慌不忙地跟上三皇子往內室而去。

一進內室，門窗緊閉，只有一個小內侍守在榻側，十皇子齊修明粗重的呼吸聲在靜謐的室內清晰可聞。看著匍匐在地上戰戰兢兢的小內侍，齊修衍從聽聞消息後就壓抑著的怒火幾乎要難以控制。

「小公公，煩勞你去將窗子打開一扇，再打盆涼水過來。」常軼倫低聲交代了多寶兩句，提步走到榻前。

十皇子此時已經因為高熱而意識不清，齊修衍以裡衣的袖子擦拭著他臉上和脖頸間的濕汗，在常軼倫走上近前後，他起身讓開榻側，拱手道：「有賴常太醫了，拜託！」

常軼倫受寵若驚地側了側身，回禮道：「微臣定當竭力而為。」

房內因為常軼倫的探診而再度靜謐下來，多寶輕手輕腳地走進來，將水盆放在床榻下的矮几上。小林子麻利地絞了帕子，在常太醫的示意下，上前去仔細擦拭著十皇子的臉和脖子。

齊修衍見十弟緊蹙的眉心舒展了些，忙著拿另一條布巾絞濕了遞給他，兩人一個絞帕子一個擦，配合得竟頗為默契，一旁的多寶幾次想要接手都被齊修衍擋了回去。

常軼倫不動聲色地將三皇子的舉動看在眼裡，起身走到桌前坐下，思索了片刻後提筆開方，一氣呵成沒有半絲遲疑。

「三殿下，微臣這就親自去煎藥，煩勞您派人取些烈酒過來，一碗酒兌一碗水，將布巾沾濕後擰半乾，輕拭十殿下的脖頸、胸口、兩側腋下和掌心腳心，待服過藥後，很快就能退下高熱。」常軼倫有條不紊地交代著，語調沈穩，語速不急不緩，有著安定人心的力道。

齊修衍懸著的心穩下大半，吩咐小林子陪著常太醫去煎藥，多寶跟著去拿酒，轉眼間，臥房內室只剩下他和猶跪在牆邊的小內侍兩個清醒人。

「你先下去吧。」齊修衍坐在床榻邊，看著呼吸稍緩平順的十弟，心裡的焦躁和怒火漸漸收斂，揮了揮手將人屏退，不假他人之手繼續絞帕子替十弟擦汗。

沒多久，多寶抱著一罈兌好的酒液折返回來，主僕二人按照常太醫的醫囑替齊修明擦拭降溫。

「殿下，常太醫這法子果真管用，您看，十殿下的臉色舒緩了不少！」多寶面露喜色，將擰了半乾的布巾替換下主子手裡的那條。

齊修衍心中微敞，忽聽聞外面隱約的聲響，眼神一暗，臉色頓時又沈了兩分，對多寶道：「待會兒無論發生什麼事，你都不要管，看好小十。」

多寶毫不猶豫地應下，儘管他素來膽小，可只要有主子在，心裡就像有了頂梁柱似的，怕還是怕，但硬著頭皮也敢上。

齊修衍見他一副慷慨赴義的模樣，本想提醒他情形沒那麼嚴重，話剛到嘴邊，就聽到門外傳來隨侍太監的唱和聲。

「皇上駕到！」

「婉嬪娘娘駕到！」

齊修衍看了眼氣息已經平和許多的十弟，站起身離開床榻準備迎駕。

元德帝走進內室，一眼就看到跪在屋中央的齊修衍，便抬手讓他起身，而後幾步上前來到床榻邊。

「小十燒得這般嚴重，太醫呢？」元德帝仔細打量因為高熱而面色潮紅的小兒子，再抬眼看向站在一旁的婉嬪，責問道：「聽說妳傳召了三、四名太醫過來，人呢？」

婉嬪雙腿一軟，忙福身請罪，委屈地解釋道：「明兒意外落水，承兒也受了驚，妾身這才多請了幾位太醫過來，可誰承想龐太醫適才氣沖沖來見妾身，說是……」

婉嬪說著，瞄了眼站在一側的齊修衍，面帶難色地猶豫了片刻，道：「說是三皇子信不過他，將他趕了出去。」

元德帝眉心微蹙，犀利的目光轉向齊修衍，沈聲道：「老三，可確有此事？」

齊修衍陰沈著臉看了婉嬪一眼，將之前龐太醫所開的藥方連同常太醫的一併呈上，回道：「這是龐太醫和常太醫所開的藥方，請父皇過目。」

元德帝接過兩張藥方迅速流覽了一遍，轉手遞給身側的郭全。

郭全初入宮時在太醫院當差，而後才被選入勤德殿，後被今上看重選在身側侍候，故而對藥理頗為通曉，因此藥方一看頓時心中了然，面不改色地將常太醫所開的藥方疊在上面，恭敬地呈還給皇上，道：「陛下，老奴愚見，常太醫的方子雖看著藥力猛烈了些，卻也值得一試。」

若依照龐太醫的方子，十皇子的性命雖也能保得住，但藥力不足以短期內退熱，恐有留下病根的可能。

跟在後頭的龐太醫一觸及到皇上的目光，登時沁出一身冷汗，忙不迭伏身告罪。「老臣醫術不精，還請陛下責罰！」

元德帝收回視線，餘光掃過神色隱隱洩漏不安的婉嬪，垂眸端著茶碗輕輕撥動茶碗蓋，眼底浮上無人可見的寒意與薄怒。

房內的空氣霎時間凝滯下來，滿屋子的人懾於龍威連大氣都不敢多喘一下，跪在地上的龐太醫更是冷汗連連，心中忍不住開始懊悔。

正當此時，門外傳來通稟聲，常太醫煎好藥折返回來了。元德帝立刻將人傳進來，房內壓抑凝滯的氣氛終於打破，眾人紛紛鬆了口氣。

元德帝不動聲色地掃了眾人一眼，目光落在猶跪在地上的龐太醫，道：「你也起來吧，此事待十皇子病癒後再議。」

話音未落，龐太醫臉上殘存的血色頓失，險些脫力癱在當場，就連婉嬪也慌了心神。

齊修衍先一步上前接過小林子端的托盤裡的藥碗，轉身走向床榻時，很是嘲諷地挑了挑嘴角。

元德帝起身讓開床榻邊的位置，坐到桌邊看著齊修衍極有耐心地一勺勺餵著尤未清醒過來的小十喝藥，雙眸微斂，是何心思讓人揣度不定。

眼見齊修衍手裡的湯碗就要見底，元德帝終於打破沈默出聲問道：「常太醫，十皇子的病情究竟如何？」

常軼倫如實回稟道：「啟稟陛下，十殿下是身染風寒，加之受了驚嚇，故而才引發高熱，嗆水並不嚴重，只要退了高熱便可無虞。」

可高熱的凶險，遠比嗆水要來得厲害。

元德帝蹙眉。「那十皇子的高熱何時能退，你心中可有把握？」

常軼倫幾不可察地看了眼床榻那邊端著藥碗的三皇子，沈吟片刻後鄭重道：「幸而趕來得及時，再服用兩劑藥，仔細看顧一夜，明日一早應當就能退熱。只是……只是今夜萬不能離了人看顧。」

小林子跪在榻上，用自己單薄的身體撐起主子靠坐著讓三殿下餵藥，聽到常太醫的話終是忍不住落淚了。若不是三殿下及時趕來，主子將會如何，他想到就後怕得厲害。

看著床榻上的小太監咬著嘴唇，無聲無息地抖著肩膀、淚如泉湧，元德帝心頭的薄怒轉濃，面色越發冷肅兩分。

婉嬪覺得後脊梁骨直冒冷風，硬著頭皮開口道：「陛下請放心，妾身帶人親自守著十皇子，定不會離了人。」

「妳還是回去看顧小九吧，動用兩名太醫，想來受的驚嚇也不小，怕是也離不了人，這裡就交給老三和常太醫。」

元德帝當場駁了回去，婉嬪心下惶惶然，卻不敢表露出來，剛應聲，門外又傳來稟報聲，原來是大皇子等人得到消息都趕過來了。

元德帝不宣，起身叮囑了齊修衍和常太醫兩句，又看了看喝過藥後躺下的十皇子，先一步離開內室。婉嬪不好多留，也跟著離開了，屋內瞬間清靜下來。

始終跪在榻腳下的多寶解脫似地鬆了口氣，三兩下爬起來絞了條布巾遞給小林子。

齊修衍看著哭得臉像隻花臉貓似的小林子，臉色緩了緩，道：「煩勞常太醫再給小林子瞧瞧。」

早前就發現他走路有些不便利，只是情況緊急，也不太顧得上他。

常軼倫上任後第二日當值就被三皇子點名拖了出來，毫無準備之下還得罪了資歷深厚的龐太醫，老實講，他心裡是有些不痛快的，不過看著三皇子這般事必躬親地照顧十皇子，這點不痛快很快就散了，現下聽到這話，神色舒緩地拱手稟道：「適才煎藥時微臣得空瞧過了，都是些外傷，不算嚴重，稍後搽些傷藥即可。十殿下已經服藥了，稍後藥效便會起作用，也不會有大礙，三殿下不必擔心。」

齊修衍對常軼倫的醫術相當信任，上輩子他那般玩命禍害自己，常太醫愣是讓他拖了二十多年，小小的高熱定然不在話下。

受寵若驚的小林子聽到常太醫這般保證，戰戰兢兢懸著的心終於有了著落，他捏著多寶塞給自己的布巾再度跪了下來，虔誠地叩首向三殿下和常太醫道謝。

齊修衍這次沒有攔著他，坦然受下，叮囑道：「今後若再碰到此類情形，記著，不要和人硬拚，立刻想辦法通知本王。」

三殿下向來對自家主子多有照顧，小林子心中有數，但像這樣明確的庇護還是第一次聽到，不禁又感動地流了兩泡淚，忙代替主子虔心道謝，並拍著胸脯保證一定做到。

齊修衍看著他鼻涕眼淚一把抓的臉，只覺不忍直視，便命令多寶帶他下去洗漱一番並搽抹傷藥，又將常太醫請去廂房暫時歇息，準備稍後再煎藥。

不多時，藥效發作，十皇子臉上的潮紅漸漸消退，呼吸也沒那麼沈重了，睡得越發平穩，齊修衍將他額頭上的濕布巾又換了一塊，此時才算真正徹底鬆了口氣。

「啟稟三殿下，婉嬪娘娘派奴才過來送些宵夜。」劉盛忍著肩膀的抽痛躬身站在門外低聲稟報，目光掠過跪在門外廊下的幾個宮婢內侍，眼底浮上一抹陰鷙。

齊修衍抬手替十弟掖了掖被角，起身放輕腳步走出了內室。

隨著一聲低沈的宣召，門口當值的內侍推開房門，劉盛招呼著隨行的宮婢們端著托盤魚貫而入。

見三皇子的臉色依然陰沈著，劉盛也不敢多言，陪著小心見了禮，待宮婢們將吃食擺好後躬身告退，全然沒有往日裡那股若有似無的怠慢。

齊修衍透過緩緩關閉的門縫瞧了眼劉盛匆匆的背影，嘲弄地扯了扯嘴角，轉眼看向桌上的宵夜。白瓷盅蓋一掀開，濃郁的香味撲鼻而來，蔘香首當其衝。

熬這麼一盅藥粥，恐怕要用掉半支老蔘，婉嬪還真是捨得。

多寶和小林子恰好在這個時候趕了回來，見到桌上精緻的膳食，尤其是那盅看著就補人的藥粥，小林子上前手腳麻利地給三殿下盛了一碗，然後又盛了小半碗緩緩攪拌著散發熱氣，準備不燙了之後餵給自家主子。

齊修衍上輩子最後幾年在常軼倫的嚴盯死防下幾乎頓頓都是藥膳，以至於這輩子聞到藥膳的味道就食慾不振，他將粥碗推到一旁，指了指一桌子的藥膳，道：「給常太醫送去一些，剩下的你們二人就分了吃吧。」

小林子手上攪粥的動作頓了頓，看了眼內室的方向，低聲道：「三殿下，您先用些吧，殿下那邊奴才也伺候著用些墊墊肚子。」

齊修衍寒著目光掃了眼桌上盡是大補的藥膳，扯動嘴角輕哼了一聲，道：「高熱之人服用老蔘等物，如同潑油救火，非但無益，反而有害，這些東西你家殿下都碰不得，還是由你們代勞吧。」

小林子聞言臉色唰地一白，險些失手砸了粥碗，好一會兒才從後怕中回過神來，心中既怒且怕，又不敢當著三殿下的面再哭，硬生生將自己給憋得臉色發青。

齊修衍雖不願為難他，可眼下正是讓他們學到教訓的好機會，拖了好一會兒才開口點撥道：「對於小人，務必要防範到底，切不可有半點輕忽怠慢，否則後果不堪設想。」

十皇子的生母林昭儀是婉嬪的陪嫁丫鬟，婉嬪懷有龍嗣之際，為了固寵，將林昭儀推到皇上跟前。後來林昭儀承孕，臨盆時難產傷了根本，過沒五年就歿了。因著林昭儀母子始終住在長福宮，在她病逝後，婉嬪親自到皇上面前請旨，將十皇子繼續留在自己的宮內撫養。

婉嬪慣會當面一套背後一套，外人或許不知，小林子卻再清楚不過，是以三殿下口中所指的小人，除了一宮之主婉嬪娘娘，還能有誰！

小林子和多寶年歲雖不大，但在宮中也不是新人了，深諳宮中的骯髒手段，只是今日又切身受了次教訓。

這邊齊修衍在宮中調教心腹近侍，那邊的十王府裡，沈成嵐因為擔心十皇子而全然沒有睡意，唯恐十皇子的命數有所異變。

芳苓端了碗安神湯推門走了進來，見人還坐在桌邊寫字，柔聲勸道：「適才巡夜的兩位校尉大哥上門送來消息，說是大皇子等人已經從宮裡回來了，說十殿下並無大礙，又有咱們王爺照看著，您就別擔心了，喝了安神湯早些歇息吧。」

沈成嵐聞言雙眼一亮，扔下手裡的筆長長吁了口氣。

沒事就好。

儘管如此，這一晚沈成嵐還是沒有睡安穩，府裡沒有齊修衍鎮宅，讓她總覺得沒法踏實。翌日一早，她眼皮微腫，眼下明顯掛著瘀青，芳苓又是冷敷又是滾雞蛋，還遮了層粉，沈成嵐這才勉強有臉走出王府大門。

十皇子落水大病，大皇子等人昨日沒見到人，今日一早便向御書院的講讀師傅告假入宮，沈成嵐趕到御書院的時候連皇子們的面都沒見到，只剩下他們幾個伴讀面面相覷。

皇子們不在，講讀師傅索性安排他們自行練大字，自己則晃去書庫了。

所謂山中無老虎，猴子稱大王。今日的講讀師傅田學士雖然稱不上是御書院的老虎，但新來的大皇子伴讀陳聰，在沈成嵐眼裡卻是一隻名副其實、上躥下跳的潑皮猴子。

田學士不過是去書庫拿了本書，前後不到兩刻鐘的工夫，就有人跑來氣喘吁吁地求救。「田學士，不好啦，前院學堂裡打起來了！」

大凡父母給孩子取名字，多帶著些期許和願望，譬如品行高遠、堅毅勇決之類，工部尚書陳大人給獨苗孫子取名聰，想來也是懷著這般情結。遺憾的是，陳獨苗在錦衣玉食下只見長肉沒怎麼見著長腦子，白白辜負了一個聰字。

田學士匆匆趕回中院學堂，一跨進院門就聽到一陣殺豬般的慘叫聲，伴隨著氣急敗壞的咒罵。

田學士眉心緊蹙，加快了腳步，不知是誰低聲喊了句「夫子回來了」，待他進門時，沒有圍觀者阻礙視線，一眼就瞧見沈成嵐單腳將陳聰踩在地上摩擦的景象，頓覺腦子一抽，額角隱隱作痛。

「我就說了怎麼著，你們沈家就是門風不正，才能養出沈思清那種下賤的倒貼貨！」陳聰趴在地上，後背被死死踩著，只能揮動手腳掙扎，活脫脫像一隻翻不了身的王八，理智已經被羞憤和憎惡湮沒，越是掙脫不了，越是口不擇言地咒罵。「聽說你親妹妹還被送出去養了，什麼驅凶避劫，我看就是——啊！」

沈成嵐最後一絲客氣也不留地使出全力踹踩下去，若非現在年歲尚小，這一腳就能踩斷他的腰骨。

「就是什麼？你有膽子繼續給我說說看。」

沈成嵐的面容依舊稚嫩可愛，清透的嗓音甚至不曾沾染明顯的怒意，可雙眸迸發的陰鷙和殺意，卻讓在場的人頓時噤若寒蟬。

陳聰只覺得腰間一陣劇痛，哀號卡在喉嚨裡還沒來得及喊出來，頭髮被一把蠻力拉扯著，被迫抬起了頭，隨後迎上一雙殺意肆虐的雙眸。

只這一眼，陳聰就慫了，連呼痛都被嚇到腦後。他直覺地意識到，只要敢把後半句話罵完，眼前的沈六就真敢對自己下死手。

沈成嵐上輩子縱橫沙場、鮮血飲劍，即使重活一回，剛戾之氣還是隨著記憶深深鐫刻在骨血中，如今只不過從眼底稍稍洩漏，就讓整個學堂為之凜然。

到底是出身武將之家，自小耳濡目染，骨子裡都刻著殺伐決斷。

田學士想到這些日子以來，沈六在課堂上的慵懶閒適，再看著眼前殺意外露的他，眉心越發蹙緊兩分，重重咳了兩聲，邁開腿走了進來。

十王府的御書院畢竟不是動手的好地方，沈成嵐可以不在乎自己被罰，但田學士若一狀告到御前，牽連到三皇子就不好了，是以一見到田學士走進來，沈成嵐就站起身後退了兩步，表明態度任憑處置，可從頭到腳都沒有一星半點認錯的意思。

想到適才聽到歇斯底里的咒罵，田學士拉著一張老臉也不好責備沈六不該動手，和匆匆趕過來的羅大總管相視一眼，立刻著人去請御醫過來替陳聰診治。

太醫院在十王府設有值房，當值的太醫很快趕了過來。

陳聰的腰在那一陣劇痛後就動彈不得，稍稍一用力就萬針扎心般的疼，還有些用不上力。眼見太醫一臉嚴肅地反覆仔細檢查，陳聰頓時害怕得不行，唯恐斷了腰變成廢人，心裡越是胡思亂想越是害怕，越是害怕越是痛恨凶手沈六，可清晰的疼痛又讓他不敢再出言謾罵。如此這般，只能自己憋著、忍著，幾乎要氣出內傷。

經過太醫仔細檢查，最後診斷，陳聰的腰骨應該是骨裂了。

待當值的校尉小心翼翼將陳聰抬走，學堂裡一時間落針可聞。

以前就聽說景國公府的沈六平素溫文內斂，可是不出手則已，一出手就是狠手。今日一見，當真名不虛傳。

梁鈺默默目送陳聰被抬出中院，震驚之餘，心裡不禁湧上陣陣慶幸。和斷腰相比，自家五哥的斷腿可真是幸運多了……

現下大皇子和三皇子尚在宮中，羅大總管與田學士商量了一番，最後讓沈成嵐回寧王府閉門反省，並派人去景國公府通報此事。

「少爺，咱們還是先告假回家吧！」一牧遙飛快地掃了眼走在身後的兩名校尉，悄聲提議道。唯恐等大皇子回來後，自家主子會被責罰欺負。

沒了陳聰在跟前礙眼，沈成嵐這會兒又恢復平素的大咧咧模樣，滿不在乎地當即否定，道：「不可，今兒又不是休沐，不能回家。再說了，大管事不是已經派人去給家裡送信了嗎？咱們等著就是。」

牧遙還是心裡沒底，想要再勸一勸，可見沈成嵐態度堅決，無奈只能作罷。

校尉馮吉將牧遙的不安看在眼裡，待將人送到寧王府門口後抱了抱拳，寬慰道：「六公子不必擔心，貴府得到消息定會盡快趕來，在此期間，我二人會在這裡值守，公子盡可放心。」

聽出馮吉話音裡滿滿的善意，沈成嵐有些意外，但並未表露出來，抱拳還禮，用尚還稚嫩的聲音朗聲道謝。「多謝！還不知二位大哥如何稱呼？」

「卑職馮吉。」

「卑職程五程蔚陽。」

「馮大哥，程五哥，今日不便，改日咱們再一起小聚！」一不留神，沈成嵐就露出上一世與將士們相處的習慣。

馮吉和程五既訝異於沈六公子的豪氣，又覺得倍感親切，壓抑著內心的欣賞和喜悅重重抱了抱拳，毫不扭捏地應下。

「不愧是老國公和陽武侯家的小輩，這氣度和作派就是不一般！」待沈成嵐離開後，程五不由得感慨，再想到適才出手暴揍陳小公子時的俐落，更是覺得大快人心。

馮吉揚了揚嘴角，一臉與有榮焉。「那是自然！而且，聽說沈六公子的文課也是極好的，是難得的文武雙全！」

牧遙落後兩步，剛叮囑完門房，景國公府若是來人了，不必通報直接將人迎進來，正好聽到馮吉和程五的低語，一時心情很複雜。如果讓他們知道口中稱讚之人，練就了在文課上坐著睜眼睡覺的特技，不知會有什麼感想……

誠如馮吉所說，景國公府得到消息，前腳送走十王府的內侍，後腳沈老夫人和許氏就命人備車趕了過來。

就在寧王府大門口，沈老夫人婆媳倆和剛從宮中回來的齊修衍撞了個正著。

「妳還敢跑，還不給我滾下來！」許氏扠著腰站在院子裡的那株香樟樹下，時不時揮動手裡的雞毛撣子，威脅著死死扒在樹上的沈成嵐。

齊修衍換了身衣裳的工夫，一出來就看到這種情景，不禁笑出了聲。

「殿下，救我！」沈成嵐雙腿緊緊盤著樹幹，見到齊修衍如同見了救星，頓時雙眼直發光，揮著一隻手呼救。

齊修衍被她這樣嚇得心跳漏了一拍，腳步匆匆地趕了上來，陪著笑臉替她討饒。「夫人息怒，要打要罰，咱先讓她從樹上下來再說，可好？」說罷，將許氏手裡的雞毛撣子給不動聲色地拿到自己手裡。

看著空空如也的手，許氏眨了眨眼睛，心情有點複雜，片刻後重重嘆了口氣，轉身走向婆母。

齊修衍連忙對樹上的沈成嵐擺手，示意她趕緊下來。

沈成嵐剛才只忙著躲避娘親的雞毛撣子，這會兒危機解除，才後知後覺地發現自己爬得好像有點高，又沒臉露怯，索性眼一閉心一橫，貼著樹幹就往下溜。

齊修衍眼尖地見她閉眼，心裡暗道不妙，剛要開口阻止，但還是晚了一步。

布帛與樹皮激烈的摩擦聲，瞬間清晰地傳進院中幾個人的耳朵裡。

許氏還沒來得及坐上石凳，聽到熟悉的聲音瞬間頭皮發麻，如果不是頭髮梳得整齊，恐怕髮梢都要豎起來了。

齊修衍心裡一突，在沈成嵐雙腳一落地的瞬間，就將自己的外袍扯下來裹在她的身上，藉著自己的身體擋住許氏婆媳倆的視線同時，垂眸瞧了瞧。

好傢伙，整個前襟被樹皮磨得一片片的。

前頭闖的禍還沒清算，轉眼的工夫又多了一筆債。齊修衍看著仰頭笑得沒心沒肺的沈成嵐，忽然很想抱著她撒腿就跑，躲起來不讓許氏和沈老夫人逮到。

只因此時的沈成嵐真的很欠揍！

沈成嵐見齊修衍雖然雙眼泛紅，但眼底卻沒有鬱結之色，便知道十皇子應該是沒事了，於是，她從昨天開始就吊著的一顆心也終於落了地，接下來就是讓齊修衍去好好休息。

心頭的大石頭沒了，沈成嵐神色輕鬆地拍了拍齊修衍的胳膊，把裹在自己身上的錦袍還給他，竊笑著看了眼他身上嶄新的中衣，邁開腿大步流星地走向祖母和娘親。

「祖母，娘，我知道錯了，甘願領罰。」沈成嵐雙膝跪地，認錯態度一如既往地積極又誠懇。

許氏看著她胸前一大片衣襟幾乎被刮成渣渣，感覺整個身體裡的血都湧上腦袋，但僅存的一絲理智讓她不能此時發作，索性狠狠瞪了她兩眼，然後偏過頭自欺欺人地眼不見心不煩。

與許氏相比，沈老夫人的反應則冷靜自持得多，自從沈成嵐和她開誠布公後，對於這個孫女，她幾乎沒了底線，只要孫女活得開心順遂，哪怕自己天天給她擦屁股善後也無所謂。呃，好吧，沈老夫人心底深處還是堅信自家孩子不是那樣的人。

出於這種心理，沈老夫人的注意力更多放在三皇子身上。結果麼，雖然不想這麼痛快承認，但是不得不說，很讓人滿意。

是否真心在乎一個人，從他下意識裡的動作最能看出來。

「妳看看妳這個樣子，像什麼話！」沈老夫人的臉上勉強牽扯出幾許嚴肅。「還不趕緊下去換件袍子。」

沈成嵐欣然應下，爬起來一溜煙就跑了。

許氏氣得臉色通紅，不認同地看向婆母。「娘！您再這麼縱著，她早晚能把天捅出個窟窿來！」

沈老夫人淡定地端起茶碗呷了口茶，唇齒間的茶香熟悉無比，正是今年三房送給各院的年禮。

都說女生外向，她家這位倒好，八字還沒一撇呢，就往人家府裡倒騰好東西了！

沈老夫人忍不住心裡吃醋，面上卻不動聲色地淡淡看了眼已經將錦袍重新穿繫整齊的三皇子，意有所指地開口道：「天高著呢，哪有那麼容易捅出窟窿來，是吧，三殿下？」

突然被點名，齊修衍沒有絲毫的倉促，眉眼溫順地緩聲回道：「老太君所言極是，莫說是個窟窿，縱使整片天傾覆，個子高的人定會扛起來。」

嗯，這話聽著還算順耳。

沈老夫人在京城貴婦圈中堪稱主母楷模，可實際上也是一個普通的母親，對自己的親生子女有著天生的偏愛。這些時日以來，一想到自己對長房的仁至義盡換來的卻是自己親子的家破人亡，沈老夫人就恨極自己有眼無珠。再結合這次大皇子選妃的事，她更是堅定了對長房的態度。對這些養不熟的白眼狼，仁善只會養刁他們的胃口。

「芸娘，妳去看看嵐兒，我和三殿下先在這兒說說話。」

聽到婆婆的暗示，許氏明瞭地退下，給他們安靜說話的空間。

「妳說妳祖母要和三殿下說什麼？」偏殿寢房內，許氏屏退下人親自替沈成嵐換穿錦袍，寶藍色蜀錦繡銀絲團花暗紋，緞料和繡工都是極品，一看就是出自宮中御繡坊之手。

許氏再看看女兒紅潤的臉色和飽滿的精神，又迅速打量一番房內的擺設用品，心裡終於踏實了。

三皇子果然待她不錯。

沈成嵐讓許氏幫她把三哥前陣子送的那塊玉墜繫在腰間，刻意轉移娘親的好奇心。「大概就是拜託三殿下多多照顧我之類的吧。娘，家裡現在情形如何？祖父還在氣頭上？」

提到大姑娘的親事，許氏被成功轉移注意力，撇了撇嘴道：「老爺子這次是真的氣到了，大姑娘現在還在祠堂裡跪著呢，已經兩、三日未進水米了。不只如此，老爺子還以『子不教父之過』為由，對妳大伯動了家法。」

景國公府的家法，就是懸在正堂牆壁上的那條藤鞭。家法不輕易動，動了就要見血。

想到動用家法那日颯颯的鞭風和響徹中庭的痛呼哀號聲，許氏的臉色陡然嚴肅了幾分。「老爺子動了家法的次日一早，沈貴妃就派人送了宮中上好的傷藥過來。」

這是擺明要給長房撐腰了。

沈成嵐眼裡的陰鬱一閃而逝，嘴邊噙上冷笑。「這麼說來，我今兒揍陳聰揍得正是時候。」

雖然是事實，但想到她一個女兒家動輒就讓人家傷腰斷腿，許氏覺得必須不能姑息縱容。「少扯著大旗糊弄我，等妳爹回來知道這件事，哼，有妳的好果子吃！」

若說家裡還有誰能鎮得住這隻潑猴，除了老夫人，就只有她的親爹沈二爺了。

開年到現在已經傷筋動骨了，沈成嵐想像一下老爹回來後的情形，嘴巴有些發苦，暗暗揣度伴讀這個差事能幫自己躲避多久。

母女二人再度回到前廳的時候，沈老夫人和齊修衍正聊得熱絡。

沈成嵐看著兩人之間其樂融融的氣氛，好奇心剛冒出個頭，就見多寶急匆匆地跑了進來。

「殿下，老太君，夫人，六少，不好了，陳尚書家的老夫人找上門來啦！吵吵嚷嚷著說，要六少跟著她們到皇上面前說理！」

許氏聞言神色一頓，習慣性地看向婆母。

就算鬧到皇上跟前，沈成嵐也是不懼陳家老夫人，只是現下祖母和娘親都在，為了不繼續挑戰她們的忍耐度，沈成嵐明智地選擇乖順縮回羽翼保護之下。

陳家老夫人段氏，在京中貴婦圈裡是出了名的強悍，據說陳老大人在年輕的時候素有才子之名，文采如何另當別論，風流的特性倒是表現得淋漓盡致，尤其是與揚州豔妓董湘蘭的一段情緣，至今還被用在話本中當作才子佳人的原型。最後才子佳人有緣無分，據說就是段氏的手筆。

傷敵八百，自損一千。段氏就是憑著這種不畏虧本的精神橫行陳府內外。可惜的是，這次碰上沈成嵐算是踢到鐵板。

畢竟沈四姑娘可是連命都自損過，陳老夫人的段數明顯不夠看。

第八章

宮中，正陽殿東暖閣。

元德帝看看跪在御案前哭哭啼啼的陳家女人們，再看看跪在另一邊淡然沈默的沈老夫人婆媳，和沒有一絲認錯想法的某丫頭，頓時無比想念堆在御書房案桌上厚厚兩大疊的奏摺。

陳老夫人原本是要進宮請太后主持公道，但是在慈寧宮門口就被孫嬤嬤以太后頭疾發作需要靜養為由給推到皇上這邊來。

元德帝沒法子，只好硬著頭皮過來和稀泥。

按慣常做法，這時候只要沈成嵐先低頭認個錯，元德帝象徵性地訓誡兩句，再兩家各打五十大板，然後讓她們各回各家就結了，奈何沈成嵐就是不配合。

張一甫自那日被皇上親自點撥後，對十王府——尤其是三皇子的寧王府就格外留心，今兒一得知打架的消息，立刻就問明瞭情況而後直報到御前。聽完張一甫事無巨細的稟述，陳聰那番刺耳誅心的辱罵言猶在耳，別說沈成嵐一個孩子，元德帝覺得若是換成自己在現場，聽到這般辱罵自家，恐怕也要當場發作。

陳聰挨揍，純屬活該。

可陳老尚書府上的陳聰這一輩就他一個男娃，闔府當眼珠子一樣護著，陳老尚書懼內，陳老夫人又是不講理的人，當年因著老尚書那點風流韻事，陳老夫人沒少鬧到太后和他跟前，弄得元德帝直到現在一看到她就頭疼。

本著送瘟神的心態，元德帝不斷向杵在一旁裝柱子的三兒子使眼色，暗示他趕緊幫忙解圍。

齊修衍等的就是元德帝的這個眼色，立刻從柱子狀態解凍，由側站著轉身面向元德帝，伸手一撩袍裾就跪在沈成嵐身邊，沈聲正色道：「嵐兒年少不諳世事，兒臣本有教導之責，若父皇覺得今日之事她有錯，還請父皇將兒臣一併責罰，以償陳家公道！」

三皇子的態度令所有人始料不及，尤其是陳家人，聽到最後那句話頓時被掐住了喉嚨似的，別說哭哭啼啼，當下就連大氣都不敢多喘。

懲罰皇子給臣子平怒，是嫌腦袋長得太結實了？

沈成嵐上輩子寧死也不肯讓齊修衍捲入風險之中，這輩子知道了他之前遭的那些活罪，更是捨不得他受一點委屈。

罷了，不過就是低頭給皇上鋪個臺階罷了。

心裡有了決斷，沈成嵐作勢就要抬膝，跪在她身側的齊修衍卻眼疾手快地壓住她的袖口阻止她。沈成嵐心中不解，卻很順從地沒有任何多餘的動作，繼續垂著頭跪在原地。

齊修衍的動作並不大，但坐在御案後的元德帝卻看得清清楚楚，心頭火騰地就燃了上來，忽然，跪在下面的陳老夫人帶著兒媳婦們戰戰兢兢地告罪，態度惶恐誠懇，如同一瓢涼水頓時就將心頭火給澆滅了。

元德帝別有深意地看了他這個向來存在感很低的三兒子，清了清嗓子，開始善後。

沈成嵐出手傷人當然要罰，誠如三皇子所言，他亦有教導失責之過，也該罰，便一起去皇莊思過，順便督建寧遠縣的竹管引水工程。而陳聰不修言德、言語無狀，奪回皇子伴讀資格，正好在家慢慢養傷。

元德帝這番做法，看似沈、陳兩家各打五十大板，然而仔細想想，大皇子冒著違背聖意的風險將陳聰提到伴讀的位置上，結果陳聰進學第一天就豎著進來橫著出去，對陳家來說，失去的不僅僅是大皇子伴讀這個身分，還有大皇子的失望，甚至還有可能會影響陳婉在大皇子跟前的恩寵。此外，陳聰眾目睽睽之下被揍得不輕，也是實實在在的憋屈和痛點。

陳老尚書得知陳老夫人帶著府上的媳婦們進宮去找太后和皇上討個說法，頓時腦袋「嗡」的一聲，險些一個跟頭從椅子栽倒下來，穩住心神後頭一次沒有優先顧著獨苗孫子，急匆匆先進宮請罪去了。

皇上那幾句訓誡對沈成嵐來說簡直是不痛不癢，一路沒心沒肺地跟著齊修衍和祖母、娘親出宮，這會兒早過了晌午，在宮裡還不覺得，一出來腹中就開始唱空城計了。

齊修衍今生初次見老太君和未來岳母，怎麼也不能讓人餓著肚子回家，暗中和沈成嵐使眼色，打算到離得不遠的一品居擺上一桌。

齊修衍的小金庫已經全都移交到沈成嵐手裡，只每月從她手裡領用五十兩的月銀供日常開銷，不過也足以夠他在一品居開雅間，再叫上一桌席面。

然而，寧王府悶聲發財，齊修衍知道，沈成嵐知道，沈老夫人和許氏卻還被蒙在鼓裡。

「寧王殿下，時間方便的話，不如到老身家中坐坐如何，順便可以讓我們替嵐兒準備些衣物讓她帶上。」沒等齊修衍開口，沈老夫人先一步發出邀請。

齊修衍早將老太君視為長輩，聽她這麼說當然沒有異議，滿心歡喜地跟著登未來岳家的門。

齊修衍自幼便習慣一個人獨處，因而有大把時間花在讀書上，這使得他涉獵範圍很廣，不僅經史子集這些經典，還有建築、算學、商經等。

拋開身分自在地交談，齊修衍很快就得到沈老夫人由衷的欣賞，她開始有些明白自己上輩子為何會看上這位三皇子殿下了。

許氏不知內中緣故，但一路走來從旁聽婆母和三皇子殿下閒聊，到最後她自己也加入進去，等到馬車進了國公府大門後，初見時因為身分而感到的尷尬和拘謹已經消失大半。

「這是什麼情況？」正好在門口跟他們相遇的沈聿懷落後兩步走在沈成嵐身側，兩人的目光一致地盯著前面交談甚歡的三個人身上。

沈成嵐嘆了口氣，壓低聲音將前因後果形容了一遍。

「陳聰是吧，我記下了。」沈聿懷目光一沈，腦海裡條件反射地蹦出好幾條懲治人的法子。

嗯，據說陳家三房和四房的夫人在外面偷偷放印子錢，幾房的爺們身上穿著官服，卻是六大胡同的常客……

一看三哥面無表情的模樣，沈成嵐就猜到他腦子裡在想什麼，便笑著偏過頭悄聲說道：「陳聰那小子被我揍得不輕，估計要躺上個把月才能下得了床。三哥，你下手可得悠著點，別真給玩壞了。」

沈聿懷白了她一眼。「放心，我雖無心仕途，但怎麼說也算讀書人，自然是能不動手就不動手的。」

沈成嵐不知為何，忽然有種膝蓋中了一箭的感覺。

「你們這個時候去皇莊也好，那裡離寧遠縣不算遠，督建引水能省下不少路上的折騰。」沈聿懷請示過父親沈三爺後，已經全權接下寧遠縣引水工程材料的採買生意，現下大部分的訂單已經落契了，只等三皇子這邊開始正式動工。

沈成嵐不僅把自己的私房錢全都投資三哥，還從寧王府的私帳上挪出一筆閒置錢也投了進去。

因著這筆錢，沈聿懷也窺到寧王府財務真相的一角，現下再看祖母、二伯母看三皇子時偶爾下意識流露出的同情和憐惜，不由得在心裡腹誹這位三皇子殿下的城府，同時也忍不住擔心自己的六弟會被三皇子利用，然後又有些慶幸他有這樣的城府來自保和保護身邊人……

總之，沈聿懷很糾結。

「三哥，你沒事吧？」從府門口到飯桌上，沈成嵐終於察覺到三哥看三殿下的眼神有些不對。

「沒事，吃你的吧！」沈聿懷看著三皇子坐在祖母和二伯母、娘親之間，笑得如同舒展在三月春風中溫良無害的小花，再看了看身邊啃著排骨、沒心沒肺的六弟，頓時覺得自己是如此的孤單、寂寞、責任沈重，便抬手挾了片滷豬肝塞進嘴裡狠狠咀嚼。

得，心、肝、肺都自己替他們多長點吧！

用罷這頓晚來的午膳，幾個人又移步到茶室閒聊一會兒。

沈老夫人折騰了半天，身子有些乏，先一步回房小憩。三房的孟氏陪著許氏回東苑替沈成嵐收拾箱籠。齊修衍則被沈聿懷請到自己的書房商量正事。

三皇子登門，二夫人露面也還說得過去，畢竟六少爺是三皇子的伴讀。可三夫人也被請了過去，卻沒有請長房的大夫人，這就值得人多想了。

且說南苑，杜氏得知寧王登門後，就換上那身最拿得出手的衣裙，可左等右等，等來的卻是那邊已經開席了，登時氣得將堂上的東西砸了一小半。

女兒的親事從正妃跌成了側妃，夫君雖是個王爺，可說到底還是個妾，怎可同正妻相提並論！這樣的落差，讓杜氏心頭的鬱結始終無法消散，連日來食不知味、夙夜難寐，最直接的後果就是她的脾氣變得很暴躁易怒，別說是院裡的小廝婢女，就連大爺沈敬安也巴不得繞著她走，避免一個不小心被她噴一臉。

身分落了下乘，杜氏就開始費心地替長女準備嫁妝。王府側妃雖在王妃前執妾禮，但還是有婚禮的，只是吉日當天不能從正門入，也不拜天地父母。當然，獨屬於正妻的大紅色也是禁用，任妳嫁衣再精緻華美，也只能用粉紅色。

想到那箱子替女兒備好卻再沒有機會穿用的大紅嫁妝，再想到公中給她送來的嫁妝單子，老爺子的暴怒、老夫人的冷淡和其他兩房的冷眼旁觀，杜氏心裡的不痛快越發加劇，隨手就將堂上剩下的一半東西也砸了。

沈成嵐見齊修衍和三哥談論正事漸入佳境，就打了聲招呼，先回自家東苑，見娘親和三嬸帶著嬤嬤丫鬟們熱火朝天地給自己收拾東西，只不過開口提了個小小的建議就被無比嫌棄地攆了出來，百般無聊只能重操舊業，蹲在花園的池塘邊釣魚。

旁人家的花園池塘養的是錦鯉，景國公府的池塘裡養的卻是草魚、鯽魚之類飯桌上常見的河魚。

沈成嵐的釣魚技術還是一如既往的爛，但是和以前相比，耐性卻好了許多，盤膝坐在水邊的石頭上，有一搭沒一搭地盯著浮在水面上的魚漂，腦海裡盤算著怎麼將王府私帳上的餘銀做投資。

她正想得出神，忽然，一顆不小的石頭被投擲到水塘中濺起好大的水花，原本老老實實臥在水面上的魚漂被捲進水裡撲騰了好幾個來回，別說沒魚上鈎，就算是想要咬鈎的魚這下子也被嚇跑了。

沈成嵐眼皮一掀循著冷哼聲看去，就見沈思成臭著一張臉苦大仇深地盯著她。

「是不是你們合夥在祖父面前吹耳邊風，故意在嫁妝上給我大姊難看？」

沈思成一開口就是惡言相向，活脫脫全府都欠他們長房的模樣，不愧是沈敬安和杜氏的親兒子。換成上輩子遇到這種情形，沈成嵐顧忌著祖母的面子，惹不起還躲得起，當瘟神一樣避開就行了。

這輩子，呵！

「公中的事自有祖母作主，你個晚輩有什麼資格置喙。再說了，祖父早就有話，景國公府的規矩，女兒出嫁公中給的嫁妝都一樣，想要給你大姊做臉，行啊，你們南苑可以自己貼補啊，祖母攔著不讓了嗎？」

景國公府自開府以來，因家主健在所以不分家，但各院在財物上卻有一定的自由。現在的三院，南苑長房雖然占著世子的名頭，但大爺沈敬安文不成武不就，只在五城兵馬司掛了個指揮副使的虛職，院中帳上的收入幾乎完全靠著每月公中的分例，如果不是還有杜氏當年陪嫁莊子、鋪子的收入貼補，長房的帳面上恐怕早就入不敷出。

另外兩房，三房自不必說，三爺沈朝暉心思活泛，置產開店眼光獨到，經營又得當，院裡人口還輕省，就孟氏一房妻室，膝下一雙兒女，孟氏自進門開始就風雨無阻地在公婆面前晨昏定省，深得老夫人教導持家之道，是國公府內真正悶聲發大財的主兒。

至於二房，院裡也就二爺沈文善、許氏和三名子女，日常開支靠著公中分例便足夠。沈文善在兵部踏實肯幹，官途走得穩健順遂，光是皇上的恩賞就得了好幾次，許氏的陪嫁也豐厚，私庫雖比不上三房，卻也富足，壓根兒不用老夫人那邊貼補。

兩房兒子爭氣，沈老夫人腰桿子也挺得直，嚴格貫徹一碗水端平。

景國公早將管家權全權交給沈老夫人，繼續專注於國家大事，每月月底對帳，偶然聽到各房的月例時還忍不住念叨兩句該減減月銀了。

杜氏打死也不敢明著跟老爺子提給親閨女增添嫁妝，只能一邊在自家院裡對著沈敬安父子們怒罵撒氣，一邊咬著牙變賣自己的嫁妝貼補。

沈思成這陣子聽母親的念叨聽得耳朵都要長繭子了，適才聽到母親又砸東西，煩悶地出來透透氣，正好看到沈六坐在池塘邊釣魚，悠哉自在的模樣看在眼裡格外讓人覺得刺眼，本想給他添添堵，沒想到對方一開口就戳穿他的肺管子，險些被嗆得背過氣去。

「哼，難怪都說咬人的狗不愛叫。平時在老爺子和老夫人跟前裝巧賣乖，現在終於露出真面目了，二叔、二嬸果然教子有方！」

若是以前，沈成嵐絕對不會讓他有機會把這話說完，早動手揍得他哭爹喊娘了，但隨著心態的改變，沈成嵐忽然發現，越是這般逞口舌之快，越暴露一個人的色厲內荏。叫得越歡，內心越怯懦。

「不敢當，大姊膽色過人又有主見，大伯和大伯母才是教女有方。」沈成嵐毫不客氣地嘲諷回去。

沈思成心裡也明白，皇子側妃聽著不錯，但實際到底還是個妾，景國公府堂堂嫡長孫女、未來景國公的嫡長女，自甘為妾，即使對方是個皇子，臉面上還是要被人背地裡議論的，更何況，這個妾的位分還來得不那麼名正言順、正大光明。

「我不與你逞口舌之快，咱們走著瞧，看誰能在這府裡笑到最後！」沈思成重重甩了甩衣袖，憤然轉身離開，然而心裡卻如吊了水桶一般七上八下。

他猛然發現，拋棄沈默的沈六竟會如此誅心。

沈成嵐被那句「誰能笑到最後」戳中脆弱的神經，想到上一世的家破人亡、譽毀名污，在看著沈思成虛張聲勢的叫囂下映射出長房的卑怯、嫉恨和算計，陰厲之氣就忍不住從四肢百骸的血骨中瀰漫上來。

「嵐兒？嵐兒！妳醒醒！妳怎麼了？」

「六弟，你沒事吧？我、我馬上去請大夫！」

耳邊的聲音熟悉而焦急，但抓著她肩膀兩側搖晃的手卻力道溫柔，沈成嵐猛然從自我意識中清醒過來，眼前所見恢復清晰，入目就是齊修衍和三哥慌亂的模樣。

「殿下，三哥，我沒事，你們別擔心。」鬆開緊握的拳頭，掌心傳來一陣清晰的刺痛，沈成嵐這才後知後覺，她竟把自己的手心給摳破了。

齊修衍和沈聿懷見她的臉色很快恢復過來，雙眼也恢復清明，知道她並沒有逞強，雙雙鬆了口氣。

沈聿懷飛快掃了眼四周，眉頭一皺，道：「怎就你一個人在，身邊也沒個人跟著，牧遙呢？」

沈成嵐的臉色以很快的速度恢復血色，聽到三哥要算帳，忙解釋道：「我娘和三嬸準備不少東西要帶，我讓牧遙在一旁幫忙，方便日後用著的時候心裡有數。再說了，在自己家裡，沒必要時時刻刻身邊跟著人。」

「那你適才是怎麼回事？」沈聿懷才不會輕易放過，轉念間臉色一沈，連聲音都跟著陰暗兩分。「莫非你真有什麼頑疾？嚴重否？大夫怎麼說……」

「停停停，三哥，你可別咒我，我身體好著呢！」見沈聿懷被自己的懷疑嚇得臉色發白，沈成嵐見不得他這麼自虐，忙打斷道。「好吧，我說。」

於是，便將方才和沈思成的嘴架形容了一遍，末了幽幽道：「三哥，長房心術不正，咱們都要小心提防，不能掉以輕心。」

她沒有說出口的是，這輩子絕對不會讓長房再有作威作福的機會。

「只聽說千日做賊的，沒聽說有千日防賊的。」沈聿懷似乎並不意外六弟會如此感悟，眼中的陰沈還要更甚一分。「人心不足蛇吞象，咱們也且走且瞧，看誰能笑到最後！」

沈成嵐心裡暗暗感嘆：不愧是上輩子坐上國公府家主之位的人！

「不過，你這小心眼的毛病可得改改，區區一個沈思成也能把你氣成這樣，丟人。」沈聿懷眼中的陰霾一掃而空，上下打量了六弟兩眼，忠言逆耳道。

沈成嵐兩輩子加在一起，最拿得出手的就是寬闊的胸襟和沒心沒肺一般的坦蕩，現下竟然被三哥說小心眼，暴擊程度簡直比罵她醜還讓人無法接受。

沈成嵐鼓著腮幫子狠狠瞪了自家三哥兩眼，憤憤然轉身抬腿就走。

難怪上輩子二十好幾了才討著媳婦，眼光忒差勁！

「嘿，才說你一句就生氣了，這還不是小心眼？」沈聿懷目送六弟明顯寫著「我在生氣」四個大字的背影，嘴角微微揚起了弧度。可待這人的身影一消失在視線中，嘴邊的笑意頓時收斂個乾乾淨淨，原本清明的眼裡浮上一層陰冷。

沈聿懷和他的父親不同，他爹一心等著有朝一日分家後和長房老死不相往來，但沈聿懷卻不甘眼睜睜看著景國公府落入長房手中。嫡長承襲自然有理，可若嫡長是個無能且無德之輩，又豈能讓祖宗家業毀在這人手裡，不若另擇賢德之人以代之，譬如二伯父。

和六弟日漸熟稔後，沈聿懷的這個念頭越發清晰明確，且堅定起來。

當然，這樣的想法現在是死也不能讓他老爹知道。

沈成嵐完全不知道自家三哥在此時就堅定了這樣的決心，猶然陷在小心眼的評價所帶來的衝擊之中，她不經意回頭竟看到齊修衍在偷笑，頓時覺得委屈翻了好幾倍。

「怎麼，殿下也覺得我小心眼？」

齊修衍上輩子跟皇帝老子鬥、跟兄弟們鬥、跟朝臣們鬥，先不說鬥爭經驗，單是面部表情控制、情緒控制和心理調節能力都異常卓越，別說是現在的沈聿懷，就算是沈老國公本人在他面前也猶如半白紙一樣。是以，儘管和沈聿懷想法相同，他卻絲毫沒有表現出來。

「哪有，我的嵐兒若是小心眼，那天下就沒有心懷坦蕩之人了！」齊修衍信誓旦旦，神情篤定，眼波溫柔。

沈成嵐的小委屈、小情緒瞬間被撫平了。

長得好會說話又專一，只要想想眼前這個男人兩輩子都是自己的，沈成嵐就覺得，說她小心眼好像也沒全錯，起碼在齊修衍這裡，她是容不下任何人插足的。

「殿下，時候尚早，我娘還沒收拾好那些箱籠，咱們不如繼續去釣魚吧，晚上回王府燉魚吃！」沈成嵐興致大起，挽了挽袖子，戰意十足。

沈老夫人小憩了一會兒後醒來，打聽了一下，聽說沈成嵐正在花園池塘那邊釣魚，決定過去看看。

自從沈成嵐住進十王府後，沈老夫人見她的次數從每天最少兩次驟然變成半個月一次，著實讓人想得慌，再加上知道那個荒誕的秘密，沈老夫人在夕陽西下倦鳥歸巢時便會異常想念她。但孩子大了總要放手讓她去飛，沈老夫人心裡再牽掛想念，也不會明著表露出來掣肘了她。

「老夫人，六少爺此去皇莊，也不知道什麼時候才能回來，不如您跟太后求個情，讓她在家小住兩天吧？」楊嬤嬤自小就跟在沈老夫人身邊伺候，然後跟著陪嫁到景國公府，對沈老夫人的心思再清楚不過。

沈老夫人悠悠嘆了口氣，道：「算了，她自小長在我跟前，本就依戀得很，總讓她回來，怕是更難捨難分，於我於她都不好。皇莊距離廣源寺不遠，咱們去寺裡進香，順路就能去看看她了。」

楊嬤嬤聞言點頭道：「我覺著去皇莊也沒什麼不好，起碼比在十王府中自在些。」

聽到這話，沈老夫人忽然想起在寧王府的院子裡，沈成嵐被她娘追得滿院子跑，王府上下的宮婢內侍們主動上前替她遮掩的情形來，失笑道：「她呀，就不知道『不自在』這三個字怎麼寫！」

「那是，咱們六少自小就特別招人喜歡！」楊嬤嬤笑得見牙不見眼，她可是看著沈成嵐長大的。

沈老夫人本想說她這是楊婆賣瓜自賣自誇，可一想到自己也這麼認為，不由得輕笑出聲。沈成嵐雖說性子跳脫了些，在外面也惹了不少麻煩，卻從來沒有無事生非、欺辱弱小，在大是大非上更是早熟，正因為如此，才會在上一世做出那般抉擇。

沈老夫人初知秘密，駭然、驚懼、焦慮、悲慟、悔恨之餘，還有著欣慰和自豪。

沈家子孫、將門之後，當如此。

心潮澎湃的沈老夫人不急不緩地走進花園，廊轉景移，忽聽得一陣熟悉的爽脆笑聲，定睛一看，腦子「嗡」的一聲響。

只見沈成嵐將造景的水渠，用不知從哪裡摳來的塘泥給堵上了，只留下個不大的口徑用竹簍子攔著，寧王的錦袍前裾撩起來掖在腰帶裡，袖子高高挽起，時不時就從竹簍子裡掏出一尾鮮活亂跳的魚揚起來給沈成嵐看，然後手腳麻利熟練地扔進旁邊的大水桶。而沈成嵐正揮舞著手裡的長竹竿在池塘裡攪動風雲，名為驅趕魚群。

每次被她這麼亂攪和一通，第二天魚塘都翻著肚皮浮上來不少魚，然後府中各院的飯桌就要上演魚宴。

楊嬤嬤看著在池塘邊上躥下跳還不忘和三皇子互動打趣的沈成嵐，忍不住捂著嘴笑。

沈老夫人哼了一聲，喊沈成嵐過來說話。「怎麼，想吃魚了？」

沈成嵐呼吸微促，笑得沒心沒肺。「嗯，舒蘭還給我找來兩個大木桶，有殿下在，正好能帶進王府裡養著多吃幾天！」

一般的吃食帶不進十王府，但有三皇子在，將活魚帶進寧王府應該不難。

「都帶過去？」沈老夫人發現，這麼一會兒的工夫，三皇子就已經往木桶裡扔了三、四條魚，個頭還都挺大。

沈成嵐毫不思索地點頭。「是呀，王府裡上上下下十幾口人呢，兩個水桶都裝滿了也吃不了幾天。」

沈老夫人。「……」

妳怎麼不把咱家整個池塘都搬過去？

這還沒嫁過去呢，就開始往那邊倒騰東西了。

「妳呀！」沈老夫人恨鐵不成鋼地伸手戳了戳她的額頭。「捉完魚換身衣裳就趕緊走，晚飯沒妳的分兒！」

三天之內，沈老夫人覺得不想再看見這個糟心的孫女。

沈成嵐一頭霧水地看著來也匆匆、去也匆匆，還莫名其妙有些小情緒的祖母。

齊修衍剛把竹簍子裡的魚都扔進水桶，還沒來得及上前來和老太君問安，就見她匆匆走了，看著好像還有點生氣，就好奇地詢問沈成嵐道：「老夫人這是怎麼了？怎這麼快就走了？」

沈成嵐也不明白，就把剛才的對話形容了一遍，然後得出結論。「可能是剛睡醒，脾氣有點大。」

齊修衍想到上輩子自己也有這種情況，起床後莫名其妙覺得生氣，如果是睡著突然被人驚擾醒了還會更生氣，於是感同身受地點了點頭。「有的人確是這樣，我記得聽常太醫說過，這和氣虛、睡眠不佳也有些關係，稍後我讓他開個藥方送過來。」

沈成嵐一迭連聲應下來，然後果真如同她之前所說的那樣，並沒有跟齊修衍客氣道謝。她已經決定要和他共用生命的全部了，那自己的祖母也是他的祖母，為祖母盡孝是子孫本分，道謝就見外了。

「娘那邊應該收拾得差不多了，咱們過去說一聲，也早點回王府吧！你昨晚一夜沒睡，今天又折騰到現在，咱們早點回去歇著。」沈成嵐不後悔胖揍了陳聰，只遺憾時候不湊巧，連累齊修衍跟著一頓折騰。「十殿下那邊雖然沒有大礙了，但是還有三年才能離宮建府，這期間一直住在長福宮，恐怕免不了多受欺辱，就沒有什麼法子嗎？」

齊修衍跟著她走回水渠邊，看著困在水桶中的魚，沈吟片刻後抬起頭看向沈成嵐，正色問道：「若我有辦法暫時避開這些紛爭，但代價是遠離京城，妳可願隨我一起？」

沈成嵐這次沒有馬上應承，並非她不捨得離家，上輩子十三歲她就跟著父親和大哥駐守北鎮，兩、三年回不了一次家已是常事。只是，為上輩子的結局所困，她心裡對長房的忌憚和防備似乎成了一塊心病，不在旁邊盯著就放心不下。

「要離開很久嗎？」沈成嵐問道。

齊修衍知道她的顧忌，篤定道：「快則三年，滿則五載。放心，我已經安排好了，若那邊有異動，會第一時間稟報到老夫人面前。」

沈成嵐不得不承認，如果真的有情況，祖母處理起來比她自己乾淨俐落得多。

「那……好吧，我們一起。」

皇子們的課業，除了日常在御書院由翰林院學士統一教學，還會給每個皇子配一名隨講侍讀學士，為的就是讓皇子不在御書院讀書時也不會耽誤學業。

齊修衍的隨講侍讀學士姓程，名意，字思遠，剛過而立之年，是當年那一科的探花郎。程意不負他的表字思遠，心思高遠，對於自己分到這位資質平平且頗受冷落的三皇子很是不上心。

按照慣例，皇子離宮建府後，隨講侍讀學士雖不必住在王府屬邸，但至少每日在御書院散學後必須來王府督促輔導皇子完成課業。

沈成嵐住進王府半個多月了，算上眼前這次，統共才見到程侍讀三次，而且回回都是一張不得志的喪氣臉，看著就讓人窩火。

「微臣本應隨同殿下前往皇莊，奈何家母突染風寒，病勢來得凶險，只得恩請殿下見諒，容微臣侍家母病癒後再動身。」

沈成嵐親自端茶過來，剛走到門口就聽到裡面傳來程侍讀的聲音，頓時氣得轉身就走。

上好的明前龍井，給這種偽君子喝簡直浪費。

齊修衍看到沈成嵐轉頭就走的背影，眼中笑意流轉，須臾後斂下，目光清冷地看著垂首站在面前的程意，淡然開口道：「程侍讀孝心感人，本王豈有不成全的道理？明日入宮，本王就會向父王稟明此事，程侍讀這就回去好生照顧令堂吧。」

翰林院近期計劃請旨重修國史，程意不願意為了寧王這個沒有未來的皇子而放棄這次機會，這才託詞逃避隨行皇莊，但三皇子這麼爽快就答應下來，著實讓他有些意外，一時心情有些複雜，謝恩後悻悻地退了下去。

沈成嵐端著托盤從書房出來，心裡正氣著程意的虛偽勢利，忽聽得一旁傳來海公公的聲音，抬頭一看，他正站在涼亭裡對自己招手。

「六少，您這是怎麼了？誰給您氣受了？」海公公上前接過她手裡的托盤，明知故問。

身為寧王府的掌事大太監，府中的事盡在他耳目之中。每次那個程侍讀出現，這位小爺都要氣不順，百試百靈。

沈成嵐氣呼呼坐到石桌旁。「還不是那個程意，哼，平時見不著人影，關鍵時刻耳朵可夠長的，晌午皇上才罰了殿下去皇莊，下晌他就跑來託詞躲避，還總口口聲聲以讀書人自居，我呸！虛偽勢利的小人！」

「沒錯！小人！」海公公眼中笑意不減地附和著，還不忘給她倒了盞茶潤嗓子。

沈成嵐接過茶盞，順手又給海公公也倒了一杯。「這是我剛從大哥那裡順來的明前龍井，咱們自己喝！」

餘杭龍井，雨前上品，明前珍品。

大哥沈成瀚自律極強，生活也一向簡樸，唯一的愛好就是收集好茶。每年宮中都會賞賜給沈老夫人二兩明前龍井貢茶，幾乎都進了沈成瀚的茶閣。

重生一回，沈成嵐從她大哥茶閣裡偷茶的時間足足提前了十年。

明前龍井「兩茶兩金」，託沈成嵐的福，海公公平生第一次嚐到奢侈貴茶的滋味。

嗯，貌似除了泡開的茶芽漂亮了些，其他的和一般綠茶也沒甚大不同……

不識貨的海公公心虛地瞄了眼沈伴讀，見對方牛飲一般連灌三杯，心下鬆了口氣。

看來小公子也是同道中人，喝茶只為解渴。

見到齊修衍閒庭信步地走近，海公公站起身躬身行禮，道：「王爺，膳房那邊應該準備得差不多了，奴才過去看看。」

齊修衍點了點頭。「稍後就直接在這兒傳膳吧。」

海公公應聲退下後，齊修衍坐在沈成嵐身側，一盞溫度恰好的茶就放在他的手邊。

「人打發走了？」

齊修衍呷了口茶，陶醉地瞇了瞇眼睛，回味著唇齒間綿潤的茶香，含糊不清地「嗯」了一聲算作回答。

他這個大舅當真藏了不少好茶。

沈成嵐一向是怒氣來得快去得也快，尤其是見齊修衍完全不被程意的所作所為干擾，好奇壓過不快，虛心請教。「你當真一點也不生氣？左右現下也沒旁人在，心裡有氣你就發洩嘛，一直憋著可不好。」

「我當真沒有生氣。」齊修衍笑了笑，目光越過前方的荷塘看向極目之處宮殿瓦簷與天際的交會處，目光沈了沈，悠悠開口。「我見過的人裡，像程意這樣的當真算不得什麼，上輩子有那麼幾個，我常常一邊坐在大殿上看著他們自以為是地上躥下跳，一邊在腦袋裡想著如何一步步將他們抄家滅族。」

今上奉行厲政，對外厲兵秣馬、平定四方，對內整肅吏治、嚴懲瀆職貪墨。四方鄰國也好，朝中群臣也罷，對今上最直觀的印象就是敬畏。

奈何上一世，今上先後冊立的兩位太子都沒有乃父之風，一個狐假虎威，一個畫虎不成反類犬，君弱臣強，經年間就埋下弱主強臣的隱患。

直到齊修衍繼位，這個看似仁儒實則比先帝還要鐵血冷清的新君，在蟄伏兩年後開始舉起了利刃。

「在史官筆下，我一定稱不上仁君。」齊修衍想到他當皇帝那些年西菜市口幾乎不曾乾透的土地，自嘲似地扯了扯嘴角。「我也不屑成為他們筆下的仁君。」

沈成嵐偷偷瞄了他一眼，心裡癟了癟嘴。又睜著眼睛逞強說瞎話了，真不在乎的話語氣幹麼這麼酸？

「那是，只要你想，仁君什麼的，必然不在話下！」沈成嵐言之鑿鑿地拍龍屁。

順毛第一式：無條件順著說話，絕對不扎心。

齊修衍被這一式拍得心情大悅，稍後用膳胃口全開，比往常多吃了一大碗飯，然後一站起來就黑了臉。

吃撐了，走不動……

沈成嵐屏退左右，陪著他在園子裡逛了一圈，又給小桃樹們澆了遍水。

齊修衍終於消了食，在自我反省中迷迷糊糊睡了過去。

沈成嵐其實沒比他好多少，昨晚因為擔心十皇子而輾轉反側難以入眠，早上起來後又是揍人，又是被她娘追著打，爬樹、捉魚……

呃，仔細想來，她竟比齊修衍累多了……

受罰的兩人睡得深沈，比幸災樂禍看熱鬧的人睡得更踏實。

第九章

第二日一早，卯時將將過半，剛用過早膳的齊修衍和沈成嵐正在做最後的清點，準備動身，進宮面見皇上後離京前往皇莊。

就在要出門之際，多寶急匆匆從前院跑了進來，呼吸急促地低聲稟道：「王爺，宮裡剛剛傳來消息，皇上在早朝上正式冊封大皇子為太子了！」

一早宮中就連發兩道詔令，冊立太子的同時，冊立陳尚書府陳婉為太子妃。景國公府沈思清為太子良娣，太子冊封大典後擇日大婚。

太子冊封大典在一個月之後，不管京中多少人歡欣、多少人失落，對齊修衍和沈成嵐來說，既定的皇莊之行完全不受影響。按照原本的計劃，齊修衍要先進宮向皇上辭行，聆聽訓誡，現下只不過是多了一項向太子賀喜罷了。

沈成嵐離京的時間早就知會過家裡，沈老國公按照她的意思，沒有讓沈老夫人她們去送行。沈三爺卻放心不下，打著巡查鋪子的旗號帶著沈聿懷從北城門出城，在沒多遠的地方就看到寧王府的馬車。

沈三爺前些日子親自帶人去臨縣採買生絲，錯過三皇子登門的相見機會，雖然從兒子口中聽說三殿下處事果決、性情隨和，對自家姪子也甚為寬厚，但到底沒有親眼見過，心裡總有些不踏實。

如今二哥有職責在身，近期不能回來，幾個孩子又都不在家，二房現下只有二嫂一人守著，沈三爺自然要多加照拂。

「三叔，您怎麼還是特意趕過來了？」沈成嵐聽到牧遙的稟報立刻下了馬車迎上來，這兩次回家她都沒能見到三叔，想來他應該是剛從臨縣那邊回來。

沈三爺仔細打量了她一番，見她面色紅潤，氣色也很好，心想三殿下應該是待她不錯。兩日來，從母親口中得知嵐丫頭代兄入宮的真相，在他內心所產生的衝擊才漸漸趨於平穩。

「這可是妳第一次離開京城，離開家這麼久，三叔不來親眼看看怎麼能放心。這次去臨縣收了不少上等的生絲，稍後我讓繡坊那邊趕製些單衣和寢具，著人給妳送去，妳自小苦夏，也不知皇莊那邊吃住如何……」

沈聿懷聽著他爹熟悉的絮絮念叨，心裡無奈地只翻白眼。別人家是嚴父慈母，輪到他們家卻正好相反，娘爽脆幹練，最不願的就是讓她同一句話說兩遍，而爹呢，看你吃餃子只蘸醬油不蘸醋都能念叨你半炷香。

然而，讓沈聿懷這個親兒子都消受不起的「親爹式關懷」，卻在沈成嵐這裡被毫無壓力地消化了。

沈三少看著自家六弟對著他喋喋不休的爹笑得甜滋滋，頓時覺得好不可思議。仔細想想，六弟對著自家人時，性格的確是非常好。當然，長房明顯不在他的自家人範疇之內。

沈三爺一腔慈父之心終於淋漓暢快地發揮了一次，說到嗓子眼直冒煙，剛嚥了口唾沫，一碗清茶就遞到他面前。看著眼前彎著眉眼笑得人甜到心裡的沈成嵐，沈三爺覺得如果能打過二哥，一定搶過來自己養。

一樣的孩子，二哥家的怎就這麼窩心熨貼呢？

見面後沈成嵐就將三叔和三哥請進馬車裡，寧王府的馬車從外面看雖然並不乍眼，但裡面布置得極為舒適，車廂寬敞，鋪著柔軟的毯子，兩側座位也鋪著厚厚的坐墊和軟枕，正中央固定著一張雙層桃木小方桌，茶水、點心一應俱全，甚至還有不少可供消遣的書卷。從細節中可見準備這些人的細心和周全。

沈三爺一邊事無巨細地叮囑著，一邊暗中觀察入微地將這些看在眼裡。

「皇莊雖說就在京郊，但到底還有些距離，咱們家在義安縣縣城有米糧鋪、布鋪和茶鋪的分號，我已經派人和那邊的掌櫃們打過招呼了，如果有什麼事，妳儘管吩咐他們去做，這是信物。」沈三爺將腰間那塊造型古樸的玉珮解下來遞給沈成嵐，不露痕跡地掃了眼坐在一旁翻看話本的親兒子，繼續道：「妳不用擔心家裡，妳娘那兒有妳三嬸和華丫頭陪著，妳只管照顧好自己就是。」

祖母曾跟她提過，等三叔從臨縣回來後會找時機說明她頂替哥哥的事，現下四目相對，看到三叔眼裡的深意，沈成嵐便明白三叔已經知情了，正因如此，才一定要親自趕過來送自己的吧！

「嗯，三叔放心，我能照顧好自己。三叔您也要注意身體，再有出去採買這種辛苦差事，儘管交代三哥去就是了！」沈成嵐毫無心裡愧疚地出賣三哥。

這可真是人在車中坐，鍋從天上來。

沈聿懷扔下手裡的話本很不客氣地白了她一眼。「妳怎麼就這麼看不得我清閒！」

「不是你自己說的嗎？要證明自己可以獨當一面了。」沈成嵐對他露齒一笑，偏過頭又眉眼彎彎、乖順可愛地替三叔斟茶。

沈三爺看著他們互損拌嘴，眼神微動，藉著喝茶的動作掩下嘴邊的笑意。

自從沈成嵐去十王府做伴讀，沈三哥就多了送錢袋的習慣，這次離京自然更不會例外，而且分量明顯增加不少。

沈三爺見到兒子的動作如此熟練，稍微想想就知道是有經驗的人，心裡後悔只顧著送信物和通知義安縣的掌櫃們，卻忘了隨身多帶點銀子或銀票。

這個臭小子，也不知道提醒他一句。

不知沈三爺此時心裡所想的沈成嵐，應該慶幸她三叔沒有隨身攜帶銀票的習慣，不然拿了三哥的再拿三叔的，她就是臉皮再厚也要臉紅了。

沈三爺打定主意要見三皇子一面，話題便從沈三爺的個人嘮叨，變成三人議論寧遠縣竹管引水一事上。這是沈聿懷首單獨立負責的生意，他自認有信心，也想藉機向他爹證明自己的能力，但依然能虛心聽進去他爹的意見。

與此同時，沈三爺也不會大包大攬、事無巨細地詢問，只憑經驗在一些容易忽視的關鍵點給一些中肯的提點。

沈家爺兒倆說起生意來臉上的笑意和散漫全都收斂起來，肖似的兩張臉嚴肅認真起來更相像了。

忽然間，沈成嵐很想念她爹。建州初設府衙，毗鄰東北草原三部，輿圖勘測很有可能會遭遇草原遊兵，風險不可測。而且就算過程安全，也要經受風餐露宿之苦……

「六弟，你沒事吧？可是身體不舒服？」

沈聿懷透著焦急的聲音傳進耳朵，沈成嵐游離的目光找回焦點，看到三哥和三叔都面露緊張地看著自己，意識到是自己又走神了，讓他們擔心，忙解釋道：「我沒事，只是忽然想到我爹，一時有些失神。」

沈三爺見她的臉色很快緩和過來，嘆了口氣，道：「二哥這次不在，家裡的事偏都趕到了一起，也是太過湊巧了。妳也莫要太擔心，只要有二哥的家書，我立刻派人知會妳。」

只是離家時一家人齊齊整整，再回來就只剩下二嫂一個人守著院子，不知二哥該如何難過自責。

沈三爺心中傷懷，臉上卻不敢表現出分毫，免得讓沈成嵐再徒惹傷感。

沈聿懷乘機將話題扯到太子的婚事上，如今冊立太子和太子大婚的消息如風一般吹遍整個京城，景國公府更是早一步就知道了。

「我們出門的時候，長房那邊已經闔家出動去給祖母請安，就連大姊也從祠堂出來了。」沈聿懷毫不掩飾眼裡的嘲弄。「可能覺得這回有底氣跟公中多討些陪嫁吧。」

一個討字，完美詮釋了沈三少對長房的嘲諷與厭惡。

沈三爺聞言蹙了蹙眉，卻沒有開口怪責。

沈成嵐撇了撇嘴。「祖宗的規矩，嫡庶有別，但嫡女的陪嫁不管夫郎身分、地位、家境如何，都一樣。太子良娣又如何，太子和貴妃娘娘難不成還會替她撐腰，將手伸到咱們國公府的後院裡來？」

他們敢伸手，她就敢將此事宣揚得人盡皆知。

「你們不要輕舉妄動，一切有你們祖母在，最不濟還有妳爹和我在，斷不會讓他們鬧得太過。」沈三爺連忙出聲告誡。

他算是看出來了，自己的兒子不省心，這個小姪女更不是盞省油的燈。不過，沈三爺卻隱隱覺得有些開懷暢快。他和二哥為了父親、為了母親、為了所謂的家和，對長房隱忍放縱這麼多年，雖不心甘情願，但尚算在容忍限度之內，可不希望自己的子女也跟著委曲求全。

孩子叛逆一些，有時候也是好事，不是嗎？

齊修衍回來的時間，比沈成嵐預想的快了不少，還帶來了個意料之外的人：十皇子。

「沈三爺，久聞大名，今日終於有機會得見。」安頓好十弟，齊修衍又下了馬車，對著沈三爺拱了拱手，眉眼間溫潤和善，語氣中甚至還帶著若有似無的謙敬。

沈三爺頓時覺得受寵若驚，卻沒有表現出失措，同樣拱手回禮。「殿下對小姪及犬子多為照拂，草民早該拜見致謝。」

「沈三爺客氣，是本王多受嵐兒和聿懷兄的照顧和幫扶才對。」

嵐兒？聿懷兄？

這稱呼是不是親密了點兒？

沈三爺挑著半邊眉毛，掃了眼站在一旁滿臉無辜陪著笑的親兒子和親姪女，笑著回道：「能為殿下分憂，是他們的福氣。只是他二人年紀尚輕，若有不周之處，還請殿下多多擔待。」

「哪裡哪裡，三爺過謙了。」

沈成嵐和三哥面面相覷，一刻鐘後，實在是無法繼續忍受齊修衍和三叔的客氣互吹，見四下沒有旁人在，重重嘆了口氣，開口打斷道：「殿下，三叔，咱們都不是外人，就好好說話唄！」

如果不是路邊的那塊青磚碎塊離得有點遠，沈聿懷真怕自己會忍不住用它試試六弟的腦袋有多硬。

不是外人？這才做了伴讀幾天，就把寧王當成自己人了？

「嵐兒所言極是。」齊修衍順坡下驢，立即表態。

從沈三爺眼中一閃而逝的驚訝來看，或許也跟沈聿懷有著同樣的想法。不愧是親父子，想法都這麼一致。不過，老子就是老子，相較於沈聿懷的情緒外露，沈三爺眼中的情緒一閃而逝，心裡還有些思量，但面上依然維持著溫吞平和的微笑，說話的語氣也隨意許多。

皇莊距離京城有半天的車程，沈三爺如願見到三皇子一面，便不敢再多耽擱他們啟程，免得路上貪黑。

「今日時機不巧，待稍後有機會，沈某定當備好酒菜與殿下暢談盡興！」如若不考慮自家姪女的糟心身分和處境，沈三爺對三皇子的印象還是非常不錯。

就算沈三爺不主動，齊修衍也會主動示好，拱手道別。「日後會有很多這樣的機會。」

都被嵐丫頭當成自己人了，可不有很多機會嘛！

沈三爺和沈聿懷拱手還禮，目送寧王府的馬車平穩地漸行漸遠，從車窗探出來的沈成嵐，小腦袋逐漸從南瓜變成了芝麻，最後消失在官道轉彎處。

沈家爺兒倆面面相覷，不約而同嘆了口氣。

也不知道爹娘是怎麼想的，竟然把嵐丫頭放到三皇子身邊，這簡直是胡鬧嘛！沈三爺心裡不認同，卻又不敢當面質疑爹娘的做法，只能默默期盼二哥快點回家來。

「京裡的生意暫時有我盯著，你專心顧著三殿下的那筆單子，務必順利完成。」

三皇子的第一個政績工程，意義不言而喻，不說別的，單看在沈成嵐的面子上，沈三爺也要鼎力相助。更何況，那日聽母親話裡話外的意思，家裡和這位三皇子恐怕要緣分匪淺了。

沈聿懷原本就是這麼打算的。「爹，您就放心吧，我會謹慎再謹慎的。」

這次的竹管引水工程，不僅是三皇子的政績工程，同時也是沈聿懷獨立施展拳腳的契機，他豈會掉以輕心？

這個兒子是沈三爺一手教養出來的，對他自然有信心，反而是沈成嵐讓他難以心安。皇上知道嵐丫頭的身分，卻依然欽點她做三皇子的伴讀。三皇子也知道嵐丫頭的真實身分，卻和她相處得極為融洽，甚至這兩人之間還隱隱有著一種默契。更奇怪的是爹娘的態度，竟然讓嵐丫頭就這麼跟著三皇子。

莫非……

想到這兩日長房那邊的得志嘴臉，沈三爺的腦海裡閃過一道靈光，然後又被自己的想法給荒唐到了。

罷了、罷了，不過才八歲的小丫頭，沒恁多禁忌，待過了三年兩載，瀾小子回家來，再想辦法將人給換回來便是。

沈三爺此時絕對想不到，他這個想法有多麼天真。

且說現下沈成嵐這邊，揮別了三叔和三哥，她的注意力一下子全都放在眼前的十皇子身上。

「十殿下還好嗎？這是怎麼回事？」

十皇子始終昏昏沈沈地睡著，臉色蠟黃地裹著薄被躺在厚厚的被褥上，那麼小的一團，沈成嵐有些擔心。

齊修衍守在十弟這一側，抬手探了探他的額頭，見沒有發熱跡象，心裡鬆了口氣，解釋道：「放心吧，常太醫新換了一劑藥方，說是剛開始服用的時候嗜睡是正常現象，過個兩、三天就會好轉。宮中各處都要忙著準備太子冊封大典，我便懇請父皇恩准，讓我帶十弟來皇莊靜養。」

「你一早就打算好了？」

「只是有這個念頭而已，成與不成還是得看父皇。」

顯然，他挑的時機正佳，已是準太子的大哥還破天荒幫著他說話。

沈成嵐忘了她自己現在也只是個八歲的娃娃身，板著一張稚氣的臉看著全身散發著病氣的小可憐十皇子，彷彿看到了那些年在皇宮中無聲無息、受著冷待的齊修衍，愛屋及烏地心生憂慮。「十皇子還有三年才能離宮建府，這期間咱們能一直留在皇莊嗎？就算能留下來，他的課業該怎麼辦？」

上一世，十皇子是齊修衍最可靠的助力，文治武功皆卓然不群，沈成嵐將這些都歸功於御書院的勤學苦練及文武課師傅的功勞。

齊修衍一眼看透她的想法。「妳以為十弟的文武雙全是御書院教出來的？」

沈成嵐聞言瞪了瞪眼睛。「難道不是？」

「當然不是。我可是他的啟蒙師傅，上次是，這次亦然。」齊修衍上一世雖然沒有子女緣，卻把最親近的弟弟培養成材，也算是一次為人父的體驗。

「是是是，你最厲害了！」沈成嵐幫著他居功，原本的擔憂也散了大半，半開玩笑道：「也成，那咱們就先在皇莊躲躲清靜，你負責十殿下的文課，武課就交給我了！」

想到被沈成嵐追得滿院子逃竄的多寶和牧遙，齊修衍只猶豫一下下就點頭了，輕易就賣掉還在昏睡中的弟弟。

這次來皇莊的理由並不光彩，既然是思過，不被重視早在意料之中。但是，連行宮也沒住進去，而是被安排在行宮周邊的東莊，擺明是故意怠慢人。

「還請兩位殿下恕罪，為了迎接聖駕避暑，行宮各處正在加緊時間檢查修繕，實在不宜居住，只能委屈兩位殿下先在東莊暫住。」管莊太監劉三有，雖然臉上陪著笑，但眼裡卻沒看到什麼敬畏。

齊修衍依舊是一副隨和的笑模樣。「一切以聖駕為重，我們隨意即可。」

劉三有眼中閃過一陣得意，躬了躬身，拔高了嗓音狀似感動道：「多謝兩位殿下體諒！」

齊修衍客氣地伸手虛扶一下，然後由著劉三有派人帶他們前往東莊。

「乾爹，這位三皇子還真如傳說中的那般好性子呢！」目送馬車晃晃悠悠駛離，江成小聲地說，言語裡還帶著明顯的取笑之意。

劉三有佯裝嚴厲地低喝了他一聲。「不管怎樣，那也是皇子，吩咐下去，不能太過分。」

江成笑嘻嘻應下。「您放心，保證不會讓您難做。」

「我有什麼好難做的？」劉三有嗤笑。「兩個不得寵的皇子，還是來思過的，真給他們錦衣玉食供著，他們還不敢享受呢！」

「乾爹睿智！」江成忽然收起笑臉，有些嚴肅地問道：「馬上就是太子冊封大典了，過後太子府就會派人來清丈東宮莊田，但是魚鱗冊上的部分田地還沒有收上來，這該如何是好？」

冊封太子的詔令頒布得突然，江成緊趕慢趕總算在前兩日將東宮莊田的魚鱗冊呈上去，但臨時劃進去的東山部分農田還在農戶手中，由於價錢談不攏，不少農戶拒絕賣地。

「這種小事還需要我教你怎麼辦？」劉三有怒瞪了他一眼。「按老辦法解決了便是。太子初立，東宮莊田就出現問題，觸了太子殿下和貴妃娘娘的霉頭，到時候別說是你，就算是我也擔待不起，知道嗎？」

江成迭聲應下，片刻不敢耽擱地下去安排。

東莊距離行宮約莫小半個時辰的車程，抵達時太陽已經落山，但餘暉未盡。莊頭丁午及其妻聶氏，帶著前後院男男女女十數人候在大門口，一見到三皇子一行人從馬車上下來後忙磕頭請安。

這輩子提前十幾年看到丁午，此時的他仍是未到而立之年的青壯漢子，卻還是一樣的憨厚模樣，齊修衍一時有些感慨，溫聲讓他們免禮，並讓丁午先安頓好十皇子。

齊修明從行宮門口馬車掉轉車頭時就醒了，雖然身上還是虛乏無力，但一想到跟著三哥一起離開了京城，心裡的鬱結紓解了大半，原本蠟黃的病容也稍有好轉。

東莊坐落在燕回山山腳，莊冊上有田兩百一十二頃，但大部分是山地，耗時耗工且產量小，在皇莊中屬於窮莊子。

莊子窮，莊上的院子也就沒有太多的銀錢修繕維護，所幸丁午是個勤快的人，主院的屋子舊是舊了些，但整潔乾淨，在開春的時候屋頂也重新補過瓦，遮風擋雨足以勝任。

送走行宮領路過來的小太監，丁午站在三皇子面前拘謹得兩隻手不知道怎麼放才好，反倒是站在他身旁的聶氏爽利地開了口，說是灶上的晚飯已經備好了，是不是現在就傳膳。

齊修衍倒是挺想跟丁午多說兩句，奈何見他這副拘謹的模樣也不忍再刺激他，便順著聶氏的話點了點頭，在上房的偏廳傳膳。

晚膳的飯桌上，十皇子齊修明竟然也出現了，雖然臉色依然不佳，但已經能自己走路了，恢復速度比在宮中時快了許多，可見心情和環境對他的影響之大。

見齊修明能自己吃飯，齊修衍就屏退了左右。

沈成嵐不知道齊修衍和齊修明坦承多少，但是一路上同車而坐，現在又同桌而食，也不見他有任何的異樣眼光和神色，沈成嵐索性放開手腳，和往常一樣。

「三哥，那個劉三有實在欺人太甚，區區一個管莊太監，竟敢當眾不給你臉面，簡直是放肆！」齊修明到底還是年紀小，在親近的人面前忍不住表露出真性情。

齊修衍替他盛了一碗清淡的排骨湯。「又不是第一次碰到放肆的人，犯不著跟這樣的小人動氣。咱們這次來，你養傷，我思過，在這裡清清靜靜的也挺好，沒那麼多拘束。」

齊修明前一刻還氣得兩頰泛紅暈，這一刻就笑得眉眼彎彎。坐在他對面的沈成嵐目睹他變臉如此之快，暗嘆齊修衍忽悠人的功力簡直爐火純青。

「殿下，寧遠縣那邊開始動工後，咱們是不是得搬過去住段時間？」

與皇莊行宮相比，從這裡去寧遠縣反而更近一些。

齊修明聞言眼睛一亮，一臉期待地看向他三哥，想跟的意思不言而喻。

齊修衍無奈地伸出筷子，虛空點了點他們的飯碗。「先吃飯，休息好了、養好病才有資格出莊子，不然就是瞎添亂！」

沈成嵐和齊修明相視了一眼，不約而同食慾大開。

這次來皇莊，齊修衍身邊只帶了近身伺候的多寶、齊嬤嬤、芳苓和一隊十人護衛，十皇子身邊只帶了小林子一個，沈成嵐依舊只跟著個牧遙，人口簡單得完全符合「思過」的身分。

東莊雖小，但該有的配置都是齊全的，護院十人一組，三班輪崗。齊修衍帶來的十個護衛頓時輕鬆了不少，只需要排出三班負責主院的安防即可。

當值的護衛和齊嬤嬤等人住在倒座房，十皇子住在正房的西寢房，齊修衍住在東寢房，沈成嵐則住在東寢房旁邊的耳房。

得知三哥竟然把身邊唯一的大丫鬟芳苓派到沈伴讀房裡值夜，齊修明除了在心裡小小吃味了一把之外，轉頭就不在意了。

難得三哥有個願意親近的人，沈家小子的家世對三哥也挺有助力，而且看他本人也不驕縱，是個值得好好相處的人。

遠離皇宮，跳出長福宮的牢籠，身心輕鬆的齊修明喝過藥後沒一會兒就沈沈睡去。

小林子放下有些舊色的床帳，看著主子恬靜的睡顏一陣眼底發熱。來到這裡，他才知道原來敞開心胸呼吸是這麼輕鬆幸福。這一切，都是託三殿下的福！

阿嚏！

東寢房裡，坐在窗邊奮筆疾書的齊修衍，毫無來由地重重打了個噴嚏。「這是有人在背後罵我？」

正在整理箱籠的沈成嵐聞言忙起身，走到他身後把窗戶關上一扇，糾正道：「一想二念三叨咕，你就打了一聲噴嚏，這是有人在想你了！」

齊修衍笑得特別不懷好意。「哦，我知道了，妳剛才在心裡想著我了，是不是？」

沈成嵐。「……」

上一世的後半輩子這人到底經歷了什麼，竟然能毫無心理障礙地說出這麼甜死人不償命的話來！

因為齊修衍這句不正經的甜話，沈成嵐作夢吃了一晚上的糖，早上醒來第一件事就是撲向茶壺猛灌了兩碗茶。

草草洗了把臉，自己睡不著的沈成嵐就開始拍牧遙和多寶的房門。「牧遙，多寶，起來練武啦！」

「咯吱」一聲，兩位懶徒弟的房門沒敲開，西寢房的窗戶被一把推開了，齊修明生氣勃勃的臉從裡面探出來，興沖沖道：「練武嗎，能不能帶我一個？」

沈成嵐之前還在齊修衍面前毛遂自薦做十皇子的武師傅，聽他這麼說當然欣然同意。沒一會兒工夫，草草洗漱後的齊修明就站到庭院裡。晚他一步的牧遙和多寶，也忍著打哈欠的衝動，淚眼矇矓地就位了。

現下還不到寅時末，前院裡隱約有人活動的聲音，主院這邊連習慣早起的齊修衍還在熟睡中，為避免打擾他休息，沈成嵐將晨起小隊帶到西花園。

說是西花園，在沈成嵐看來就是在四周種了一圈四季花的菜園子。

這個丁午，很務實嘛，這麼大的園子，種些不能吃的花花草草的確不如用來種菜。

尋了處踩不到菜的空地，沈成嵐照例試了試十皇子的底子，下盤虛浮、手腳只會使蠻力，看來病好了不少，但功夫底子幾乎沒有。

有鑑於他的病還沒全好，沈成嵐便先示範了一下蹲馬步的正確姿勢及注意要領，然後將人給發配到樹底下去實踐，還不忘叮囑量力而行，體貼程度讓牧遙和多寶羨慕到險些飆淚。

好吧，他們想飆淚是因為不敢明著打哈欠給憋的。

沈成嵐雖然只虛長齊修明一歲，由於自小習武的關係，看著身形偏瘦，實則筋骨柔韌，平時站坐行走不顯，一旦交起手來矯若遊龍，行雲流水間暗藏力道之美。

在一旁蹲馬步的齊修明看著就有些入神了，回過神來又驚訝地發覺，雖然牧遙和多寶明顯處於劣勢，但兩人間配合得很有章法，由始至終被打壓著也不見絲毫氣餒，反而越挫越勇。

看著眼前明顯實力不對等的對戰，原本覺得雙腿發軟、想要歇一歇的齊修明，忽然覺得渾身的血液被點燃了。

歇什麼歇，繼續蹲！

齊修衍尋來的時候，一眼看去，沈成嵐單方面和多寶、牧遙戰得正歡，而他的傻弟弟在樹下蹲馬步蹲得抖如篩糠，卻腰板挺得筆直，動作標準不走形。

嗯，精神可嘉。

沈成嵐始終分神關注著樹下的十皇子，第一時間看到出現在菜園門口的齊修衍後，反而放心將樹下的那位交給他，自己專心致志調教起兩位徒弟。一時間，多寶和牧遙覺得壓力倍增，將將支撐二、三十個回合後，故技重施撒腿就跑。

齊修明看著被沈六滿菜園子追殺的多寶和牧遙，沒一會兒工夫就被逮住撂倒，扳胳膊、扳腿兒，耳邊一陣殺豬般的二重奏，小少年震驚得嘴都合不攏了。

「我好歹是個皇子，沈六應該不敢這麼對我……吧？」齊修明暗暗吞了口唾沫。

他並不怕吃苦什麼的，但是這麼被人追著揍，感覺好丟人唷！

齊修衍一眼就看出他心裡在想什麼。「放心，你這個小師傅最信奉的就是有教無類，很快你就能加入到多寶和牧遙的隊伍裡了。」

說這話時，嘴邊的笑意怎麼看都有種幸災樂禍的嫌疑。

「一對三？」對三哥不懷好意的笑選擇性無視，齊修明看著小身板跟自己差不多的沈六，抱持懷疑態度。

嘖嘖嘖，初生牛犢不怕虎啊！小孩子沒別的優點，就是勇於質疑。

在被代表著殘酷現實的沈成嵐蹂躪之前，齊修衍語重心長地拍了拍十弟的肩膀。

「別有心理負擔，好好練習吧。」

齊修明目送三哥走到離他不遠的樹下，稍加熱身後就開始打一套長拳，拳路並不複雜，也沒有什麼花俏、賣弄的多餘動作，但隨著三哥不斷加快再加快速度，齊修明竟漸漸覺得目光跟不上拳風了。

忽然，一道眼熟的人影橫插進來，與齊修衍站在一處，同樣是用拳，甚至是同一套拳法，你來我往，一時難分伯仲，但百餘個回合後，優勢開始出現傾斜。在齊修明越瞪越大的雙眸中，沈成嵐的進攻越發強勢，而齊修衍嘗試過兩次反擊未果後，逼不得已開始轉攻為守……

看著三哥由旗鼓相當到轉攻為守，再到沈六主動結束切磋，齊修明自己都沒注意到，他看著沈成嵐的目光有多麼火熱。

「十殿下，你的傷還沒有痊癒，不急於這一時，量力而行熱熱身即可，千萬不要逞強。」沈成嵐接過小林子遞上來的濕布巾。「多謝。」

小林子受寵若驚，但見沈小少爺淡定得彷彿理所應當一般，自己若是太過謙卑反而顯得小家子氣，便躬了躬身權當回應。果然，沈成嵐對他的態度越發隨和了。

齊修明將這小小的插曲看在眼裡，對沈成嵐的好感越發加深兩分。

沈成嵐落後兩步和齊修衍並肩而行，看著前面被小林子和多寶他們簇擁著的十皇子。「我一直盯著十殿下呢，放心，累不壞他。」

齊修衍一派輕鬆模樣。「妳也別太慣著他了，小傷小病而已。」

沈成嵐瞪大眼睛。「都掉進池塘裡了，還發了一宿的高熱，這也叫小傷小病？」

「我已經問清楚了，掉進去沒一會兒就被小林子及時發現給救上來，跟妳在大水盆裡涮的那顆大白菜差不多！我和常太醫去得及時，高熱也沒那麼嚴重。」

沈成嵐是挺好奇十皇子怎麼睡了一夜就好得這麼快，但也明顯不相信齊修衍的粉飾太平，她眼珠轉了轉，一個大膽的想法浮了上來，微微偏頭湊近他，低笑著試探道：

「你該不會是……吃醋了吧？」

齊修衍的目光有一瞬間的凝滯，但很快恢復清明，點了點頭，甚為誠懇地正視自己的內心，答道：「沒錯，我覺得心裡有點發酸。」

沈成嵐。「……」

陳年老醋也能泡出糖來嗎？

齊修衍看到沈成嵐瞬間燒紅了耳朵，眼裡溢滿了笑。他似乎找到克制沈成嵐的絕招。

「小師傅，你沒事吧，耳朵和脖子怎麼紅？」齊修明執意要給沈六敬拜師茶，近看發現對方的耳根到脖子一片紅暈，以為是熱症，關切地問道。

被他這麼一問，沈成嵐的臉都跟著紅了，忙輕咳了兩聲搪塞道：「沒什麼，練武發汗之後我就會這樣，過一會兒就好了。」

原來是身體好、火力壯啊！

齊修明自我解讀了一番，再想想自己剛才蹲了一會兒馬步就抖個不停的雙腿，既羨慕又心生憧憬，以至於這杯師傅茶敬得越發誠心誠意。

之前那句負責十皇子武課的話並非戲言，沈成嵐就是這麼打算的，卻從來沒想過會被拜師。

「這不太合適吧？」沈成嵐看著十皇子單膝跪地呈到近前的這杯師傅茶，為難地看向坐在上座另一側的齊修衍。「皇子雖然沒有特定的武師傅，但御書院的武師傅都由皇上欽定，現下咱們私下拜師，會不會惹皇上不高興？」

齊修衍猛然想起什麼似的，反問道：「我沒告訴過妳嗎？向父皇辭行時，我已經請示過了，也得到父皇的首肯，由妳來教導十弟的武課。」

沈成嵐頓時覺得腦袋被水桶掄了一下，有點發懵。「你告訴過我嗎？」

齊修衍癟了癟嘴。「沒告訴過嗎？那可能是我最近太忙，事情太多，一時給忘了。」

一時給忘了？騙鬼都不信！

「哦，好吧，忘就忘了。」能怎麼辦？只要是齊修衍，沈成嵐就覺得別無選擇，當然是無條件原諒他。

喝過師傅茶，齊修明就成了沈成嵐名正言順的開山大弟子，這回就算被沈成嵐扳折了胳膊腿，多寶和牧遙也不敢再叫她師傅了。十皇子再平易近人，身分卻實實在在擺著呢！

「要不，他們就算是小師傅的俗家弟子，怎麼樣？」齊修明最崇拜的門派就是少林。

沈成嵐毫不手軟地把唯二的兩隻雞腿都挾到自己面前的碟子裡。「為師又不是和尚，哪來的俗家弟子！有鑑於你犯蠢，這隻雞腿就沒收了。」說罷，把一隻大雞腿獻給了齊修衍。

「我可是病人，需要進補的。」齊修明盯著沈成嵐碗裡的雞腿，鄭重地強調自己特殊的身分。

沈成嵐不為所動。「我沒記錯的話，小林子剛剛才給你喝了一碗蟲草湯，那個可比雞腿補！」

齊修明頓時感到後悔，想把那碗味道並不美妙的蟲草湯給吐出來，換一隻香噴噴的大雞腿。

齊修衍似乎拿這種對食物擁有強烈執著的人沒有辦法，便嘆了口氣將自己碗裡的雞腿挾給他。

沈成嵐沒有阻止，甚至連一絲不悅都沒有，還很大方地把自己的雞腿拆下一半肉分給齊修衍。

齊修衍一邊嚼著雞腿肉一邊忐忑地想：自己插手她管教徒弟，這是生氣了呢，還是沒生氣？

三哥竟然在看人臉色！

這個認知讓齊修明驚訝得彷彿見鬼了，嘴上啃了一半的雞腿啪嗒掉到了飯碗裡。

今兒的飯桌上，有沈成嵐最喜歡的蒸蛋，拌白米飯就著醬菜，她能吃滿滿一大白瓷碗。這是她當初跟著父兄駐守北鎮時在軍營裡學來的吃法，她娘每次看到他們爺仨這麼吃，都忍不住嫌棄他們吃的是貓食。

早膳有一整隻燉雞也就罷了，主食竟然是大米白飯，再加上三碟葷素搭配的熱菜和兩碟醬菜，不知道的人還以為是午膳。

不僅齊修明覺得意外，還有被齊修衍特殊交代準備膳食的聶氏。

可能是從小就開始練武、大量消耗體力的緣故，相較於粥湯小菜，沈成嵐更喜歡白米飯和麵食。

「怎麼了？早飯不合胃口？」沈成嵐後知後覺地發現齊修衍時不時就看看她，好像坐立不安似的。

齊修衍反應過來，原來是自己鑽牛角尖想多了，心中豁然開朗，忙搖了搖頭，將自己手邊那小碗蒸蛋挪到了沈成嵐面前。

於是，齊修明眼睜睜看著沈成嵐用粗糙的吃法幹掉一碗蒸蛋，好奇心驅使下，雙手不受控制地也將手邊的那碗水蒸蛋倒到飯碗裡。

唔，別說，就著醬菜還真的挺好吃。

「如果讓皇上看到，一定會認為是我把十殿下給帶壞了。」飯後，目送齊修明回房小憩喝藥，沈成嵐忍不住竊笑，轉念想了想，又道：「不過到了軍中會受人待見，不矯情。」

想到適才十弟吃飯的模樣，齊修衍的嘴邊也噙著笑，但眼神沈了沈，道：「果然還是瞞不過妳。」

沈成嵐抿了口茶，頂著一張稚嫩的臉龐無奈地嘆了口氣。「風雲漸起，鎮邊守城雖危險了些，但手握兵權總是一道有力的護身符。」

只要手中的兵權不會讓龍椅上的那位忌憚便可。

鎮邊守城，是存身之良法，圖謀之根基，但對於開國功勛之家的景國公府來說，更是庇佑百姓、責無旁貸之使命。景國公府歷經五朝依然榮寵穩固，贏得聖心的可不僅僅是赫赫軍功，還有那份代代傳承的愛國憐民之心。

可笑的是，享萬民供養，最應該具有這份憂國憂民之心的皇族貴胄們，滿心想的卻是如何奪嫡登位穩固尊榮，何其諷刺！

「知道我上一世最大的遺憾是什麼嗎？」

沈成嵐目光赤誠地看進齊修衍雙眼的幽黑，嘴角勾了勾。「最大的遺憾啊，應該就是沒我陪你終老吧！」

滿腔激盪瞬間像被戳破的氣囊，齊修衍幾乎要舉手投降。「沒錯，妳說得完全沒錯。」

雖然是事實，但親耳聽到沈成嵐說出來，感覺好複雜，非要形容的話，就像嘴裡含著一口蜜糖，裡面摻滿了細碎鋒利的刀片。

「殿下，你心裡的魔障還在。」沈成嵐用目光緊緊鎖住齊修衍的雙眼，不容他躲避，伸手捂在自己的胸口。「我的也還在。」

齊修衍神情一肅，到了嘴邊的辯解須臾間化作無形，沈成嵐的坦誠和敏銳讓他的逞強無所遁形，片刻後苦笑嘆道：「我還以為我能幫妳克服。」

「你的確能啊。」如春風掠水，沈成嵐的臉上漾出柔和的淺笑。「也只有你能做到。」

彼此救贖。

齊修衍立刻就領悟了沈成嵐這句話的未盡之意，難掩驚訝地問道：「妳早就猜到了我的打算？」

沈成嵐點頭。「是為了強身健體，還是為了上戰場做準備，一看你練武時的狀態就能分辨出來。」

「……妳會勸阻我？」

「為何要勸阻？」沈成嵐頑皮地挑了挑眉。「彌補遺憾有助於清除心裡的魔障，我覺得應該鼓勵支持才對，不是嗎？」

沈成嵐三戰北戎，齊修衍登基後四次北征，大昭北境卻依然沒有得到真正的安寧，這不僅是齊修衍的遺憾，也是沈成嵐的。

「好，這次咱們並肩作戰，一償宿願！」齊修衍不得不承認，論勇氣和果敢，自己這輩子依然不如沈成嵐。或許，這也是自己總是容易被她吸引的原因。

第十章

齊修明不過是回屋喝了一碗藥的工夫，再看到坐在廊下、對著張圖紙低聲商量的兩人，直覺三哥和小師傅之間的氣氛好像更融洽親密了。

齊修衍察覺到他的目光注視，抬眼見他倚在門邊微微出神，招手喚他上前來，說：「這就是寧遠縣竹管引水的設計總圖，稍後我要去寧遠縣衙門走一趟，你的病還沒有大好，就留在莊子上休息練字吧。」

「不等著寧遠縣令先來拜見？」沈成嵐問道。

齊修衍勾了勾嘴角，了然道：「寧遠縣令唐繼和大皇兄有些沾親帶故的表親關係，如今大皇兄剛被冊封為太子，唐縣令恐怕忙得很，無暇旁顧。」

沈成嵐撇了撇嘴。「我陪你一起去。」

齊修衍之所以將竹管引水工程提前搬出來，在皇上面前嶄露頭角只是原因之一，還有另一個更重要的目的：這件事離不開沈成嵐的幫忙。

齊修明見狀眼睛一亮，也想跟著幫忙，還沒來得及開口就被三哥給否決了。

「放心，稍後少不了你幫忙，只是你得先把身體養好了。」

經過上一世，身體康健是齊修衍對十弟最大的期望。

丁午是從戰場上退下來的老兵，莊裡的莊客也有不少是他昔日的同袍，雖然身上有些微傷殘，但比尋常護院還要穩當可靠，再加上從王府中帶過來的三個護衛，確保齊修明的安全綽綽有餘。

況且，別說是傷病在身的齊修明，就算是現下的齊修衍，對「那些人」來說也沒什麼威脅，還不至於分神來關注他。於是，齊修衍毫無心理負擔地把十弟扔給丁午照顧，自己瀟瀟灑灑出門了。

東莊到寧遠縣縣衙約莫一個時辰的車程，他們動身雖早，但到縣衙時也已經巳時過半，可看到的竟然是緊閉著的大門。

齊修衍目光沈了沈，命隨行侍衛李青上去叫門。

縣衙大門的門板近看斑駁掉漆，依稀可見內裡的木料，李青初時還克制著拍門的力道，可連著拍了十幾二十下也沒有動靜，心裡不由得生出一團火氣，手上用了十足的力氣，直將門板拍得顫顫巍巍發抖，就這樣，又過了一會兒才聽到裡面隱隱傳來聲響。

「來了、來了，誰呀，一大早跑衙門來找事！」

男人不耐煩的聲音從門內傳出來，隨後「咯吱」一聲，厚重的木門應聲被緩緩推開，露出一張睡意未退的中年人面孔。

「你、你們是何人，來衙門有何事？」翟老三見門口的馬車雖平平無奇，但站在馬車前為首的少年郎錦衣玉冠、氣度不凡，頓時氣勢弱了下來。

李青站在門外，離他最近，聞到他身上明顯帶著的酒味，眉頭一皺，沈聲道：「寧王駕到，讓你們縣令速速來迎。」

翟老三面上一驚，跌跌撞撞邁過門檻，踩下臺階跪到寧王面前，伏身叩首，剛要高呼給王爺請安，就被一道冷淡的聲音阻攔。

「免了，立刻進去通報吧！」

翟老三喏喏應聲，卻遲遲未起身，為難道：「啟稟王爺，今日唐大人和陸主簿都不在衙門裡……」

齊修衍和沈成嵐四目相對，心下了然。

不用問也知道，想必應該是到太子跟前露臉去了。

「縣令和主簿不在，縣丞呢？縣尉呢？三班六房的頭兒呢？偌大的寧遠縣縣衙，該不會就只有你一個看門的吧！」沈成嵐咄咄不讓。

翟老三被問得登時冒了一腦門的冷汗，可是打死了也不敢說實話，只得硬著頭皮搪塞道：「衙門最近事忙，各班各房都分派了差事，現下只有咱們幾個負責看門灑掃的雜役在。」

今上令寧王負責在寧遠縣引水入城，詔令早就下發到縣衙，而且，確定動身時間後，寧王府也派人來縣衙通傳過，現下可好，先吃了個閉門羹，又來了個空城計，寧遠縣衙的懈怠之意再明顯不過。

究其原因，不過是兩個：一來寧王的分量不夠重，二來工程沒有油水可撈。京畿縣衙尚且如此，山高皇帝遠的地方又會是何種光景？

沈成嵐越想越覺得心驚，臉色越發肅殺。「王爺奉聖命督造水務，詔令早就下到寧遠縣衙了，想必唐縣令早已責成某人全權輔佐王爺，現下時候尚早，咱們就在這兒等他回來。」

翟老三愁苦得都要哭了，他的確早就知道引水入城這件事，可衙門裡哪位大人專門負責此事就完全沒聽說過，讓王爺等誰啊？

「怎麼？在這兒等，礙著你們了？」沈成嵐虎著一張稚嫩的臉。

一旁的齊修衍看著想笑，可跪在原地的翟老三卻聽得心驚肉跳。

「小人不敢！小人不敢！還請王爺移駕內堂稍候！」翟老三忽然想到董縣丞前日稱病告假，不管有沒有好轉，這會兒就算是抬也得抬到衙門來。

沈成嵐看了眼齊修衍，見他微微頷首，心裡有數，對著翟老三不甚耐煩地冷哼了聲。「前面帶路吧。」

翟老三如蒙大赦一般鬆了口氣，囫圇著從地上爬起來，腳步虛浮地在前面帶路，將寧王爺一行人帶到迎賓廳。

待茶水送上來後，翟老三告罪退下，李青帶著護衛守在門外，廳裡只剩下齊修衍和沈成嵐二人。

「我剛想起來，這次工事皇上好像沒有限期完工，莫非早就預料到這種情形了？」沈成嵐也是在大門口才想到這一點。

齊修衍抿了口茶，笑道：「父皇英明，這點齟齬自然是一早就想到了。」

沈成嵐心情有些複雜。「既然知道，那皇上下達詔令的時候怎不敲打敲打？」

老實講，憑齊修衍現在的威望，皇上隨便說兩句，頂他說一百句還管用。

莫非……

「皇上是故意的？」這個念頭從腦海中閃過，儘管覺得有些荒唐，但再看看齊修衍波瀾不驚的臉色，沈成嵐確定自己是想對了。

就算不看在父子的情面，想想寧遠縣活在疫病威脅下的百姓們，皇上這麼做難免讓人覺得無情。

「父皇這麼做有他的道理，一來是想試試我的本事，二來……」齊修衍眼神微動，目光沈了沈。「二來是不想打草驚蛇。」

想到齊修衍臨行前進宮面聖，難道並非辭行那麼簡單？

四目相對，齊修衍在沈成嵐詢問的目光中微微頷了頷首。

沈成嵐心思一沈，了然的瞬間就將此事封在心裡，沒有繼續追問一個字。齊修衍之前沒有對她說，就說明還不到讓她知道的時候。

齊修衍見她這般信任自己，忍不住心中一陣激盪，忙低頭飲茶平復心境，直將一盞茶喝完後才緩聲開口道：「放心，一切尚在掌握之中。」

上一世，沈成嵐絕大多數時間都耗在北方軍鎮和軍營裡，對京中政事幾乎一無所知，所幸的是齊修衍也跟她有著相同的奇遇，重來一回，應對起來應該會從容一些。只是，該受的冷遇和怠慢恐怕還得再受一遍。她想到這兒，稍稍緩和的心情再度變得煩躁。

「無妨，不過是些趨炎附勢、色厲內荏之流。」齊修衍知道沈成嵐是在替自己鳴不平，便寬慰道：「等以後碰上口蜜腹劍、佛口蛇心的，再想起這些人，妳會覺得還挺值得懷念的。」

沈成嵐被他這種比法逗笑。「還能這麼比呀！」

齊修衍上輩子沒什麼可分神的，平日裡除了政務，就是研究他的那些臣子們。現在正好有機會和沈成嵐分享他的研究心得。

在沈成嵐的印象裡，齊修衍是沈靜內斂、智慧內藏的人，頭一次聽他如此犀利地將朝臣眾生相分析得清晰透澈、高屋建瓴，言語和神態中自然流露著上位者的審度與自信。這樣的齊修衍，是經歷重重磨難從痛苦與艱險中蛻變而生的，非她所熟悉的齊修衍。

察覺到沈成嵐眼神中的異樣，齊修衍神色一頓，關切之意溢於言表。

沈成嵐不過就是晃神了下，見他這般緊張自己，忍不住無奈搖頭。「我沒事，只是折服於殿下你的真知灼見，一時忘神了。」

齊修衍。「……」

好拙劣的藉口，但是能怎麼辦呢？當然是裝著相信她的鬼話啦！

好在沈成嵐的「鬼話」說完沒多久，門外就傳來一陣由遠及近的急促腳步聲，片刻後李青在門外通傳，說是寧遠縣縣丞董長熙求見。

董長熙著實是病了，只是他自己知道這病來自急火攻心，前日病得最為沈重，連床都下不來，這才告假在家休養。

聽得門內傳來寧王殿下的允見，董長熙眼中閃過一絲掙扎，但很快斂進黝黑的雙眸中，隨著房門大開，邁開腿步履蹣跚地走了進來，站定後長揖一禮。「下官寧遠縣縣丞董長熙，參見寧王殿下。」

齊修衍見他面帶病容，抬手賜座。「免禮，入座吧。」

董長熙道謝，從善如流地在右側下首的中間位置坐下。「不知王爺駕臨，下官等有失遠迎，怠慢之處還請王爺恕罪。」

「無妨，本王事先並未知會就突然造訪，還要董縣丞拖著病體前來，是本王考慮欠周了。」齊修衍止住作勢要起身的董長熙。「不必拘禮，本王今日前來，就是想確認引水工事由縣衙的哪位大人負責。」

董長熙面色嚴肅地沈吟了片刻，回道：「此事正是由下官負責協辦。下官理應先去拜訪王爺，是下官做事不周！」

齊修衍聽著他嘴上說著自責的話，神色間也沒有絲毫的羞愧，心下不由覺得這個董長熙有些意思。「誰先來都無妨，只要咱們協力將工事順順利利做成就行。本王現下就住在不遠的東莊，董縣丞身體有恙，這兩日就好好休養吧，待你痊癒之後，咱們再正式開工。」

董長熙趕忙起身。「多謝王爺體恤，下官的身體無礙，隨時可聽王爺差遣！引水工事事關全縣百姓福祉，若因下官之故延遲開工，下官斷難心安！」

這回的焦急和自責倒是真誠了許多。

「董縣丞心繫全縣百姓，本王甚是敬佩。既如此，那工期就不再往後推了，明日一早，咱們就在青山正式動工，沿路需要徵用的農田還請董縣丞多費心，對照魚鱗冊將補償銀子發放到農戶手裡。按照糧田每畝六兩、桑田每畝八兩，本王明日便派人將銀兩送到你手上。」

董長熙微微驚訝於寧王的動作迅速，一瞬間表露出來的神情有些複雜，但很快恢復如常。「下官定竭盡所能，不辜負王爺的信任！」

「好，有董縣丞協助，相信這次的工事定能盡快順利完成。」齊修衍施施然站起身，眼含笑意道別。「董縣丞今日好好歇息，工事一旦開始，短期內恐怕就沒什麼休息的機會了。」

沈成嵐隨著齊修衍起身，不動聲色地看了眼應聲後就垂首微微失神的董長熙，飛速和齊修衍交換了個眼神，開口道：「殿下，時辰不早了，咱們也該動身前往廣源寺了。」

齊修衍笑應著就要往門口走，站在他對面的董長熙非但沒有側身讓開，反而上前半步拱手道：「王爺，工事沿途需要徵用的農田，下官已在謄拓的魚鱗冊上詳細標注出來，還請王爺先過目。」

「董縣丞做事果然周到細緻，那就有勞了。」

董長熙神色似乎一緩，躬身道：「王爺言重，這是下官分內之事。請王爺稍候，下官這就去取魚鱗冊。」

目送董縣丞的背影消失在門口，沈成嵐開口道：「魚鱗冊有問題？看這個董縣丞的反應，似乎急於讓你看到。」

齊修衍但笑不語，眼睛微眯笑著看人的模樣，顯然是默認了她的猜測，再聯想到此次皇莊之行，齊修衍不可明說的隱情，沈成嵐預感到極有可能和田地有關。

說不準，這本魚鱗冊就是關鍵之一。

念及此處，看著一大早就上趕著跑來縣衙門口吃閉門羹的齊修衍，沈成嵐越發覺得他是故意這麼做的。

「你早就預料到會這樣？」

「少安勿躁嘛！」齊修衍連忙出聲安撫。「事先我也只是揣測，並不十分確定。」

沒有十分，九分也足夠了。

沈成嵐還覺得之前吃了閉門羹很是尷尬氣憤，現在看來分明是這人自找的，無奈的同時，心境也豁然開朗不少。由此可見，齊修衍這廝的臉皮完全夠厚，心態也足夠成熟，根本不用替他擔心這些虛妄的面子什麼的。

嗯，這種態度值得學習。

沈成嵐時刻謹記大哥的訓誡，勝不驕敗不餒，取他人之長補自己之短，銳意進取、自省不斷。

齊修衍原本還擔心自己瞞著她行事會惹她不開心，可現下看見她眼神清澈、神情篤然的模樣，心下不得不承認自己低估她的氣度。

這樣的沈成嵐，讓齊修衍覺得，無論自己做什麼、怎麼做，就算身邊和天下的人都不理解支持自己，沈成嵐都會陪著他。這樣的認知讓他覺得異常有底氣。

不多時，董長熙拿著謄拓的魚鱗冊返回，恭敬慎重地呈了上來。

齊修衍當面收下，謹慎收好後與他告別，離開了寧遠縣衙。

「李青，先不急著回莊子，先去郊外走走。」出了城門，齊修衍忽然讓李青改走岔路，前方不遠就是寧遠縣轄下距離縣城最近的上坎村。

寧遠縣地處燕回山脈末勢，轄內以山地和丘陵為主，今上執政初年，頻頻在邊境用兵，為了拓充糧倉，戶部撥款在京畿增設六倉，寧遠縣便是其中之一，十餘年間在戶部撥款支持下，開墾出大量的梯田和荒地，逐漸形成現下的耕田分布。

因著地形的緣故，寧遠縣的田地基本上糧田、桑田比例相持平，這次引水工事選取的路線，在考慮路程長度的同時，也參考了徵用田的補償銀占比，工部的撥款可是按照糧、桑各占一半的標準撥付了補償銀，齊修衍不想自己倒貼補償銀的話，徵用的桑田就不能超出標準。

從董長熙呈上來的魚鱗冊上醒目標注的路線圖來看，比齊修衍自己初定的路線多出了不到兩里地的距離，但所徵用的田地中，桑田的比例卻縮減至原來的三分之一，省下來的補償銀足夠填補多出來的兩里花費。

齊修衍一早就確定了引水工事圖，隨著詔令一同送到了寧遠縣衙，董長熙卻主動再送上魚鱗冊，內裡還將工事路線修改，沈成嵐直覺他此舉並不簡單。

「董長熙這是什麼意思？」

齊修衍將魚鱗冊遞給她，伸手指了幾處與他初定的路線有所出入的地方。「這幾處距離咱們回程的官道不遠，去瞧一瞧可能就知道董長熙的用意了。」

沈成嵐盯著魚鱗冊上被齊修衍點出的幾處，越看眉頭皺得越緊。「這幾處離皇莊轄莊是不是近了點？」

隨著這句自言自語，福至心靈一般，沈成嵐猛地抬起頭看向齊修衍，努力壓抑著心緒的翻湧，求證道：「事關皇莊？」

齊修衍沒想到她這麼快就猜到了，四目相對良久，緩緩點了點頭。

皇莊籽粒銀是皇上私庫的頂梁柱，背靠天家。皇莊自來都是個敏感之地，沒有利益往來，接觸它就代表著麻煩，而且還是不小的麻煩。

「這也是皇上對你能力的試探？還是交換十皇子出宮的條件？」沈成嵐問得很直

接。

齊修衍苦笑。「妳能不能別這麼聰明？」

沈成嵐身體後傾靠在車壁上，嘆了口氣，道：「沒辦法呀，天生的。」

齊修衍低笑出聲，嗓音清朗純淨，完全聽不出一絲愁緒。「妳呀，別忘了我最擅長的是什麼，在妳看來是麻煩，對我來說反而是契機。父皇這次是打算藉著太子初立，重新清丈東宮莊田的機會來整肅皇莊。上一世雖不是我主辦這件事，但其中內情我知之甚詳，現下不過是在籌謀著該搏個什麼結果。之所以沒有一開始就告訴妳，就是怕妳太過憂心。」

聽他這麼一說，沈成嵐壓根兒就沒法寬心了。「你想用皇莊的功勞跟皇上邀功？」

真是好肥的膽子！

齊修衍笑得越發開懷，忍不住伸手揉上她的腦袋。「妳都知道父皇的脾氣，我豈會去觸犯逆鱗。放心，不用我邀功，父皇會主動恩賞的。只不過，想來又是讓我選擇了。」

「聖心難測。」沈成嵐本以為有了上一世的經驗，自己對皇上還是比較了解，可自重生後發生的種種，她發現自己還是太天真了。

對於這一點，齊修衍的感悟比她還要深刻。

「不管父皇怎麼做，他優先考慮的總是江山社稷和至高無上的皇權。為了大昭的穩定，對父皇來說，沒有什麼是不能犧牲的，包括父子親情，也包括君臣之誼。」

沈成嵐心下一痛，了然他話中「君臣之誼」所指。

「是不是坐上了那個位置，會越發地身不由己？」

齊修衍的目光透過馬車狹小的視窗看向外面的青山翠田，幽幽道：「是不是身不由己，端看自己的取捨。拋開對史官筆下的執念，也沒那麼多的身不由己。」

這口氣，端的桀驁不馴。不過，沈成嵐很喜歡。

「哦？你這是有感而發？還是經驗之談？」沈成嵐沒有形象地靠著車壁，微微撩著眼皮打量齊修衍，話說得怎麼聽都像是調侃人。

齊修衍見她這副調戲人的模樣不惱反笑。「經驗之談吧，反正上輩子參透這個道理之後，我自認為沒什麼身不由己之事。」

攤上這麼個任性的皇上，也是苦了朝臣們。

不過，朝臣們苦總比皇上苦強多了。

沈成嵐忽然心生期待，想親眼看看齊修衍任性的時候，朝堂上是個什麼光景。

「不急，妳總會看到的。」

猛聽得耳邊這句話，沈成嵐驚了一下。「你莫非會讀心術？」

齊修衍哈哈大笑。「把心思都用在妳身上，自然就會了。」

沈成嵐。「……」

天哪，這男人還是齊修衍嗎？

話題越跑越偏，沈成嵐自嘆不如，索性殷勤地替齊修衍斟茶，用茶水堵住他的嘴，不給他甜寵自己的機會。

就這麼連著給齊修衍灌了小半壺茶的工夫，馬車駛到第一個目的地。

「王爺，第一處地界到了。」李青停下馬車稟報道。

沈成嵐先一步撩起馬車的簾子鑽了出來，齊修衍隨後也跟著下了馬車。

馬車停在河堤路上，路兩旁都是茂盛的桑樹，極目遠眺，河兩岸都是綿延無際的桑田，依稀可見田中有人在勞作。隨後幾處地界，所見皆是如此。

滿目蒼翠中，沈成嵐的眼神沈了沈。「魚鱗冊上標注，這幾處都是糧田。」

朝中退桑還糧的詔令已經頒布數年，京畿近地卻在陽奉陰違，試想遠離京城的江南、淮南、嶺南諸地，又該是何種情形？

「事實遠不止藐視詔令這麼簡單，適才咱們所見的那幾處，表面上還在縣衙的魚鱗冊上，實際卻屬皇莊所有了。」

沈成嵐眸光一寒。「侵占民田？」

齊修衍的臉色也跟著冷肅下來。「勾結當地縣衙矯詔徵地、奸民投獻、強取豪奪，左右不過這些手段。我已經讓人打聽過了，寧遠縣縣衙的捕快們近幾日忙得很，整日不在城中，縣衙大牢裡驟然多了不少罪名各樣的嫌犯。我估計著，是劉三有剛把東宮莊田的魚鱗冊呈上去。」

「這個劉三有是誰的人？」沈成嵐問道。

按理說，皇莊的管莊太監應該是皇上的心腹宦官才是，真出了問題，皇上自會敲打處置，又怎麼會交給皇子來明查。查不出來是皇子無能，查出來豈不是明著打皇上的臉？

今上看重名聲，必然不會讓他的兒子打他的臉，是以，就只有一種可能：劉三有不是皇上的人。

齊修衍給了她一個讚賞的眼神。「劉三有的確不是父皇的人，他是先太皇太后留給沈貴妃的心腹。父皇礙於先太皇太后的情面，這些年來由沈貴妃執掌宮務，皇莊這邊也沒動手清理。這兩年隨著大皇兄冊立太子的呼聲漸高，劉三有這幫大皇子一派行事越發囂張，民怨越發高漲，父皇這才下定決心要肅清。」

剛冊封太子，轉過頭就剪除大皇子的黨羽，這種給一顆甜棗再狠狠打一巴掌的做法，還真是皇上所擅長的。想到不擇手段、躊躇滿志準備嫁進東宮的沈思清，沈成嵐心想，恐怕不用自己動手，也有她自食惡果的時候。

回到東莊時早已過午膳，齊修明午後小憩一覺都起來了，正在窗前臨摹大字，一聽到門口有聲音就抬頭去看，果然將三哥他們給盼回來了。

齊嬤嬤早在灶上溫著吃食，趁著王爺梳洗的工夫，手腳麻利地煮了一鍋雞湯麵，白斬雞擺盤，淋上香麻油，再用蒜蓉、醬油、香醋調成蘸汁，又拌了兩碟時蔬涼菜。

齊修明自小寄居在長福宮，因為皇上時常駕臨的緣故，婉嬪並不敢在吃食用度上多加苛刻他們母子，是以在宮中時他經常偷偷藏些吃食留給三哥。現下見到桌上擺放與皇子身分不相符的膳食也不覺得意外。

好歹還有隻雞呢，比三哥之前的伙食好多了！

沈成嵐看著喜怒形於色的十皇子，忽然想到，齊修衍眼裡的自己是不是也像她眼中的十皇子這樣，清淺得就像一汪小水坑？

「想吃就吃，不夠的話再讓齊嬤嬤做。」齊修衍讓小林子替齊修明添了一雙碗筷。

齊修明本想說不用了，可等碗筷擺上來，沈成嵐把一塊肥嫩的雞腿挾到他的碗裡，就忍不住偷偷嚥唾沫了。

齊嬤嬤早就預料到了，特意多準備一隻雞，沈成嵐在齊修衍的偏袒下，毫無心理壓力地獨自幹掉兩隻雞腿和半隻雞。

齊修明一邊啃著雞翅膀，一邊偷偷打量吃相規矩但超級能吃的小師傅，心裡偷偷想著，稍後要把自己攢的私房錢都給三哥。

沈成嵐在飯桌上向來注意力高度集中，自然沒有注意到小徒弟的憂慮，但齊修衍卻將這一切看在眼中，心裡早就笑倒了。

莊子上沒有那麼多的閒雜人等，外面山田溝壑無拘無束，齊修衍見十弟有精神了，便不再拘著他，放手讓他跟著沈成嵐到外面去瘋。

沈聿懷是踏著落日的最後一絲餘暉趕到莊子，沈成嵐這時候正帶著十皇子和多寶、牧遙、小林子他們在溪邊烤魚。

溪水清淺，沈成嵐讓牧遙帶著其他人攔溪築壩，並用竹簍子堵魚，自己則在下游水勢稍緩的地方直接用魚叉獵魚。一陣子忙活下來，竟收穫頗豐。

將兩條最大的魚送回廚房讓齊嬤嬤用大鐵鍋燉了，剩下巴掌左右大的魚，沈成嵐手法嫻熟地刮鱗去內臟，用細鹽和香料稍加醃漬，然後在溪邊架起兩堆火就開始烤魚。

多年的行伍生活讓沈成嵐練出一手燒烤絕活，別說是烤魚，就是烤全羊也遊刃有餘。這不，沒一會兒的工夫，烤魚的香氣就蔓延開了。

沈聿懷跟著三皇子來溪邊尋人，遠遠就聞到烤魚的香味，同時也看到蹲在火堆旁被烤得滿臉通紅、一頭熱汗的六弟，險些被那一臉恣意灑脫的笑容閃瞎了眼。

這一身的兵痞氣，該不會是自己眼花了吧？

齊修衍察覺到沈聿懷的異樣，順著他的目光看過去，也微微恍神了，但先一步回過神來，上前兩步走過去，還刻意用自己的身體擋住沈聿懷的視線。

「魚烤好了嗎？妳三哥已經到了，就等妳開飯了。」

沈成嵐見齊修衍對自己眨眼睛，後知後覺向他身後看去，果然看到三哥標誌性的嚴肅臉，下意識就把掖在腰帶上的袍襬給一把扯下來。

得，還不如不扯，看著袍襬上明晃晃的黑爪印，沈成嵐無助地看著蹲在她近前的齊修衍。

齊修衍忍著笑，讓多寶接過她手裡的烤魚，拉著她到溪邊去洗手。「不妨事，待會兒我就說是自己想吃，才讓妳來烤魚的。」

沈成嵐就著皂莢把手指頭一根根洗淨，還藉著齊修衍的掩護把袍襬上的黑手印也搓掉了，然後起身慢吞吞地朝三哥走過去。

起初離得遠，沈聿懷還看不大清楚，但隨著越走越近，在火光的照映下，沈成嵐袍襬前那一大塊水漬明顯可見。老實講，這視覺效果，著實還不如黑爪印呢。

沈聿懷不忍直視那塊讓人無法忽視的水漬，在臨進院子的時候抓住時機，將亦步亦趨跟在三皇子身邊的六弟給扯到自己這邊，低聲咬牙切齒地教導道：「下次袍襬上再沾了東西，搓洗的時候別只搓那一塊，把整個前襬都洗了，記住了嗎？」

這一刻，求生慾作祟，沈成嵐毫不遲疑地猛點頭應下。

走前兩步的齊修衍耳聰目明，聽到這哥兒倆的互動忍笑忍得快內傷了。沈成嵐這副在外耀武揚威又跋扈不羈、在家人面前迷糊又軟糯的模樣，簡直讓他喜歡得難以自拔。

沈聿懷一來，引水工事就不需要沈成嵐幫忙了，齊修衍要隨同董縣丞親自給徵用田地的農戶發放補償銀，臨行前給沈成嵐安排了一個特殊的任務：找人。

蒼郁，男，寧遠縣人，未及弱冠，秀才，住址不詳。

因為不能暴露他們尋人的舉動，所以不能到縣衙查詢秀才的登記名冊，沈成嵐便只能從縣學那邊著手。

齊修明不願一個人待在莊子，請示過三哥就就跟著小師傅出來找人。他們先來到縣學，一打聽才知道蒼郁早在兩年前考中秀才之後就不再來縣學，倒不是自負自傲，純粹是因為窮。

好在這個蒼秀才考得好，屬於上等的廩生，每月有廩米可領。

巧了，這兩日正是領廩米的日子，沈成嵐謊稱自己是他失散的遠親，又使了些銀子，然後帶著十皇子和牧遙、小林子候在縣學守株待兔。

沈成嵐運氣不錯，晌午她和十皇子出去吃飯，打算回來後和牧遙、小林子換班，剛走到縣學側門，迎面就看到他倆跟在一個揹著布口袋的年輕人後面。

「少爺，蒼秀才！」牧遙見到沈成嵐就在對面，一個沒忍住指著揹布袋的年輕人大叫。

他不叫還好，這一叫可把揹著米袋的蒼郁給嚇著了，頓時腳下一抹油，步伐敏捷地從齊修明身邊躥了過去，撒開腿就跑。

沈成嵐被他這一躥給弄懵了，下一刻回過神來也跟著飛身躥了出去。

論腳速，她沈成嵐可從來不服人！

然而，沒想到的是，她向來引以為傲的腳速也險些敗給一個乾巴秀才。而且秀才的背上還揹著六斗白米。

不愧是齊修衍要找的人，果然不同凡人。

「你……你們是什麼人，為什麼要追我？」被個小孩子堵在死胡同裡，儘管對方長相精緻，但此時在蒼郁眼裡怎麼看都來者不善。

沈成嵐見他累得腰都站不直了，肩上的米袋子卻像牢牢黏在背上似的，心裡感嘆這人跑功了得的同時，也不禁感慨：看來這人是真窮啊，嗜米如命。

「你不跑，我們也不用追你呀！」沈成嵐喘著粗氣站定，伸出手給他看，示意自己沒有惡意。「我們只是受人之託，尋找一位名叫蒼郁的秀才，寧遠縣人士，請問是你吧？」

蒼郁打量片刻，方才點了點頭，道：「我是蒼郁沒錯，是誰讓你來找我的？所為何事？」

死胡同裡說話倒也方便，沈成嵐索性坦言道：「我叫沈成嵐，是三皇子寧王殿下的伴讀，今次是奉了我家王爺的意思來尋你。至於所為何事，待你見到王爺就知道了。」

「寧王？」蒼郁神色間的防備忽然淡了大半。「可是主持督造引水工事的寧王爺？」

沈成嵐頷首。「沒錯，正是。」

「好，我隨你去見王爺。」

蒼郁突然轉變態度，答應得如此痛快，反而讓沈成嵐有些意外。真沒想到，引水工事還沒有完工，齊修衍在寧遠縣百姓心中的威望就已經這麼高了。

「時候尚早，王爺還在督工，咱們先陪你回家把米放下吧。」只要一想到眼前這人揹著米袋子讓自己追了好幾條街才追上，沈成嵐就覺得充滿危機感，也想摸清這傢伙的家在哪兒。

蒼郁這次依然很痛快地應下，卻婉拒了牧遙和小林子幫他揹米的好意，誓將自己和米袋牢牢黏在一起。沈成嵐見狀並沒有覺得怎樣，糧食之於普通百姓的意義，有些時候比自己的性命還要重要。對此沈成嵐深有感觸。

茅屋三間，別無長物。但屋內外收拾得極為整潔，院子四周用樹條扡插編成的圍欄也修剪得錯落有致，看起來別有一番韻味。

沒想到蒼郁就住在距離縣城不遠的下坎村。

「幾位請稍候，小生先去換身衣裳。」蒼郁將沈成嵐四人迎進堂屋，奉上一壺開水，打過招呼後便去西屋換衣裳。

沈成嵐藉機仔細打量屋內一番，可以看出這位蒼秀才生活拮据卻不潦倒，自理能力非常強。因為屋裡屋外都看不到女性化的用品，想來多半是獨居。

正想著，西屋的門簾被挑開，蒼郁換了身淺色素淨的儒生長袍，頭戴學士巾，襯著本就瘦削的身形越發有飄飄欲仙之姿。

得知要去東莊拜見王爺，蒼郁主動給他們指出一條捷徑，沈成嵐看著車窗外熟悉的堤壩兩岸和一眼望不到頭的桑田，心裡隱約有了個大致的猜想。

一回到莊上，沈成嵐就將蒼郁安置在偏院，單獨的一個小院子，清靜雅致，本想著像蒼秀才這樣的讀書人，應該會更喜歡不被打擾。不料這位蒼秀才是個自來熟的，得知沈成嵐是景國公府的六少爺，忽然就親切地攀談起來。

沈成嵐不擅工於心計，卻也不是傻子，口風更是嚴緊，尤其是對突如其來的熱情格外提防。後來漸漸發現對方的話題多圍繞著長房那邊，尤其是沈思清的韻事，似乎格外感興趣。

「蒼兒似乎對我家大姊很是關注，莫非是……」

蒼郁急忙擺手澄清。「非也非也，不過是早聞景國公府大小姐素有才女之名，卻始終未曾當面領教，實為憾事、實為憾事啊！」

若未出閣，學子們或還有機會在詩會上得見沈家大小姐的風采，如今馬上就要嫁進東宮成為太子良娣，斐然風采從此也只能成為往日雲煙。

但是，沈成嵐敢以自己的腳速發誓，蒼郁提及沈思清的態度，絕對不是一個仰慕者的神態，那眼神、那語氣，怎麼看都更像是八卦之心作祟！

為此，沈成嵐特意跑回自己房內，把壓箱底的寶貝亮了出來與蒼秀才分享。

「這是倉山有耳撰寫的話本，在市面的書肆上可是一本難求的珍品，尤其是這一本，世家小姐的風流韻事，我覺著寫得極富生活閱歷，就好像是發生在身邊人的故事似的，蒼兒若有空不妨看看。」

就在沈成嵐亮出這些話本的瞬間，蒼郁臉上飛快掠過一陣異樣，驚訝、羞怯、慚愧，還有那麼點沾沾自喜，轉瞬即逝，卻沒有故意迴避沈成嵐的眼睛。

倉山有耳。

倉山，山上草，倉草為蒼。

有耳，左有右耳，是為郁。

好個蒼郁！

沈成嵐將這個名字在舌間咬牙切齒地溜了幾遍，回想著話本中如親眼旁觀又如預言般的情節，想要把這人打斷腿的想法漸漸退去，原有的好奇心和讚嘆漸漸回爐。

「蒼兄，恕我冒昧，敢問這話本中的情節，你是如何想到的？」

被這麼一問，再想到京城中關於景國公府大小姐的傳言，蒼郁真是心裡有苦說不出。

該怎麼回答？

藝術來源於生活，但高於生活？

可參照坊間關於沈大小姐的傳言，自己那冊話本好像也沒比生活高多少……

「呵呵，天下套路翻過來調過去也就那麼些，小生別無所長，唯有動動筆桿子還行，這才使用化名杜撰故事話本以餬口，讓沈伴讀見笑了。」蒼郁心想，如果這套說詞搪塞不過去的話就只能冒犯了，畢竟自己的話本販賣在前，沈大小姐的傳言在後，再怎麼著也是自己被抄襲好嗎！

沈成嵐的關注點顯然和蒼秀才不在一處，聞言反而越發有興致，雙眼發亮。「聽起來，先生對套路深有了解啊，有機會還請先生不吝賜教。」
蒼郁有片刻的愣怔，回過神來仔細打量面前的少年，神色間沒有一絲半毫的不悅和質問指責之意，態度誠懇得似乎真的打算向他請教。
莫非，景國公府對大小姐的親事並不歡喜的傳聞非虛？
「言重、言重，能有這樣的機會是小生的榮幸。」伴讀向來是皇子身邊的親近之人，想到自己要做的事，蒼郁便也有心結交這位沈小公子。
這次來皇莊，沈成嵐隨行帶著的話本都裝在書袋裡，適才急著印證自己的想法，便直接把書袋給拿過來了。
蒼郁之前無暇旁顧，現在放鬆下來，才發現這個對他來說格外有親切感和熟悉感的書袋，頓時雙眼亮得有些異常，迫不及待地詢問道：「沈伴讀，這書袋可否方便借小生瞧瞧？」
沈成嵐看他一臉激動的模樣，就像三哥看到中意的古玩似的，也不覺得有什麼奇怪，十分大方地遞過去。
蒼郁抱著書袋仔細打量一番，眼中熱度不減。「如此精巧的構思，不知出自哪位巧手？」
「先生謬讚，這是家母縫製的，樣式麼，是參照軍中行囊做了些改動，用著更方便些。」這個書袋的樣式是前世軍中一小兵提出來，因為實用，沈成嵐請示後就在軍中推廣。

蒼郁的目光焦點立刻從書袋轉移到沈成嵐身上。「恕小生冒昧，敢問這些改動也是出自令慈之手？」

沈成嵐望進他希冀流轉的雙眼，腦海中飛快轉過幾個念頭，片刻後開口道：「非也，不過是我隨心想的罷了，先生可是覺得還有不足之處可以改進？」

「哪裡哪裡，沈伴讀這手改動猶如畫龍點睛，精妙得很——」

沈成嵐一陣頭皮發麻，忙打斷他。「打住打住，先生啊，咱們還是別這麼說話了，你誇著累，我聽著也心慌，咱都輕鬆點兒，坐下好好說話唄！」

蒼郁愣了愣，四目相接，對方的目光坦蕩澄澈，坦誠得毫不做作，讓蒼郁忍不住自覺汗顏，心下定了定，眸光一轉，頗為豪氣地拱了拱手。「沈公子赤誠，那蒼某就恭敬不如從命了。」

沈成嵐聽他換了稱謂，欣喜他的上道，吩咐芳苓上了壺好茶，兩人很快相談甚歡。

第十一章

齊修衍直到暮色四合才回到莊上，聽聞沈成嵐晌午後帶了個青年書生回來，心下了然，應該是找到蒼郁了。

「王爺，聽說公子帶那位蒼先生回來後，兩人就一直在茶室說話，有說有笑的，相談甚歡，大有相見恨晚的架勢呢！」多寶從外面轉了一圈回來，伺候著自家主子洗漱換衣，忍不住念叨著。

自從沈小公子來了之後，自家王爺明顯變得有精神多了，而且王爺對沈小公子的看重，他也都看在眼裡，沈小公子對王爺的意義是不一般！

多寶到底還是半大的孩子，雖說宮中的生活讓他過早成熟，但維護自家王爺慣了，便見不得王爺在乎的人與別人親近。

齊修衍見他綳著一張臉如臨大敵的模樣忍不住想笑，由著他幫自己束好腰帶，寬慰道：「那位蒼先生是個奇才，嵐兒與他走近些會受益匪淺。你呀，別小家子氣，孰近孰親，嵐兒心裡明鏡似的，你這乾醋吃得可冤枉。」

心思被看透，多寶臉頰騰地一紅，卻又不敢明著說是替王爺您考慮，只得囁嚅道：

「公子心性純粹，不諳於提防人心，奴才只是擔心會被人蒙蔽……」

坦蕩率真是沈成嵐刻在骨子裡的氣質，即使遭遇了上一世的那般經歷，鐫刻在骨血中的赤誠也不會冰冷腐壞。她會吃一塹長一智，卻永遠也不可能學會主動算計別人。

這是沈成嵐的軟肋，同時是她的風骨，也是齊修衍最珍愛之根本。自今世重逢後，他欣喜之餘又無比慶幸，慶幸沈成嵐依然赤子之心如故，未被心魔困囿。軟肋又如何，有他齊修衍在，這一世定會護她周全。

「奴才多嘴，請王爺責罰！」多寶見自家主子臉色凝肅，連忙告罪。

齊修衍回過神，臉色緩和如常，擺了擺手。「起來吧，知道你是一片好心，哪來什麼怪罪不怪罪。我看牧遙是個機靈的人，你又和他相處甚好，私下裡提點一下，比你乾巴巴緊盯著嵐兒強。」

多寶頓時眉眼舒展，一迭連聲點頭。

且說寧王爺一回府，牧遙就跑來通知，等到齊修衍來到茶室的時候，沈成嵐和蒼郁已經在門口候著了。

蒼郁本來對這位不受寵的三皇子並沒抱什麼希望，但自從引青山水入城、淨化縣內百姓飲用水的工事確定後，他就一直在尋找機會和三皇子接觸。誰承想，瞌睡來了就有人送枕頭，沈成嵐竟然先一步找到他。

「先生不必拘禮，請坐吧。」齊修衍虛扶了一把長揖行禮的蒼郁，抬手示意他入座，又對沈成嵐使了個眼色。

沈成嵐笑著眨眼，邀功之意明晃晃寫在臉上，跟著齊修衍走到上座，落落大方地坐在右側的主位上。

從院中下人和護衛們對沈小公子的態度，以及和他的交談中，蒼郁已經察覺到沈小公子在王爺面前的分量不輕，但此時見到眼前的座位，心裡還是吃了一驚。一般來說，右側主位可是主母的位置，即使王爺沒有成親，這個位置也非尋常人可坐。

聯想到傳聞，據說這次寧王被遣到皇莊來思過，實情是替他的伴讀擔錯。如此深情厚誼，蒼郁提著腦袋，暗中腦補出了一萬字都擋不住的話本。

「本王這次讓成嵐貿然請先生過來，實際上是有一件事想要向先生請教。」坐定後，齊修衍先一步開口道。

蒼郁拱手問道：「王爺言重，但凡小生知道的，定知無不言。」

齊修衍笑意淺淺地點了點頭，道：「聽聞下坎村後山的梯田引水渠是你指導村民們重修的，還改進了水車，效用大增。此外，新開墾的荒地也有你提點。這些可否屬實？」

蒼郁神色未變地點了點頭，面上卻沒有絲毫居功之意。「草民也只是動了動嘴皮子略盡綿力而已，主要還是鄉親們願意相信小生，不惜耗費時間人力，才有如今的成果。」

「本王就是欣賞你這動嘴皮子的本事。」齊修衍也不逶迤客套。「本王奉命在大昭境內選址屯田，正需要先生這般能人志士，不知先生可否屈尊相助？」說罷，齊修衍站起身鄭重地拱手一禮。

蒼郁慌忙起身，受寵若驚地還禮。「王爺言重，此等利國利民之大事，如有用得上小生的，但憑王爺差遣！」

沈成嵐驚訝得半邊眉毛高高挑起。蒼秀才如此回應，就等於是投身進寧王府做幕僚，他該知道這層意思吧？

看著眼前這兩人執手相望，一副惺惺相惜、相見恨晚的模樣，沈成嵐下意識抖了抖肩膀，實在無法理解突變的氣氛。「王爺，我先去看看廚房那邊的晚膳準備得如何了，您和蒼先生慢聊。」

齊修衍眼含笑意地點了點頭，還不忘叮囑她吩咐廚房多備一壺好酒，他要與蒼先生暢飲。

沈成嵐想到他慘不忍睹的酒量，微微抽了抽嘴角，很是痛快地應了下來。

廚房裡晚膳早就準備好了，沈成嵐讓齊嬤嬤在小偏廳單獨擺了一桌，由多寶和芳苓伺候著，自己則陪著十皇子在東廂房這邊用膳。

齊修明有旺盛的好奇心，出宮後的問題簡直能編一部一百問了，但對齊修衍語焉不詳、讓他們不要對尋來這位薈先生聲張，卻沒有多問隻言片語。沈成嵐不得不感慨，論城府，她自愧弗如。

用罷晚膳，時候尚早，勤奮的齊修明要回房繼續練字，本想去樹林裡捉知了的沈成嵐頓覺自慚形穢，也老老實實回自己屋裡臨摹二哥的字帖。

莊子上沒有王府裡的重簷疊脊、高閣林矗，最高不過三、四層的幾進庭院獨立在一片幽翠間，夜風輕鬆恣意地穿庭過院，將白日裡的熱氣帶走大半，留下讓人愜意的涼爽。

芳苓和牧遙早早用艾草將房裡熏了一遍，沈成嵐又讓芳苓找了疋清透的白紗，裁成合適的大小釘在窗框上，這樣既通風透氣，又能防蚊蟲。只是這白紗可不便宜，給齊修衍和齊修明的房裡，各裁兩塊釘了兩扇窗，遂沈成嵐房裡只用了一塊。

「這麼晚了，怎還在練字？」齊修衍推門進來，見坐在窗前練字寫得認真卻一臉苦大仇深的沈成嵐，不由失笑。「以後還是白日裡練字好，晚上雖有燭火，但看久了還是傷眼睛。」

沈成嵐應了一聲，聞到他身上有淡淡的酒味，起身替他倒了盞茶。

「不是要和蒼先生暢飲？」

細觀神色，眼前這一杯就倒的人竟然沒有醉意，難得了，莫非酒量長進了？

齊修衍抿了口茶，唇邊噙上狡黠的笑。「我只喝了半杯，不過蒼先生是喝盡興了。」

難怪！

「蒼郁就是倉山有耳，你一早就知道？」雖然是詢問，但沈成嵐幾乎可以確定了。

果然，齊修衍點了點頭。「不僅如此，沈思清手裡的那冊話本，還是我讓人送到她手裡的。」

沈成嵐驚訝地瞪大眼睛。「沒想到你竟偷偷做了這麼多！」

齊修衍權當這是讚揚。「君子成人之美，即使不敢以君子自稱，也要見賢思齊才是。」

真能鬼扯啊！

沈成嵐心中喟嘆，神色一言難盡地對他豎了豎大拇指。

就說嘛，世上哪來那麼多的巧合。

「我本不打算將此事告訴妳。」單手手肘撐著桌子以掌托腮，齊修衍的雙眼微微眯著，眼角帶著淺淺的紅暈。「怕妳覺得我心機深沈，為達目的不擇手段，怕妳因此厭惡我……」

沈成嵐盯著他眼尾的紅暈，無奈地暗暗嘆了口氣。還跟上輩子一樣，喝醉酒了就多愁善感、胡思亂想。

拿過他手邊的茶盞續了半盞溫茶，沈成嵐直接將茶盞抵到他嘴邊，堅定卻不失溫柔地開口道：「來，把茶喝了醒醒酒。你呀，就是愛瞎想。咱倆總得有個人多些心眼兒吧，你也知道，我天生不是這塊料，所以就只能靠你了。齊修衍，我不怕你城府深，也不厭惡你不擇手段，因為我知道，你為的從來不是你自己。」

齊修衍眼底一陣滾燙，這次卻沒有轉過頭躲藏。「上輩子我守著大昭，守著這片江山社稷，這輩子，我只想守著妳。」

上輩子他對得起朝堂、對得起百姓，卻獨獨負了她一個，這輩子無論百年身後，史官筆下留得如何聲名，他都要遵從內心活一次。

沈成嵐捏著茶盞的手不受控制地微微顫抖，齊修衍泛紅的眼底刺得她也眼睛絲絲發痛，好一會兒才堪堪穩住嗓音，字字清晰道：「好，這一次你守著我，我替你守著這江山。」

若是被祖父、父親和大哥聽到這等桀驁不馴的話，定要提著刀槍滿府追砍她。

「好，一言為定！」齊修衍抬手覆上她捏著茶盞的手，穩穩地將只剩餘溫的茶一飲而盡。

沈成嵐看著他眉骨舒展、雙眼緩緩彎起美好的弧度，彷彿看著一朵花在眼前徐徐綻放，生機勃勃，蕩漾著無限的希冀和美好，讓人心動得移不開眼睛。

咕咚！

沈成嵐忍不住吞了口口水。

「啊，差點忘了告訴你，我們是在下坎村找到蒼先生的。」沈成嵐連忙轉移話題。「下坎村啊，就是咱們之前路過的那個堤壩，魚鱗冊上標著糧田，實際上卻是一大片桑田！」

「我覺得蒼先生應該會知道其中的一些貓膩，明早待他酒醒後，咱們不妨先問問他。」既然已經答應做王府幕僚，他在這件事上應該不會知情不言。

齊修衍自認為是個活得沒情調的人，現下發現，沈成嵐比自己還沒情調。呃，不僅沒情調，還是破壞情調的高手。

罷了，反正年歲還小，慢慢教吧。

強迫自己想通之後，齊修衍打起精神，從衣襟裡掏出一疊宣紙遞給沈成嵐，神色一掃之前的曖昧，很是肅穆道：「這是蒼先生在妳走後交給我的，上坎村村民狀告寧遠縣豪富欒家，勾結縣衙侵奪田地、賄賂皇莊管事。後面有一百一十三戶村民的聯名畫押。」

「這麼多人？」儘管在看到那片遼闊的桑田時已經隱約有了猜想，但看到切切實實的狀紙時，沈成嵐還是覺得驚心。

齊修衍沈聲道：「這還僅是一個上坎村，我今日和董縣丞沿著他選取的路線走了大半，魚鱗冊上標注的糧田，十之七八都是桑田，朝廷退桑還糧的詔令下發了數年，寧遠縣非但沒有執行，反而陽奉陰違，改糧為桑，還妄圖阻斷民意，肆意欺瞞，當真是膽大包天！」

上一世，皇莊的事是在大皇兄被廢後才被牽扯出來，現下提前近十年，沒想到情況已然這麼糟糕了。

「那你打算怎麼做？咱們自己查？」沈成嵐一說出口，就覺得不妥。「大皇子剛冊封為太子，咱們就動唐縣令和劉三有，必定會招來大皇子和沈貴妃的嫉恨，到時候他們以思過不誠為由，在皇上面前反告咱們一狀，皇上出於種種考慮，不見得會力保咱們。」

這已經是很委婉的說法了，在沈成嵐看來，皇上既然是暗中給齊修衍下的口諭，那擺明是要保住太子和沈貴妃的臉面，若是被洩憤報復，就憑齊修衍在皇上面前的分量，必定要受罰以安撫沈貴妃母子。

「這份狀紙還是讓我親自送去大理寺吧。」沈成嵐動用了自己所有的智慧沈思好一會兒，做出決定。「不管誰問，你就說不知情。左右蒼先生是我找的，派人到縣學一查就能查到。」

齊修衍眼中的冷肅退去大半。「可是，是我讓妳去尋找蒼先生的，妳要怎麼解釋？」

沈成嵐半邊眉毛一挑。「你忘了嗎？我可是倉山有耳的老顧客，他的話本我幾乎本本都買。我一開始要尋找的是寫話本的倉山有耳，可不是替村民們寫狀紙的蒼秀才！」「然後又是陰差陽錯，偶然得知上坎村村民們的不公遭遇，見義勇為代呈狀紙？」齊修衍施施然替自己和沈成嵐續了盞茶。「妳覺得太子和沈貴妃會信？」

沈成嵐聽出他話裡的不贊同，梗著脖子哼了兩聲，道：「管他們信不信，只要皇上有臺階下，不懲罰咱們就行了！」

自己只是打抱不平、見義勇為幫忙遞個狀紙，齊修衍則忙於工事無暇旁顧，壓根兒就完全不知情，皇上不賞就罷了，總沒有罰的理由。

至於太子和沈貴妃，呵呵，巴不得讓全大昭的人都知道，就算太子良娣是景國公府的姑娘，他們景國公府也一樣公正不徇私！

沈成嵐恨不得抓緊一切機會和太子府劃清界線，想出這個法子來也是對得起她的智慧了，但齊修衍卻另有想法。

「妳這個只能算是中策。」

沈成嵐聞言不服氣。「哦？那你說說怎樣是上策？」

齊修衍身體後傾靠在椅背上，胳膊自然地搭在扶手上，手指有節奏地輕叩著，看向沈成嵐的目光卻是溫柔的，甚至透著點點笑意。「據說，兩日後二皇兄會陪著郭淑妃來廣源寺進香，屆時上坎村一個姓丁的年輕寡婦會攔車告狀，請二皇子主持公道……」

沈成嵐越聽嘴張得越大，一時竟忘了合上。

還可以這樣？

「二皇子會接下一個平頭百姓的狀紙？」沈成嵐覺得有點懸。

齊修衍嘴角扯出一抹輕嘲。「那是妳還不夠了解我那個二皇兄。大皇兄自恃占了長子的優勢，便總計較著在氣勢上壓我們一頭，論手段和城府，跟他那個娘一樣，都是自以為是、名不副實的主兒。而二皇兄則不同，背後有郭淑妃指點，自小博的是賢名和才名。這麼個一展他聲名的好機會，他怎麼會錯過呢？而且，成功的話，可是相當於斬斷了沈貴妃和東宮的錢袋子及一隻臂膀。」

沈成嵐察言觀色的本事可是強了不少，見齊修衍眼裡熠熠生輝，明顯還有其他的未盡之意，追問道：「不只如此吧？還有什麼瞞著我的？」

被沈成嵐看穿，齊修衍反而很高興，明明房裡就他們倆，卻故意壓低嗓音道：「二皇兄賢王之名遠播京城內外，不僅引得許多自認有才之士競相歸附，還有許多的紅顏知己與傾慕者，其中有一位我記得甚為清楚，二皇兄在王府外置了院子安頓她，後來被二皇嫂發現，著實大鬧了一場。」

沈成嵐忽然覺得腦袋被敲了一下開竅似的，問道：「該不會就是上坎村這個姓丁的寡婦吧？」

齊修衍笑而不語，儼然就是默認。

沈成嵐一時無語，好一會兒才乾巴巴地開口道：「在這方面，十殿下可得好好管教。」

齊修衍輕笑。「放心，近朱者赤，有我在，他在這方面走不了錯路。」

沈成嵐。「……」

這麼變相誇自己，除了他齊修衍，恐怕也沒誰了。

「可是，怎麼讓丁寡婦去向二皇子攔車告狀呢？蒼先生出面？」沈成嵐最擔心的其實並不是被大皇子或者二皇子一派知道他們在背後的動作，她最怕的是被皇上知道齊修衍在暗中攪動風雲。

齊修衍一眼就看懂她真正的憂慮，寬慰道：「放心，我已經都安排好了，不會讓蒼先生和丁寡婦有任何牽扯。至於父皇那邊，妳更無須擔心，咱們所有人的舉動，根本就瞞不過他的耳目。」

沈成嵐如遭雷擊一般愣在當下，腦海中刹那間一片空白，好一會兒才找回意識，艱難地吞了口唾沫，聲帶牽動異常沈重。「皇上一直都知道？為什麼？」

為什麼身為一個父親，能冷心冷情到對兒子們的明爭暗鬥作壁上觀？為什麼身為一國之君，能冷漠無情到任憑無辜之臣蒙冤入獄毀譽破家？為什麼？為什麼！

隔著一世的家破人亡，沈成嵐發出的這一問，含著恨，但比恨更濃烈的是絕望和失望。景國公府數代人的血脈傳承，刻在骨血中的是忠君愛國、護民安邦，天下百姓甚至被放在他們自身性命及家族榮辱之上。國之柱石，當之無愧。

世人皆稱讚今上一手開創大昭盛世，天下河清海晏，萬民享安穩太平。其實這天下太平，不過是有景國公府這樣的柱石之家、有四境邊軍將士之眾，以鮮血和生命為代價築起堅固的防盾，將戰火、殺戮和流血犧牲，抵擋在人盾之外罷了。

以自己的負重前行換來別人的太平安穩，不被理解鼓勵便罷了，還要被誣陷、被戕害，英雄血再滾熱，也抵不住那些卑鄙的冷箭。

而當這些冷箭刀斧加身時，他們奉為信仰、矢志不渝忠守著的那個人，並沒有被迷惑雙眼，而是由始至終都看得清清楚楚！

數代人的忠骨換來的卻是權謀下的捨棄，這樣的信仰值得嗎？將包裹在權謀外的鮮麗外衣剝開，曝露出內裡的骯髒和不堪，是齊修衍想要幫沈成嵐找到忠守真義的最重要一步，也是最艱難的一步。

想到自己一個未來的帝王，卻要一手重塑柱石之家的忠義真諦，忠於大昭社稷、忠於百姓福祉，而非愚忠於帝王，此舉若是被朝中那些大臣和史官知曉，定要說他是作繭自縛、自毀長城吧！

但是，為了讓沈成嵐，讓景國公府的新生一代，能由內至外提高警惕和自保意識，這「君為上」的綱常不須死守。

齊修衍的良苦用心，沈成嵐當下雖不能完全了解，但對他沒有遷怒卻是真的，反而有種物傷其類之情。

「嵐兒……」齊修衍被沈成嵐眼中的痛苦、掙扎與痛惜刺得心如刀絞，卻又從這細密的痛楚中，緩緩潺湧出讓人幸福的甘甜。

這就是他愛了一輩子、念了一輩子、守了一輩子，還要再愛護堅守她一輩子的沈成嵐。

「我無法理解父皇的所想所做，但是，嵐兒，我也無法判斷他就是錯的。」齊修衍難得在沈成嵐面前表現出彷徨的一面，即使在那個至高無上的位置坐過一次，為君之道對他來說依然只是略通皮毛。

沈成嵐自己的腦子裡都還是一片混亂，對於齊修衍的糾結，她更是不知道如何寬解。忽看得他垂頭喪氣、精神不振的模樣，頓時有種照鏡子的感覺，忍不住調侃道：「你說咱倆現在像不像是難兄難弟？」

齊修衍抬起頭，撩著眼皮打量了她一眼。「不像，要像也該是難夫難妻。」

好似心尖被人狠狠騷了一把，沈成嵐紅著耳尖不知如何回應，心裡卻有個聲音輕輕應了句。「確是。」

這一晚，沈成嵐如意料之中那般輾轉反側一宿，睜著眼睛撐到天邊泛了魚肚白，實在躺不下去了，起身草草洗漱一番就到小菜園來打拳。

不知不覺，一套拳打了好幾遍，直到眼睛被額頭上淌下來的汗水漬得微痛才收拳吐納，轉身就看到柱子般杵在菜園門口的十皇子幾人，就連蒼秀才也在其中，雙眼亮晶晶閃著光，好像幾天沒吃到肉的人瞧見了雞腿。

啊呸，這都是什麼比喻！

沈成嵐自我唾棄了一番，接過牧遙快走幾步遞上來的濕布巾，一邊囫圇著蹂躪自己的臉，一邊問：「你們幹麼都在這兒站著？」

十皇子和牧遙、多寶暗暗吞了吞唾沫，沒敢說被這拳拳帶風的殺氣震懾了。倒是一旁的蒼郁湊上來施施然拱手行禮，開口解圍道：「沈公子這套拳打得如行雲流水，又暗藏力道，咱們一時看得投入，竟不知時間過了這許久！」

好聽的話誰都愛聽，尤其是這個蒼秀才誇人，態度看起來極為誠懇，發自肺腑一般，讓人聽著甚為熨貼。

「蒼先生謬讚，不過是經常練習熟稔於心罷了。若先生有意強身健體，今後晨起也可以和咱們一起伸展手腳。」既然此人已經投入齊修衍門下，又沒有家室牽絆，以後很可能就要長相處了。

不過，自來文武相輕，願不願意學些防身的本事，就看蒼秀才自己的選擇了。

「真的可以嗎？」蒼郁整張臉一亮，忙道：「若沈公子不嫌棄，蒼某——」

拜師的想法剛要說出口，忽想到適才聽到的喁喁低語，貌似十皇子已經正式拜沈伴讀為武師傅了，自己再拜師，豈不是要跟皇子成師兄弟了？不妥不妥！

於是他生硬地轉口道：「蒼某便厚著臉皮，請沈公子不吝賜教了！」

幾趟拳酣暢淋漓地打下來，除了一身汗，那些煩躁的困擾彷彿也隨著汗水蒸騰出身體，讓人倍感輕鬆。沈成嵐擺了擺手。「好說好說，日後長相處，先生不必太過客氣。」

容易敞開心胸、寬厚待人是種品格，更是一種才能，很多人羨慕不來。

蒼郁自認有幸，得見眼前這一位。

早上晨練沒有見到齊修衍，沈成嵐有些放心不下，和他們打過招呼後就直奔東寢房。

拍了拍門，聽到熟悉的聲音後，沈成嵐推門進來，一眼就看到仰頭靠在椅背上的齊修衍，眼睛上敷著濕帕子。

這是眼睛哭腫了？

對此非常有經驗的沈成嵐好奇地湊上近前，伸手就要去扯他眼睛上的帕子，不料途中被橫生出來的一隻手給擒住，微啞的嗓音透著無奈。「別鬧！」

「我就是想試試溫度，殿下，用雞蛋滾比冷敷管用，真的！」沈成嵐良心建議。

齊修衍的嘴角忍不住勾起。「嗯，知道妳有經驗。下次有機會我再試試用雞蛋。」

沈成嵐看著他偏向清瘦的臉頰和並不紅潤的臉色，心頭微澀，另一隻手緩緩輕撫上他嘴角的弧度，感受著手下片刻的緊繃，儘量用輕鬆的語氣道：「不會讓你有機會試了。」

心中一片豁然開朗，齊修衍感受著手掌中屬於沈成嵐的溫度，靜默片刻後輕輕應了聲。「好。」

寧王殿下一早走出房門的時候，不僅眼睛是紅的，就連耳朵和脖頸都是紅的，恰好被返回院子的十皇子和蒼先生幾人瞧見，還以為他生病發熱了，差點把常太醫給折騰過來。

沈成嵐躲在人群後面背過身體，肩膀抖啊抖，憋笑憋得險些內傷。

幸而用過早膳後，齊修衍的眼睛和臉色基本恢復如常，今日他要繼續和董縣丞核對工事徵用田、發放補償銀。

沈成嵐和蒼先生則肩負著一個重要任務：將二皇子和郭淑妃要來廣源寺進香的消息，傳到丁寡婦耳中。

「你不是說已經安排好了，怎突然又讓我們去辦？萬一失手，可就弄巧成拙了。」送齊修衍出門前，沈成嵐忍不住問道。

齊修衍絲毫不擔心。「左右閒著沒事，妳就當練練手，順便替我考驗一下蒼先生的本事。失手了也無妨，我自有辦法彌補。」

沈成嵐聞言，挑著眉瞪過去。「誰說我閒著無事的，練武、讀書、臨字，督促十皇子讀書練武，我可是很忙的。」

齊修衍趕忙改口。「好好好，是我口誤，妳一點也不閒。那就多謝沈公子百忙之中抽身幫我分憂了！」

眼前這人眉眼彎如新月，眸中似有一抹星光，璀璨瀲灩，剎那之間，沈成嵐彷彿又回到了與他初遇的景福宮杏花樹下，他就是這般笑著微微仰頭，對攀在樹上的她說：

「可否煩勞姑娘幫我折兩枝杏花？」

那一日，沈成嵐折了兩枝開得最絢爛的杏花給他，也將愛慕悄悄種進自己的心裡，此後的經年歲月裡，每逢乞巧、上元，都要接著放河燈許願，期盼自己心裡的兩枝杏花也能夠開花結果。

「你們有沒有覺得，今日三哥和小師傅之間有點怪怪的……」齊修明站在沈成嵐身後，看著她站在原地望著三哥馬車離開的方向出神，摩挲著下巴不解地問道。

牧遙和小林子雙雙順著他的視線也看過去，打量好一會兒，搖了搖頭。

是有點不對勁，但又說不出來哪裡不對勁。

在他們身後，新進幕僚蒼秀才目光閃了閃，悄悄收藏好自己的小興奮，盤算著下一個話本的劇情。

齊修明毫無頭緒地轉身，恰好沒有錯過蒼秀才眼中一閃而逝的光亮，頓時寒毛乍起，腦海中警鐘大作。

這個蒼秀才，可得好好盯緊了！

第十二章

「那個穿著藕色長裳的就是丁寡婦？」一個賣傘的小攤子前，沈成嵐裝模作樣地撐開一把傘，以此為掩護偷偷瞄著對面的胭脂鋪。

蒼郁站在她身側，輕聲回道：「正是。」

看年紀應該在二十歲上下，姿容姣好，氣質溫婉，看著真不像是農家婦，反而更似小家碧玉。

「丁氏本出身耕讀之家，奈何家裡出了個不爭氣的兄長，貪色好賭，敗光了家產不說，還氣死了老子娘。丁氏是在家裡敗落時定的親，夫家在上坎村算是富戶，又是獨子，算是門好親事了。」

聽蒼秀才這麼一說，沈成嵐低嘆了口氣。「可惜啊，紅顏薄命，這麼年輕就守了寡。」

忽地想起齊修衍，應該也算是年紀輕輕就成了鰥夫……

蒼郁卻不贊同地輕哼一聲。「咱們替她覺得可惜，可她自己卻不見得也這麼認為。」

沈成嵐敏銳地嗅到了一絲八卦的味道，撐著傘湊近他兩步，壓低嗓音問道：「哦？莫非先生知道什麼內情？」

四目相對間，從對方眼裡看到熟悉的求知慾，蒼郁頓時有種找到同好的感覺，分享之魂瞬間點燃，示意沈成嵐跟著他轉移到旁邊的小巷口。巷子很窄，不過三尺左右，這會兒也沒什麼人走動，正好方便他們二人說話，又能不遠不近地盯著胭脂鋪門口。

「你知道的，我寫那些話本少不得需要積累些故事消息，所以閒來無事就喜歡聽些街頭巷尾的閒聊，其中恰好就有提及這個丁氏的。據說，她在未出閣前就有一個來往數年的意中人，不是旁人，就是咱們寧遠縣縣令唐大人家的二公子！只是唐二公子早就成親，妻家的門第不比唐家低，大婚前就立了盟誓，不納妾、無外室。若非如此，恐怕丁氏早被抬進唐府了。」

想到蒼秀才之前的冷哼，沈成嵐念頭一轉，低聲問道：「你的意思是，丁氏見無望嫁進唐府，這才同意上坎村的親事？」

蒼郁點了點頭。「就在她嫁進上坎村不久，縣城裡就有人說看到她和唐二公子一起出現過。此後陸陸續續還有不少次這樣的傳言，在村子裡，我曾不止一次聽過丁氏夫妻倆大吵，幾次都是因為縣城裡的傳言。在他們婚後不到一年，大致初夏的時候，丁氏家裡突然遭了毒蛇，在房裡午睡的夫家三口都被咬死了，而她恰好在鄰家跟人做女紅，逃過一劫。」

這也太巧了，可如若不是巧合……

稍稍發揮一下想像力，沈成嵐不禁覺得頭皮發麻。忽然，眼前的胭脂鋪裡走出一個藕色身影。沈成嵐扯了扯蒼秀才的衣袖，示意他準備跟上。

當年北線六大軍鎮中最拿得出手的一支斥候軍就是她訓練出來的，現下雖然年紀倒退好幾年，但盯個沒有功夫的普通女子還不算難事。

兜兜轉轉在街上繞了好幾圈，蒼郁終於見識到沈成嵐這手「連而不黏、鬆弛有度」的跟蹤功力。不得不說，丁氏的警惕性確實很強，今兒若是他自己跟著，怕是早被甩掉了。

「這個男人就是唐二公子？」沈成嵐穩穩扒在山牆上，藉著牆頭草的遮掩，偷偷打量著開門進院的丁氏和比她年紀稍長的白面男子，悄聲問著被她踩著背的蒼秀才。

蒼郁弓著身子支撐著背上並不算重的負擔，臉色因為垂頭的姿勢而充血泛紅，開口時帶著明顯的鼻音。「沒錯，那人就是唐縣令家的二公子，唐灝。沈公子，非禮勿視，非禮勿聽，既然確定他們真的私下往來，你就先下來吧。」

再不沈，也好幾十斤呢，以蒼郁的身板，當真撐不了太久。

沈成嵐耳尖一紅，像隻壁虎一樣輕巧地從牆上滑下來。

這處山牆在背街處，臨著一口泥塘，牆內種著棵老樟樹，枝葉繁茂，正巧給沈成嵐提供了方便。當院內隱約傳來好似爭吵的聲音後，沈成嵐迅速和蒼秀才交換了個眼神，在對方站起來彎下腰的同時，麻利地踩著他的背躍上牆頭，身形一閃就躥進樹冠裡。

「唐二郎，這些年來我丁玥茹沒名沒分地跟著你，可曾開口向你要求過什麼？現如今，我孤身一人守著寡，不過是想保住那幾頃桑田傍身，這樣也不行嗎？」

「我也想幫妳，可我能有什麼辦法！妳又不是不知道，這些桑田已經被劃進皇莊的魚鱗冊，是要給太子做東宮莊田的，不交，大牢裡押著的那些人就是下場！」

「好你個唐二郎，你這是要束手旁觀、眼睜睜瞧著我下大牢嗎？」

「姑奶奶，妳這說的什麼氣話！若我真的袖手旁觀不管，妳這會兒早就在牢裡了！胳膊擰不過大腿，妳就聽我的吧，趁著還有點補償銀可拿，趕緊簽了書契吧！我答應妳，盡快在別處給妳補買幾頃田。」

「你補給我？哼！你家那婆娘盯錢袋子比盯著你還嚴實，你拿什麼補給我！上次鴻運賭坊的債還是我替你還的……」

沈成嵐隱身在樹冠中，聽著上房陸陸續續的爭吵聲，大概摸清了緣由，便抽身翻下了牆頭。

「怎麼樣，聽清楚他們在吵什麼了嗎？」還沒等沈成嵐站穩，蒼郁就忍不住詢問。

沈成嵐抬手指了指巷口，兩人前後腳麻利地離開這裡，在巷口正了正衣襟袍襬，方才邁著方步走上街頭。走沒幾步，就進了臨街的一家茶鋪，要了雅間點上一壺好茶，終於能好好說話。

將適才聽到丁寡婦和唐二的對話重複一遍，沈成嵐面色嚴肅道：「看來，縣衙和皇莊已經勾結在一起。」

蒼郁的神色也很是凝重。「原先我還以為是欒家勾結官府，侵占村裡的桑田為己有，沒想到他們是要將這些侵奪來的桑田獻給皇莊邀功。」

面對縣衙，他尚覺得無力，換作皇莊，幾乎是無望了。

民不與官鬥，官不與皇爭。庶民直接對上皇家，便是雲泥之別。

沈成嵐早從齊修衍那裡知道這些內情，可看到蒼郁此時的反應，也不由得跟著心情沈重。

難怪寧王殿下不親自出面，想來應該是早知道了其中的隱情。

「王爺此前問我，村裡可有不安於室且姿色出眾的年輕寡婦，可否就是為了應付當下這種情形？」蒼郁現在是回過味來，王爺之前的每一句話都有他的深意，沒一句廢話。

到這個時候，也沒必要再瞞著他了，沈成嵐點頭道：「正是。殿下洞察先機，獲悉二皇子和郭淑妃這兩日就會來廣源寺進香。放眼朝堂內外，能替上坎村百姓出頭的人，也就只有二皇子母子了。咱們的任務，就是讓丁氏順利地將冤情陳訴到二皇子面前，且不暴露咱們自己。」

冊封太子從來不是奪嫡之爭的終點，而是真正的開端。

蒼郁對此再了解不過。他本胸無大志，只想隱於山野恬淡度日，之前為了鄉親們求助到寧王跟前，所圖也不過是經寧王之手，將一紙訴狀直接遞到大理寺或直達聖聽。至於入寧王府為幕僚這個代價，雖超出他的預計，但眾人皆知三皇子並不受寵，且無母族勢力扶持，奪嫡之爭最沒戲的就數他了。這對想遠離麻煩的蒼郁來說，反倒是件好事。

還是那句老話，還是那套最俗爛的劇情。自以為躲過了麻煩，沒想到卻掉進更深的大坑裡。

這下子好了，的確，他是沒攪和進奪嫡呼聲最高的兩大陣營，因為正站在最沒希望的陣營裡算計著那兩邊呢！

這是嫌命短，還是嫌命長？活著不好嗎？

「先生才思靈動、妙想驚絕，注定是要有大作為的人，殿下求賢若渴，定會給先生一展抱負的良機。」沈成嵐抿了口茶，雙眼微瞇地看著眼珠子直轉的蒼秀才。

明誇暗脅。

蒼郁舌尖泛苦，端起茶盞啜飲了一口，茶香綿潤，唇齒回甘。

好茶！為了這口心頭好，上賊船就上賊船吧！

將蒼秀才心態的轉變看在眼裡，沈成嵐鬆了口氣的同時，也不得不在心裡感嘆齊修衍步步為營的精準。這套說詞和應對，盡在齊修衍的預料之中。

「沒想到先生也是好茶之人，正巧我房裡有兩包今春的貢茶，稍後回去請先生嚐嚐。」

這是上次從大哥茶閣裡拿出來的最後兩包茶呢！

蒼郁聞言雙眼一亮，糾結瞬間一掃而空，言笑晏晏地拱了拱手。「多謝沈公子慷慨！不過，眼下小生還得先回一趟上坎村，把正事給辦了。」

「也好，那我陪先生走一趟。」

丁玥茹從小院出來後心情低落到極點，步履沈重地走到城門口，家裡的馬車早候在那兒。

婢女香草看到她遠遠迎上來，見她臉色蒼白，額頭沁著虛汗，忙道：「夫人，您可是身體不適？奴婢這就送您去醫館！」

「不必了。」丁玥茹知道自己是心病所致，由香草攙扶著，有氣無力道：「不過是多走了段路，有些曬著了，回去歇歇就好了。」

香草熟知夫人的脾氣，便攙著她上馬車，叮囑車夫行穩一些。

丁玥茹的夫家姓莫，一入村，村頭那戶兩進的青磚大院就是她家房宅，自從守寡後，丁氏又多添了兩個婢女和婆子，操持家務是其一，更重要的是讓家裡多一些人氣。

「小姐，您這是怎麼了？」耿婆子聽到馬車聲就從大門裡奔出來，看到被香草扶著的丁氏臉色蒼白、神情不振，忙快步走上前將人給接了過來。

丁氏看到耿婆子焦急的模樣，心頭一陣委屈難受，眼圈紅了紅，喚道：「奶娘……」

耿婆子打量了一眼垂頭站在旁邊的香草和車夫，輕輕拍了拍丁氏的手，寬慰道：「不急，咱們進屋緩緩，慢慢說。」

丁氏點了點頭，由著耿婆子扶著走進家門。

「小姐，妳別怪老婆子我多嘴。」聽罷丁氏委屈的痛訴，耿婆子起身擰了條帕子遞過去，長長嘆了口氣。「我早同妳說過，那個唐二公子並不是個值得託付之人，咱們再不能將希望寄託在他身上了。」

丁氏將臉埋在濕涼的布巾中，腫脹的眼睛頓時舒服許多，聽到奶娘的話抬起頭也跟著嘆了口氣。「虧我總惦念著這些年的舊情，想不到他竟這般擔不起事，說到底，還是沒真的把我放在心上。奶娘放心，這次我算是看清楚他了，日後定會與他斷了。只是，眼下的情形，除了求他，咱們也沒有別的門路可走啊？」

房內一時愁雲慘霧。莫家本來是有些家底留給丁氏，奈何早前給唐灝償還賭債和斷斷續續的貼補，存銀已經所剩無幾，勉強夠周轉桑田的人工。也是靠著手裡這幾頃桑田，丁氏才能維持家裡的開銷。

現下，縣衙以徵地為由強行收回田地，只給極低的補償銀，丁氏幾頃桑田得到的補償銀還不如她三、五十畝桑田一年所出，這讓沒有娘家可回、沒有夫家可依的她如何能接受。

可拒不賣田又能怎樣？誠如唐灝所說，縣衙大牢裡的那些同鄉，就是頑抗的下場。難道真的要忍氣吞聲，吃下這啞巴虧嗎？

丁氏將將止住的眼淚再度湧了上來。

耿婆子聽著小姐低低的啜泣聲，一時也覺得束手無策，忽地想到適才聽到的閒話，腦海中猛地一亮，急忙開口道：「小姐，桃紅在溪邊洗衣裳時，聽村長媳婦和人說，這兩日二皇子和淑妃娘娘要來廣源寺進香，村長似乎想要搏一把，找二皇子告狀。」

丁氏聞言立刻忘了淌眼淚，懷疑道：「此事當真？人家二皇子會管咱們的閒事？」

「聽村長媳婦的意思，應該是鐵了心要去。死馬當活馬醫吧，這次徵地擺明和欒家有關，而欒家的靠山可是皇莊的那位，州衙府衙一定不敢接咱們的狀紙。而且……」耿婆子頓了頓，神情有些糾結。

丁氏心急。「奶娘，妳有什麼話儘管說，咱們還需要見外嗎？」

耿婆子嘆了一聲，繼續道：「據說，二皇子雖身分貴重，卻心性仁善，對待身邊人親厚得緊，尤其見不得柔弱之人受欺辱，桃紅聽村長媳婦提了一嘴，好像里長家的杏丫頭也要跟著一起去告狀！」

「痴心妄想！」丁氏嗤笑。「被村裡人恭維幾句，就真以為自己貌若天仙了，竟敢動這樣的念頭，也不怕讓人笑掉大牙！」

「說不準就碰上大運了呢！」耿婆子是知道里長家的那個五姑娘，相貌長得確是不錯，又慣會裝柔弱，說不定二皇子就吃她楚楚可憐那一套。

丁玥茹似乎也想到了這一點，神色一肅，沈吟了片刻後施施然站起身，道：「奶娘，幫我換身衣裳，咱們去村長家走一趟。」

耿婆子心領神會，連聲應下，神色頓時輕鬆了兩分。

蒼郁那三間茅屋的小院內，沈成嵐蹲在籬笆牆下，偷偷瞄著丁氏家的大門口。

「蒼先生，快來看，丁氏出門了，看樣子像是奔著村裡的方向。」沈成嵐壓低嗓音，招呼坐在堂屋裡氣定神閒喝著茶的蒼秀才。

蒼郁無奈地看著做賊一樣蹲在自家籬笆牆下的沈伴讀。「沈公子不用這麼緊張，她應該是去村長家，主動請纓去向二皇子呈狀紙訴冤。」

沈成嵐目送丁氏的馬車一路向村裡駛去，不久後消失在街道轉彎處，惋惜地起身踱回堂屋。「先生出手果然馬到功成，就是不知她能不能將狀紙送到二皇子手裡。」

蒼郁抿了口茶，手指習慣性地摩挲著茶盞。「丁氏在村裡雖然有不少傳聞，但依舊很吃得開，非常擅長做表面工夫、招攬人心，若二皇子真如傳聞中那般憐恤孤弱、宅心仁厚，丁氏定會不虛此行。」

更重要的是，二皇子和郭淑妃早不來晚不來，偏偏趕在這個時候來廣源寺進香，真的只是為了拜佛？蒼郁反正是不信。

齊修衍雖然沒有明說，但沈成嵐猜得出來，二皇子這次八成是事先得到什麼風聲，畢竟郭淑妃的母家也不是吃素的。

一直等到親眼看著丁氏的馬車返回家，蒼郁又到村長家露了露臉，確認村長已經同意讓丁氏跟著一起去廣源寺，沈成嵐才徹底放心跟著蒼先生趕回東莊。

這次齊修衍比他們回來得早，等到天擦黑了，才見沈成嵐他們回來，臉上帶著明顯的喜色，不用問也知道事情辦成了。

牧遙從下晌開始就在門房晃悠，等得脖子都伸長兩寸了，他伺候著沈成嵐洗漱後，苦著一張臉道：「少爺，以後再出去您就帶著我唄！」

沈成嵐故作挑剔地將他從頭到腳打量一遍，道：「那你可得好好練功，身手不過關，將來可進不了軍中大營。」

牧遙精神一振，心裡雀躍得彷彿開了花，連忙迭聲應下。

偏廳內，齊修衍已經坐在了飯桌邊，一見到沈成嵐出現在門口就抬手招呼她。

「快來坐，跑了一天，餓了吧？」

沈成嵐在門外就聞到飯菜香，三步併作兩步走上前在齊修衍身邊坐下，掃了一圈，沒見到齊修明，問道：「十殿下怎還沒來？」

齊修衍想到之前十弟扯著他說的悄悄話，嘴角忍不住上揚。「他和蒼先生在偏院一起用，說是仰慕先生才學，想要向他多請教。」

沈成嵐第一反應，想到蒼秀才筆下那些情節曲折離奇的話本，下意識抖了抖肩膀。

「國子監派來的文師傅是不是該到了？」

十皇子在長福宮是跟著九皇子一起開蒙，同一個文師傅。現下離了宮，理應要另外委派一名侍讀學士過來。

屏退兩側，偏廳裡只有他們二人，齊修衍親自動手替她舀了一碗湯，神色從容道：「我已經請示過父皇，由蒼先生暫代我和十弟的文師傅一職。」

「嗄？蒼秀才？」沈成嵐剛端起飯碗，手一抖，險些倒到飯桌上。「蒼先生還只是秀才之身，皇上會恩准？」

齊修衍不緊不慢地也替自己舀了碗湯，今晚的魚湯煲得甚是夠火候，湯色奶白，魚肉軟嫩，絲毫魚腥味也沒有，喝一口簡直齒頰留香。

「父皇已經恩准了。」

沈成嵐瞠大眼睛，心裡暗嘆：果然是不受皇上寵愛的兄弟倆！那麼重要的文課，隨隨便便就交給一個小秀才，實在是太兒戲了。

「呃，蒼先生將來會成為一代大儒？桃李滿天下的那種？」沈成嵐悄聲問道。

既然是齊修衍主動尋來的，想來是上輩子有大作為之人。

齊修衍沈吟了片刻，道：「蒼先生的大才，並不在讀書作文章上。不過，妳放心，讓十弟跟著他多學學，大有裨益。」

讀書作文章不行，當什麼文師傅啊？

沈成嵐暗自發愁，她自然是不擔心齊修衍，畢竟多活過一次，該學的學問、該讀的書都有了，但十皇子不同呀，才剛開蒙沒兩年的孩子，可缺不了正經的文師傅。

齊修衍見她信不過蒼先生，卻不肯說半句質疑的話，心中一軟，寬慰道：「別擔心，以蒼先生的才學，目前做十弟的文師傅綽綽有餘，日後我會另外安排，不會耽誤了十弟。」

上輩子那樣的處境，他也把十弟養成材，這輩子條件優越這麼多，更不在話下。有十弟這個練手的在，齊修衍忍不住偷偷期待著未來的子女教養。

聽到齊修衍這麼說，沈成嵐終於能安心拿起筷子吃飯了。

「二皇兄那邊一切進展正常，後日一早儀駕就會從皇宮出發，路上順利的話，天黑之前就能到達廣源寺。」齊修衍在京中的眼線始終和他保持著聯繫。

「嗯，要把具體行蹤透露給上坎村那邊嗎？」沈成嵐問道。

「不必，幫得太周到了，反而會引起不必要的麻煩，既然他們已經決定要把狀紙呈給二皇兄，從明日起應該就會在廣源寺的入山必經之路上等候，二皇兄他們又是鳴鑼出行，不會錯過。」

「那接下來就沒咱們什麼事了？」

齊修衍笑著「嗯」了一聲。「咱們在一旁看著就行了，只要上坎村的狀紙成功遞到二皇兄手裡，我會讓人立刻把這個消息傳揚出去。」

屆時告狀無門的百姓們聽到這個消息，定然會湧向廣源寺。

沈成嵐有些擔心地問道：「會不會影響你的工事？」

「放心吧，影響不大。這兩日我跟著董縣丞已經沿著路線走一遍，補償銀也如實發放下去了，與實際不符的銀兩差額我也擬好條陳呈遞上去，稍後就會拿到增補。材料方面，妳三哥準備得非常充足周全，且比預算節餘了三分之一，我想將這部分銀錢補到人工的工錢上，妳覺得如何？」

沈成嵐擔心的就是人工方面。「二皇子那邊鬧起來，勢必群情沸騰，你這邊徵役恐怕也要受影響。」

「不見得。不然咱們來賭一把？」

沈成嵐連忙搖頭拒絕。「不了，從小到大我是逢賭必輸，才不跟你賭。」

齊修衍輕笑出聲。「好吧，那我就當給妳解惑了。二皇兄不可能隨隨便便是個人的狀紙就接，只有像上坎村這樣的聯名狀紙才會理會，一來不用面對那麼多的百姓煩擾，二來他往父皇那裡呈送的時候容易造勢。這樣一來，呈送狀紙也就是那麼幾個人的事，絕大多數人只能守在家裡等著，心裡難免焦慮不安，適逢現下農閒，咱們這個時候徵役，反而更容易。」

確實如此，能賺些銀錢握在手裡，心中也能踏實一點。

「寧為盛世鬼，不做亂世人。可盛世之下，卻未必人人都能享受到盛世的安穩。」

沈成嵐憶及在北鎮大營生活多年，營中一名監軍是個被貶謫來的文臣，當年殿試可是二甲賜進士出身，平日裡一喝酒就愛唱些酸詞，其中一句沈成嵐記得尤為深刻：興，百姓苦；亡，百姓苦。

齊修衍手上的筷子頓了頓，眸色轉暗，嘆息道：「有的只是徒有盛世之名罷了，其實難副。」

遙想上一世，他接手大昭的時候，國庫裡空蕩得幾乎都能跑馬了，而他的父皇，在史官筆下卻是盛世之君。

「今上銳意開拓，在他之後，大昭更需要的是一位守成君主。」沈成嵐也就敢在兩人獨處的時候說這種話，就算在家裡也斷然不敢吐露半個字。

齊修衍極為享受沈成嵐這種獨一無二的信任，贊同地點了點頭。「而無論是大皇兄還是二皇兄，都不是甘於守成的人。他們若上位，天下百姓恐怕會更苦。」

「其實，你的骨子裡也不是個守成的性子。」關於這一點，沈成嵐在上輩子就已明瞭，也正因為知道這一點，她才會在生命的最後做出那樣的抉擇。「但是為了大局，你會克制骨血中的本性，甘於守成。有你，大昭百姓何其有幸！」

被沈成嵐看透，齊修衍非但沒有一絲半毫的不快，反而歡喜得心裡開了花，尤其是聽到最後這句讚揚，簡直抵得過史官筆下洋洋灑灑萬字批判。

若干年後，沈成嵐在蒼秀才的慫恿下開始著手寫一部自傳，也可以稱之為回憶錄，就提到了這一段與齊修衍的談話，沈成嵐堅持認為這是自己真正支持齊修衍奪嫡的始點，而蒼秀才頑固地認定他們只是在日常調情。

之後兩天，沈成嵐沒邁出莊子一步，老老實實過起「思過」的生活，晨起帶著十皇子幾個人練武，上午旁聽蒼秀才替十皇子上文課，下晌逼著自己練一個半時辰的大字，然後給十皇子上武課，日沈西山之後，等著齊修衍回來吃晚飯。按部就班，作息規律，彷彿又回到十王府的日子。

就在這種日子過了三天後，外面開始亂了，莊客們在忙活計的時候不停地議論。

第一日，聽說廣源寺因為大量村民湧入而全寺戒嚴了。

第二日，聽說二皇子召見縣內的里長們。

第三日，聽說好多村子都在請先生寫訴狀。

第四日，聽說欒家父子求見二皇子被拒之門外。

沈成嵐趴在案桌這邊，看著蒼先生下筆如有神助地寫著訴狀，經過這兩天的實際觀察，她承認自己對蒼先生的才學低估了。

「這已經是第五份了吧？」沈成嵐扳著手指頭數了數，問道。

蒼郁抽空應了一聲，他現在已經是寫訴狀的熟練工種了。

這幾份訴狀都是上坎村何村長，應著幾個相熟的村長和里長所託，求到蒼郁這來。

沈成嵐都拜讀過已經寫好的幾份訴狀，對蒼先生的智慧欽佩得猶如後山流淌下來的溪水潺潺不絕。

幾份訴狀中均提到縣內豪富欒家勾結縣衙，以徵地為名侵奪村民田地，但只有其中兩份提到，這些侵奪來的田地是用來賄賂皇莊管事劉三有。沈成嵐不解，為什麼另外兩份不提。

蒼先生微微一笑，解釋虛則實之實則虛之，總得留點空間給二皇子追查下去，繼而滿足他追查後的成就感。

沈成嵐瞬間明白了，齊修衍為何之前說蒼先生的大才並不在讀書作文章上。

隨著外頭的民憤越發沸騰，齊修衍回來得反而越來越早了，有時候沈聿懷也會跟著一起過來。

每次看到自家六弟不是抱著半籃子荊桃、躺在莊前的大樹上悠哉似神仙，就是在後山摸魚、攆兔子、打山雞，再看看三皇子明顯曬黑的臉，沈聿懷還是沒忍住，趁著三皇子不注意，將六弟拎到犄角旮旯裡一通教訓。

身為伴讀，過得比皇子還要悠哉，到底誰是爺？

晚飯後，齊修衍在書房整理書架，沈成嵐像個尾巴似的亦步亦趨跟在他身後碎碎唸。「求求你趕緊給我安排點任務吧，再這麼下去，三哥就要把我的耳朵擰掉了……」

齊修衍腳步一頓，跟在他身後的沈成嵐一個煞車不及時，撞上了他的背。

「給我看看，擰成什麼樣了？」

沈成嵐把腦袋湊上去給他看。「瞧見沒，是不是都擰紅了？」嘴上說著告狀的話，眉眼飛揚的生動模樣儼然就是在炫耀兄妹間的親近，齊修衍看得一陣手癢，探手上去揉了揉她的耳朵。「是妳自己閒不住了吧！」

沈成嵐跳著躲開齊修衍蹂躪她耳朵的魔爪。「聽說蒼先生要在莊子上開闢幾塊田種些新鮮玩意兒，我閒著沒事，能不能去幫幫忙？」

實際上，是十皇子要去湊熱鬧。

齊修衍點了點頭。「也好，過幾日蒼先生可能要去附近幾個州縣採買種子，我和妳三哥抽不開身，妳就陪著跑一趟吧。」

沈成嵐心頭一喜。「那……可以帶著十皇子一起嗎？」

沈成嵐自己倒還好，反而是齊修明，長這麼大第一次出宮，她就想趁這機會帶他出去走走，多看看市井民情，對他來說不比死讀書獲益少。

「當然可以。」齊修衍欣然同意。「到時候讓李青帶兩個人陪你們一起去。」

沈成嵐當即搖頭。「不必了，還是讓李青跟著你吧，雖說現下看著沒什麼異常，但侵地的事鬧得越來越大，有他在你身邊，我也能放心些。再說了，他們身上的氣勢，就算換了身常服也掩飾不住，反而容易引人注目。這次出來前，三叔給了我信物，可以調用縣內所有商號的人手，我打算找商行的大掌櫃幫忙，他們採買的路子多，認識的人也廣，比我們自己找要方便得多。」

齊修衍有些意外，沒想到沈三爺竟然這麼信任、看重沈成嵐，轉念又想到上一世沈家這爺兒倆，看在沈成嵐的情面上對自己的鼎力相助，又釋然了。

「如此甚好，待工事結束後，咱們尋個時間請妳三叔和三哥好好吃頓酒菜。」

就你這一杯倒的酒量，還敢請我三叔和三哥吃酒，當真是勇氣可嘉啊！

沈成嵐忍不住在心裡暗忖，表面上卻不敢表露出絲毫，乘機給三叔討了點便宜。「請吃酒還不如給點實惠的，若是蒼先生的田裡種成了什麼新鮮東西，讓我三叔也跟著學學唄！」

奉旨在境內選址屯田的事，齊修衍之前沒透露出半點，卻獨獨詢問了蒼秀才，現下又利用身分之便讓他在東莊開田做試驗，沈成嵐天生對賺錢有靈敏嗅覺，直覺抓緊了蒼秀才定會有利可圖。

當真是一家人，嗅錢的鼻子都這麼靈敏！

這麼點要求，齊修衍當然不可能不滿足她。「以後蒼先生需要什麼種子，都交給妳三叔的商號幫忙採買，試種成功的話，推廣種植都有妳三叔的一份。」

沈成嵐陪著笑拱了拱爪子。「那我就代三叔多謝殿下啦！今年春耕過了，來不及改動，等到秋播的時候，咱們府裡名下的田地，我也請蒼先生幫忙看著調整一下。」

從沈成嵐口中聽到「咱們府裡」這種話，齊修衍只覺得心口泛甜，別說田地了，就算是把寧王府翻個底朝天，他也不會有二話。

實際上王府裡如今的大帳和庫房都是掌握在沈成嵐手裡，田地的話題一打開，她就開始細細說著關於帳上銀錢的打理計劃，除了以往購置的田地和店鋪，沈成嵐打算和三叔合股開一家錢莊，另外，京城西市正在籌建，王府的銀錢不宜露白，還得由三叔出頭，趁著西市初建不被看好之際，兩家合股多買下西市兩條街……

齊修衍聽著沈成嵐的碎碎唸，這些商機有些是她上輩子經歷過的，但有些卻是她的展望和預估。他不得不承認，沈成嵐如果不投身行伍，必會富甲一方。

「怎麼了？」發現齊修衍在出神，沈成嵐問道，暗忖，莫非是被自己天馬行空的想法給嚇到了？

齊修衍回過神，笑道：「沒什麼，就是覺得有妳真好。不僅我自己，就連府裡上下都不用再愁吃穿了。」

自從內務所不敢再剋扣寧王府的一應分例後，沈成嵐和海公公忙了好幾日，不僅給府裡上下調升了月銀，年節打賞、四季衣裳、飯食、輪值等方面都調整，大夥兒的日子好過許多，做起事來也都有章可循，下面的宮婢侍衛們不知情，海公公、齊嬤嬤、多寶這些知情人對沈成嵐卻是由衷敬佩。

沈成嵐可不敢居功。「我娘不拘著我學習女紅，也不攔著我練武，唯有管帳和處理家務早早就讓我跟在一旁學著，三歲起我可就跟著我娘學習打算盤了。」

齊修衍讚嘆岳母大人英明的同時，細觀沈成嵐的眉眼，輕聲道：「可是想妳娘了？」

沈成嵐目光一暗，誠實地點了點頭。自從在這一世清醒後，她就沒在家多長時間，如今父親、大哥、二哥和自己都不在她身邊，偌大的院子只剩下娘親一個人守著，仔細想來，上一世似乎也是如此，娘親總是這麼一個人默默地守在家裡等候著，心裡再是想念，再是不捨，也不會說半句挽留。

「聽妳三哥說，夫人打算今日藉著廣源寺進香的機會來看望妳，現下廣源寺是個是非地，還是遠離的好，我讓人遞個消息給夫人，臨縣有個出雲寺也不錯，寺裡的住持是蒼先生的舊識，妳們可以放心在那裡小住幾日。」

沈成嵐心頭一熱，不見外地承下齊修衍的貼心安排。然而，還沒等齊修衍把消息遞出去，京裡的旨意就傳到東莊。

皇上口諭，傳召寧王即刻回京面聖。

——未完，待續，請看文創風907《將門俗女》2

為流浪貓狗加油 和貓寶貝 狗寶貝

廝守終生(一定要終生喔！)的幸福機會

對人來說，貓寶貝狗寶貝只是生活的一部分，但妳（你）對牠們來說，卻是生活的全部，領養前請一定要考慮清楚——

▲ 愛呼嚕的小寶貝 雖雖和牛牛

性　　別：雖雖（男）和牛牛（女）
品　　種：米克斯
年　　紀：約4個月（6月中出生）
個　　性：活潑愛黏人
健康狀況：已完成預防針第二劑，貓愛滋、白血檢測皆陰性
目前住所：新北市三峽區（中途家中）

本期資料來源：陳品品小姐

『雖雖和牛牛』的故事：

與其說是遇見這兩隻小傢伙，倒不如說是遇見牠們一大家子。當時是我的朋友在苗栗路邊發現一隻成年母貓意外被車撞死了，留下六隻小貓在馬路上徘徊亂竄，情況非常危險，令人捏一把冷汗。所以朋友詢問了附近的民眾有關這群小貓的來歷後，決定將喪母又無自主生存能力的牠們帶回照顧，便利用美味的貓罐頭將聞香而來覓食的六隻小貓誘進貓籠內帶回，不然真不敢想像牠們是否能順利長大。

目前這群兄弟姊妹已經有四隻成功送養了，剩下雖雖和牛牛正在找新家。兩隻都很親人，特別喜歡在中途的乾媽身上呼嚕睡覺，那模樣可愛到讓人想撫摸關愛卻又怕打斷牠們的美夢，超級為難的啊！

只要領養人能接受雖雖和牛牛的活潑頑皮，並有愛貓如家人般對待的心，就算是新手也絕對沒問題。若有意願請FB私訊陳小姐或寄信至她的信箱u7311457@tknet.tku.edu.tw，讓雖雖和牛牛療癒你的生活。

認養資格：

1.認養人須年滿28歲（如不滿須與家人同住）。
2.認養前須家訪並配合環境安全防護，同意簽認養協議書，並接受日後追蹤。
3.不可關籠、不可放養、不綁繩養貓、不接受遛貓。
4.每日須至少一餐濕食（主食罐、鮮食、副食罐）。
5.無須同時認養雖雖和牛牛，可若能一起認養更好，但成長後兩隻都一定要結紮。
6.家貓的平均壽命為十多年，請仔細考量是否能不離不棄一輩子。

來信請說明：

a. 個人基本資料：姓名、性別、年齡、家庭狀況、職業與經濟來源等。
b. 想認養雖雖和牛牛的理由。
c. 過去養寵物的經驗，及簡介一下您的飼養環境。
d. 若未來有結婚、懷孕、出國或搬家等計劃，將如何安置雖雖和牛牛？

國家圖書館出版品預行編目資料

將門俗女 / 輕舟已過著. --
初版. -- 臺北市 : 狗屋出版社有限公司, 2020.12
冊 ; 公分. -- (文創風)
ISBN 978-986-509-163-7 (第1冊 : 平裝). --

857.7　　109017279

著作者	輕舟已過
編輯	黃鈺菁
校對	黃薇霓
發行所	狗屋出版社有限公司
地址	台北市104中山區龍江路71巷15號1樓
電話	02-2776-5889～0
發行字號	局版台業字845號
法律顧問	蕭雄淋律師
總經銷	知遠文化事業有限公司
電話	02-2664-8800
初版	2020年12月
國際書碼	ISBN-13　978-986-509-163-7

本著作物由北京晉江原創網絡科技有限公司授權出版

定價260元
狗屋劃撥帳號：19001626
網址：love.doghouse.com.tw　E-mail：love@doghouse.com.tw